BASTEI LÜBBE

JACK VANCE IM
TASCHENBUCH-PROGRAMM:

23 209 Die blaue Welt
23 212 Drachenbrut
23 219 Durdane
23 224 Planet der Abenteuer
24 282 Emphyrio

Jack Vance

Der galaktische Spürhund

Roman

Ins Deutsche übertragen
von Eva Bauche-Eppers

Mit Illustrationen
von Johann Peterka

BASTEI
LÜBBE

BASTEI LÜBBE TASCHENBUCH
Band 23 237

1. Auflage: Juni 2001

Vollständige Taschenbuchausgabe

Bastei Lübbe Taschenbücher
ist ein Imprint der
Verlagsgruppe Lübbe

Titel der amerikanischen Originalausgabe:
The Galactic Effectuator

Lektorat: Martina Sahler / Stefan Bauer
Titelillustration: Stephen Youll
Innenillustrationen: Johann Peterka
Umschlaggestaltung: QuadroGrafik, Bensberg
Satz: QuadroPrintService, Bensberg
Druck und Verarbeitung:
Brodard & Taupin, La Flèche, Frankreich
Printed in France

ISBN 3-404-23237-2

Sie finden uns im Internet unter
http://www.luebbe.de

Der Preis dieses Bandes versteht sich einschließlich der gesetzlichen Mehrwertsteuer

Inhalt

ERSTER TEIL:

Das Reisebüro in Dogtown

Kapitel 1

Hetzel schrieb einen Brief; er schrieb in einer energischen, eckigen Schrift, mit schwarzer Tinte und kurzgeschnittener Feder:

Sehr geehrte Madame X,

gemäß der mir durch Boten überbrachten Instruktionen, folgte ich der Person, bekannt unter dem Namen Casimir Wuldfache, nach Twisselbane auf Tamar im Nova Celeste Sektor, wo er am 23. Ianiaro (Gaea) d. J. eintraf.
In Twisselbane verschaffte Vv. Wuldfache sich eine Stellung als Kellner im Fabrilankus Cafe unter dem Namen Carmine Daruble. An den Abenden arbeitete er beim örtlichen Mirrograph, sofern nicht anderweitig tätig als bezahlter Kavalier für um einen solchen verlegene Damen.
Vor ungefähr drei Monaten verließ er Tamar in Begleitung einer jungen Frau, deren Identität mir unbekannt geblieben ist. Am Raumhafen jedoch gelang es mir zu ermitteln, indem ich die Fotografie des Gesuchten herumzeigte, dass er sich zum Planeten Maz eingeschifft hatte, so unglaubhaft es scheinen mag.
Ihr bis dato gezahlter Vorschuss ist aufgebraucht, und ich werde in der Sache nichts weiter unternehmen, bis ich neue Anweisungen erhalte.

Mit aufrichtigen besten Wünschen,
Hetzel, Vv.

Hetzel adressierte den Brief an ›Subskribent, Postfach 434, Ferraunce‹ und warf ihn in einen Beförderungsschlitz. Der Fall war damit abgeschlossen, nahm er wenigstens an. Madame X' amourös erregtes Gemüt würde sich nach und nach beruhigen, und Casimir Wuldfache – oder wie immer er heißen mochte – unzweifelhaft damit fortfahren, seine markante blonde Attraktivität auf eine Reihe anderer dafür empfängliche Damen wirken zu lassen.

Der Planet Maz? Welche Anziehungskraft konnte ein solcher Ort für jemanden wie Casimir Wuldfache haben? Hetzel schüttelte verwundert den Kopf, um sodann seine Aufmerksamkeit anderen Dingen zuzuwenden.

Kapitel 2

Sir Ivon Hacaway beschloss, persönlich das Gespräch mit Hetzel zu führen. Die Sache war zu wichtig, um einen Angestellten damit zu betrauen. Auch schienen ihm die Büros der Gesellschaft in Ferraunce für den Zweck nicht der rechte Ort, wo tausend Augen jede seiner Handlungen beobachteten; war doch Hetzel im Grunde genommen eine unbekannte Größe, nicht mehr als ein Name und eine Reputation auf einem Gebiet am prekären Rand der Respektabilität. Um eine mögliche Kompromittierung seines guten Rufs zu vermeiden, wählte Sir Ivon das kleinere Übel einer privaten Unterredung in Harth Manor.

Hetzel erschien zur verabredeten Stunde und wurde auf die Terrasse geführt. Sir Ivon, Überraschungen abhold, runzelte die Stirn, als ihm nicht das lichtscheue Subjekt seiner Erwartung entgegentrat, sondern ein ansehnlicher dunkelhaariger Mann von offensichtlicher Kompetenz und einer gewissen unaufdringlichen Eleganz, die auch einem Gentleman wohl angestanden hätte. Seine Kleidung, neutral und dezent, verriet im Umkehrschluss eine Neigung zur Extravaganz, streng im Zaum gehalten.

Sir Ivon grüßte mit einem knappen Nicken und deutete auf einen Stuhl. »Bitte nehmen Sie Platz. Darf ich Ihnen eine Tasse Tee anbieten?«

»Sehr gern, danke.«

Sir Ivon drückte auf einen Rufknopf und kam ohne weitere Umschweife zur Sache. »Wie Ihnen vermutlich bekannt sein dürfte, bin ich Vorsitzender des Verwaltungsrats von Palladian Micronics. Wir produzieren eine breite Palette hochkomplizierter Geräte: Roboterhirne, Translatoren, psychoeidetische Analogien und so weiter. Diese Artikel erfordern in der Fertigung ein überdurchschnittliches Maß an Handarbeit, automatisierte Konstruktion ist so gut wie unmöglich, was sich natürlich in der Preisgestaltung unserer Produkte niederschlägt.

Nun hat sich eine höchst merkwürdige Situation ergeben. Selbstredend haben wir unsere Konkurrenten, *Subiskon Corporation*, *Pedro Comayr Associates* sowie *Gaean Micronics* sind darunter die Bedeutendsten. Wir alle bieten vergleichbare Produkte zu Wettbewerbspreisen an und machen uns das Leben nicht schwerer als unbedingt nötig, abgesehen von den üblichen Ellbogenspielen.

Neuerdings aber droht aus dem Spaß Ernst zu werden.« Sir Ivon schaute Hetzel an, um die Wirkung seiner Worte zu prüfen, doch Hetzel nickte nur höflich. »Fahren Sie fort.«

Sir Ivon räusperte sich. »Vor ungefähr sechs Monaten erschien eine Firma namens *Istagam* mit verschiedenen Produkten unseres Segments auf dem Markt, zu Preisen, bei denen wir nicht mithalten können. Selbstverständlich haben meine Ingenieure diese Produkte untersucht, im Hinblick auf Details, an denen gespart worden sein könnte, doch ohne Erfolg. Der Qualitätsstandard entspricht wenigstens unserem eigenen. Wer ist Istagam, fragen Sie? Nun, wir stellen uns dieselbe Frage.«

Vom Haus her näherte sich, den Teewagen

schiebend, eine wohlbeleibte Frau in einem voluminösen Kleid aus rosafarbener und schwarzer Seide. Hetzel erhob sich zuvorkommend. »Lady Hacaway, nehme ich an?«

»O nein, Sir, ich bin Reinhold, die Wirtschafterin. Bitte setzen Sie sich, ich werde den Tee servieren.«

Mit einer Verneigung nahm Hetzel wieder Platz. Sir Ivon musterte ihn von der Seite, ein beinahe grimmiges Lächeln auf den Lippen. Er sagte: »Ihnen mag es vorkommen wie eine Bagatelle: ein paar Millionen SAE* weniger an Profit. Doch es steht mehr auf dem Spiel. Falls Istagam expandiert, geraten wir – und mit ›wir‹ meine ich die Mitglieder der legitimen Mikronikindustrie – in ernsthafte Schwierigkeiten.«

»Eine Angelegenheit mit Priorität, kein Zweifel«, bemerkte Hetzel. »Dennoch, ich muss betonen, dass ich mich nicht mit Industriespionage befasse und keine diesbezüglichen Aufträge annehme, es sei denn für ein Honorar in astronomischer Höhe, und selbst dann …«

Sir Ivon hob die Hand. »Lassen Sie mich zu Ende sprechen«, sagte er in gereiztem Ton. »Die Situation ist außergewöhnlich, andernfalls hätte ich einfach eine der großen Agenturen beauftragt. Und ich möchte beiläufig anmerken, dass Ihr Honorar, obschon angemessen, alles andere

*SAE – Standard-Arbeitswert-Einheit, die Währung des Gaeanischen Reichs, definiert als der Wert einer Stunde unqualifizierter Arbeit unter normalen Bedingungen. Diese Einheit übertrifft alle anderen Währungsgrundlagen, dieweil sie auf der einzigen unveränderlichen Ware des von Menschen besiedelten Universums beruht – Plackerei.

als astronomisch sein wird. Sonst würde ich die Arbeit selbst tun.«

Hetzel nahm einen Schluck Tee. »Ich werde Ihnen jedenfalls unvoreingenommen zuhören.«

Mit wieder ruhiger Stimme setzte Sir Ivon seine Ausführungen fort. »Istagam besitzt mindestens drei oder vier Depots, von denen die Auslieferung erfolgt – alle nördlich vom Jack Chandler's Gulf. Eins davon ist ein Lagerhaus in einer unbedeutenden kleinen Stadt namens Ultimo, auf dem Planeten Glamfyre. Ich nehme nicht an, dass Ihnen der Ort bekannt ist?«

»Nicht einmal dem Namen nach.«

»Nun, Glamfyre ist ein ziemlich unwirtlicher Planet an der äußersten Grenze des Bundes. Ich habe mich mit unserem eigenen Distriktfaktor dort in Verbindung gesetzt und ihn gebeten, einige Nachforschungen anzustellen.« Sir Ivon brachte ein Blatt Papier zum Vorschein, welches er Hetzel über den Tisch hinschob. »Dies ist sein Bericht.«

Das Schreiben war vor einem Monat in Estance Uno, Glamfyre aufgegeben worden, von einem gewissen Urvix Lamboros.

Hetzel las:

Sir Ivon Hacaway
Harth Manor on the Meadows
Harth, Delta Rasalhague

Sehr verehrter Herr,
Ihrem Ersuchen folgend, bin ich nach Ultimo gereist und unterrichte Sie hiermit über das Ergebnis der von mir dortselbst angestellten Nachforschungen.

An folgenden Tagen wurde das Lagerhaus der Firma Istagam mit Waren beliefert: 19. März, 4. Mai, 6. Juli. Ich wandte mich um genauere Informationen an den Raumhafen von Ultimo, der von der Krugh Line, der Red Griffin Line und gelegentlich der Osiris Line angeflogen wird. In zeitlicher Nähe zu den o.a. Daten löschten folgende Schiffe Fracht in Ultimo:

12. März	*Paesko*	*(Red Griffin)*
17. März	*Bardixon*	*(Krugh)*
03. Mai	*Foulias*	*(Krugh)*
03. Juli	*Canaspara*	*(Krugh)*

Es gelang mir nicht, die zuvor angeflogenen Häfen der genannten Schiffe in Erfahrung zu bringen.
Mit dem Ausdruck allergrößten Respekts und auf Ihre fortgesetzte wohlwollende Unterstützung hoffend, verbleibe ich Ihr

Urvix Lamboros, Vv.

Hetzel gab den Brief zurück. Sir Ivon sagte: »Ich habe mich mit dem Büro der Krugh Line in Verbindung gesetzt und erfahren, dass die genannten drei Schiffe nur in einem Hafen gemeinsam Fracht übernommen haben.« Er ließ eine Pause eintreten, um seiner Eröffnung mehr Dramatik zu verleihen. »Dieser Hafen war Axistil auf dem Planeten Maz.«

Hetzel setzte sich ruckartig auf. »Maz?«

»Sie scheinen erstaunt zu sein?«

»Nicht unbedingt erstaunt«, erwiderte Hetzel,

»›überrascht‹ oder ›verblüfft‹ wäre ein besseres Wort. Wer auf Maz stellt mikronische Komponenten her?«

Sir Ivon lehnte sich zurück. »Exakt. Wer könnte das sein? Die Gomaz? Absurd. Die Liss? Die Olefract? Unvorstellbar. Wir haben hier ein Rätsel mit faszinierenden Implikationen.«

Hetzel nickte. »Der Fall sprengt in der Tat den Rahmen des Üblichen.«

Auf der Terrasse erschien eine hochgewachsene Frau, eine auffallende Erscheinung in einem modischen Nachmittagsgewand aus braunem, rotem und goldenem Plissee, dazu trug sie ein schwarzsamtenes Stirnband mit einer Panasch aus schwarzen Federn. Ihr Auftreten war herrisch, und sie ignorierte Hetzel, der sich erneut erhoben hatte, wie etwas langsamer auch Sir Ivon es tat.

»Ivon, ich beschwöre dich, deine Autorität in die Waagschale zu werfen«, sagte die Frau. »Man muss etwas unternehmen! Felicia ist noch nicht aus Graythorpe zurückgekehrt und du wirst dich erinnern, dass ich ihr strikte Anweisungen diesbezüglich gegeben habe.«

»Ja, meine Liebe«, erwiderte Sir Ivon. »Ich werde mich zu gegebener Zeit darum kümmern, doch momentan habe ich eine geschäftliche Besprechung, wie du siehst.« Er schaute zu Hetzel, zögerte und unternahm es dann widerstrebend, ihn vorzustellen. »Dies ist Vv.* Miro

*Vv. – eine Abkürzung für Visfer, ursprünglich Viasvar, einen Ordinarius der altehrwürdigen Legion der Wahrheit, heutzutage gebräuchlich als niederer Ehrentitel zur Anrede einer Person ohne aristokratische Distinktion.

Hetzel, ein Effektuator. Er wird für das Konsortium gewisse Nachforschungen anstellen. Vv. Hetzel, begrüßen Sie Lady Bonvenuta Hacaway.«

»Ich fühle mich geehrt, Ihre Bekanntschaft zu machen«, sagte Hetzel.

»Es ist mir ein Vergnügen«, erwiderte Lady Bonvenuta frostig. Zu Sir Ivon sagte sie: »Ich bestehe darauf, dass du ein ernstes Wort mit Felicia redest. In Graythorpe ist man nicht sicher vor einer Berührung mit zweifelhaften Elementen, wie du genau weißt.«

»Sei versichert, dass ich mich mit der Sache befassen werde. In der Zwischenzeit solltest du in Graythorpe anrufen und Felicia über deine Gefühle in Kenntnis setzen.«

»Das werde ich tun.« Lady Bonvenuta grüßte Hetzel mit einem Neigen des Kopfes und kehrte zum Haus zurück. Sir Ivon und Hetzel setzten sich wieder, und Sir Ivon fuhr mit seinen Erläuterungen fort. »Also – die Istagam Produkte scheinen von Maz zu kommen, was höchst bemerkenswert ist.«

»Allerdings. Was genau erwarten Sie nun von mir?«

Sir Ivon musterte Hetzel erstaunt von der Seite, als wunderte er sich über dessen Begriffsstutzigkeit. »In erster Linie ist uns an Informationen gelegen. Versuchen die Liss oder die Olefract eine kommerzielle Unterwanderung des Gaeanischen Bundes? Falls ja, werden sie eine Gegenaktion zulassen? Falls nicht, wer oder was steckt hinter Istagam? Wie gelingt es ihnen, so wirtschaftlich zu produzieren?«

»Das sind klare Anweisungen.«

Sir Ivon faltete die Hände über dem Bauch und ließ den Blick über den Garten schweifen. »Ich brauche wohl nicht darauf hinzuweisen, dass Istagam einen Störfaktor darstellt, der letztendlich ausgemerzt werden muss. Selbstverständlich ist hier nicht von Sabotage oder Attentaten die Rede, aber Sie haben Ihre eigenen Methoden und verdanken diesen eine beneidenswerte Reputation.«

Hetzel zog die Brauen zusammen. »Das hört sich an, als wollten Sie sagen, ich besäße eine Reputation für Mord und Zerstörung, um die Sie mich beneiden.«

Sir Ivon bedachte Hetzel mit einem scharfen Blick, zog es aber vor, kommentarlos über den taktlosen Scherz hinwegzugehen. »Ich möchte noch einen Vorfall erwähnen, der mit Istagam in Verbindung stehen könnte oder auch nicht. Bisweilen habe ich gewisse wichtige Dokumente hier in Harth bei mir, für einen oder zwei Tage, manchmal für eine Woche, um sie in Ruhe durchzuarbeiten. Vor ungefähr drei Monaten wurde bei einer solchen Gelegenheit ein Portefeuille mit wertvollen Marketinginformationen gestohlen. Die fraglichen Schriftstücke wären für meine Konkurrenten von großem Nutzen, für Istagam wären sie unbezahlbar. Die Tat wurde mit Finesse vollbracht, niemand hat den Dieb gesehen, er hinterließ keine Spuren, und ich bemerkte den Verlust erst, als ich die Mappe öffnete. Ich erwähne diese Angelegenheit nur, damit Sie Istagam gegenüber auf der Hut sind. Man scheint dort keinerlei Skrupel zu haben.«

»Ich werde mir Ihre Warnung zu Herzen nehmen, in der Annahme, dass Sie beabsichtigen, mich mit dieser gefährlichen und komplizierten Mission zu betrauen.«

Sir Ivon erhob die Augen zu Himmel, wie um göttliche Bestrafung von Hetzels Habgier zu erflehen. Er griff in die Tasche und zog ein Faltblatt heraus, das er Hetzel reichte. »Ich habe hier einen Plan von Axistil, herausgegeben von der dortigen Tourismusagentur. Axistil ist, wie Sie sehen, ein sehr kleiner Ort. Die Plaza und das Triskelion stehen unter der Jurisdiktion der Triarchie. Der Gaeanische Sektor ist grün eingezeichnet und umfasst den gaeanischen Raumhafen, das Beyranion Hotel, wo Sie Quartier nehmen werden, und den Teil einer Siedlung, die Dogtown heißt. Far Dogtown, im Gomaz Territorium, liegt außerhalb gaeanischer Autorität und ist eine Zufluchtsstätte für Kriminelle und Gesindel. Der Liss Sektor ist rot markiert, darin befindlich der Liss Raumhafen. Das orangefarbene Punktmuster bezeichnet den Sektor der Olefract.« Sir Ivons Tonfall wurde ernst und lyrisch. »Eine faszinierende Stadt, hat man mir versichert. Ein Ort, aller Wahrscheinlichkeit nach einzigartig in der Galaxis: der Punkt, an dem drei interstellare Reiche zusammentreffen! Ist das nicht großartig?«

»In der Tat«, Hetzel nickte. »Nun aber, was mein Honorar angeht …«

Sir Ivon hob die Hand. »Lassen Sie mich rekapitulieren. Istagam verschifft seine Produkte über den gaeanischen Raumhafen. Aber wo werden sie hergestellt? Drei Möglichkeiten stehen zur Auswahl. Bei den Liss oder den Olefract oder auf dem Planeten Maz selbst. Sollte sich herausstellen, was höchst unwahrscheinlich ist, dass die Liss oder die Olefract Handelsgüter produzieren und sich auf dem Markt des Bundes zu etablieren versuchen, wäre das eine Entwicklung von enormer Tragweite. Sowohl die Liss als auch die Olefract sind xenophob, sie würden ihrerseits keinen Import fremder Waren dulden. Bliebe Maz. Ebenfalls unwahrscheinlich. Den Gomaz, ungeachtet ihrer bemerkenswerten Qualitäten, mangelt es an Disziplin; es fällt schwer, sich eine Gruppe von Gomaz-Kriegern an einem Fließband vorzustellen.« Sir Ivon breitete die Hände aus. »Da haben Sie's: ein faszinierendes Rätsel.«

»Allerdings. Kommen wir nun zu einer Angelegenheit von größter Wichtigkeit ...«

»Ihr Honorar.« Sir Ivon räusperte sich. »Ich bin autorisiert, Ihnen ein meiner Ansicht nach generöses Angebot zu unterbreiten – dreißig SAE per diem, plus angemessene Spesen sowie einen Bonus, sollte Ihre Arbeit sich als mehr denn zufriedenstellend erweisen, will sagen, sollten unsere Zielvorstellungen zu hundert Prozent erfüllt werden.«

»Sie belieben zu scherzen!« sagte Hetzel vor Staunen starr.

»Langweilen wir uns nicht gegenseitig mit komödiantischen Sperenzchen«, erwiderte Sir Ivon. »Ich bin über Ihre Lebensumstände im Bilde. Sie sind ein gewitzter Kerl mit der Seele eines Nomaden und gesellschaftlichen Ambitionen. Zur Zeit haben Sie Ihr Quartier in einer ziemlich schäbigen Kneipe, was vermuten lässt ...«

Hetzel sagte: »Sie haben sich nicht durch Takt oder Schmeichelei nach oben gearbeitet, so viel steht fest. Doch Ihre Haltung klärt die Fronten, so dass ich nun rückhaltlos meiner Meinung über die kaufmännische Mentalität Ausdruck …«

»Meine Zeit ist zu kostbar, um sie mit Unverschämtheiten oder Psychoanalyse zu vergeuden«, unterbrach ihn Sir Ivon. »Lassen Sie uns lieber …«

»Einen Moment«, fiel Hetzel ihm seinerseits ins Wort, »ich bin normalerweise zu stolz, um zu feilschen, aber ich muss mich Ihrem Niveau anpassen. Sie unterbreiten mir ein lächerliches Angebot. Ich könnte mit einer ebenso unrealistischen Forderung antworten, doch ziehe es vor, zunächst meine Grundbedingungen zu nennen.«

»Welche wären?«

»Sie haben sich an mich gewandt, weil Sie wissen, ich bin bekannt für Subtilität, Ausdauer und Kompetenz – Eigenschaften, deren Sie sich zu Ihrem eigenen Nutzen bedienen möchten. Nun, sie haben ihren Preis. Planen Sie unsere Geschäftsbeziehung auf der Basis von einhundert SAE pro Standardtag, plus einer Baravance in Höhe von fünftausend SAE für notwendige Ausgaben, plus ein Blankoscheck auf die Bank von Axistil, sollten zusätzliche Geldmittel benötigt werden, plus ein Bonus von fünftausend SAE, falls die Nachforschungen innerhalb eines Monats zu Ihrer vollsten Zufriedenheit abgeschlossen sein sollten, wobei ich klarstellen möchte, zu Nachforschungen, wie ich sie verstehe, gehören weder Mord noch Diebstahl noch Sabotage oder Selbstmord, außer im äußersten Notfall.«

Sir Ivons Gesicht verfärbte sich rosa. »Noch niemals bin ich mit derart grotesken Forderungen konfrontiert worden! Einiges von dem, was Sie sagen, entbehrt nicht einer gewissen Logik, und ich könnte mich bereit finden, mein erstes Angebot zu korrigieren ...«

Es verging eine weitere Stunde, bis zu guter Letzt eine Übereinkunft erreicht wurde. Hetzel erklärte sich einverstanden, baldmöglichst nach Maz an der Grenze des gaeanischen Bundes aufzubrechen.

Sir Ivon, wieder gefasst, gab Hetzel letzte Instruktionen. »Der Repräsentant Gaeas im Triarchat ist Sir Estevan Tristo. Ich schlage vor, dass Sie ihn sofort nach Ihrer Ankunft aufsuchen und Ihre Absichten erklären; es gibt keinen Grund, weshalb er Ihnen nicht jede Unterstützung gewähren sollte.«

»In Fällen wie diesen«, entgegnete Hetzel, »pflegen die offensichtlichen und vernünftigen Vorgehensweisen die am wenigsten erfolgreichen zu sein. Wie auch immer, irgendwo muss ich anfangen, weshalb nicht mit Sir Estevan Tristo?«

Kapitel 3

Maz, ein kleiner Planet im Mantel einer dichten Atmosphäre, drehte sich um den weißen Zwergstern Khis, begleitet von einem großen, kalten Mond. Ein Nimbus aus milchigem Orange, einzigartig nach Hetzels Erfahrung, hüllte Maz ein, noch nie hatte er einen so drüsenhaft glatten und konturlosen Mond gesehen – ein Ball aus bereiftem Silber.

Der Passagierklipper *Emma Noaker,* unter der Flagge der Barban Line, absolvierte das vorgeschriebene Rendezvous mit den Patrouillenschiffen der Triarchie. Die Raumer der Liss und Olefract schwebten oberhalb und seitlich der *Emma,* und die Passagiere verrenkten sich die Hälse nach den Artefakten dieser exotischen transgalaktischen Intelligenzen, die so wenig von sich preisgaben. Von der gaeanischen Korvette kam ein Lotse, um den Klipper nach Axistil hinunterzubringen und sicherzustellen, dass keine verbotenen Waffen eingeführt wurden.

Der Klipper sank auf den Planeten hinab. Die Oberfläche von Maz war die einer alten Welt – ein halbes Dutzend flacher Meere, ein paar abgeschliffene Gebirgszüge getrennt von Sümpfen oder welligen Ebenen, über die sich hier und dort träge Flüsse schlängelten wie die Adern auf dem Rücken einer Altmännerhand.

Axistil, Sitz der dreistaatlichen Superintendanz, lag auf einem niedrigen Plateau etwas nördlich des Äquators. Am Mittmorgen, Ortszeit, landete die *Emma Noaker* auf dem gaeanischen

Raumhafen, eine halbe Meile östlich des Triskelion. Die Ankunftsformalitäten waren kurz; zusammen mit dreißig oder vierzig anderen Gaeanern, zumeist Touristen, wurde Hetzel ins Raumhafengebäude geschleust. Als Erstes rief er das Beyranion an, um sich seine Reservierung bestätigen zu lassen, und erfuhr, dass man ihm das beste Logis des Hauses zugewiesen hatte, eine Suite im Gartenannex, zu einem Preis einiges über dem, was er zu zahlen willens gewesen wäre, hätte er seine Spesen aus eigener Tasche berappen müssen. Ein Zubringer vom Hotel wartete bereits; Hetzel vertraute dem Fahrer seine Tasche an und wanderte zu Fuß über die Letzte Meile zum Platz der Triarchie.

Eine Welt von gespenstischer Schönheit, ging es ihm durch den Sinn. Der Blick zum Himmel war wie der Blick über meergrünes Wasser. Der Weiße Stern Khis, im ersten Viertel seines Tageslaufs, glitzerte wie der Splitter eines Diamanten. Linkerhand verlor von Moosbuckeln übersätes Ödland sich in dunstiger Ferne; rechterhand senkte sich ähnliches Gelände hinunter zu der unansehnlichen Ansammlung von Baracken, Hütten und einigen wenigen festen Häusern aus weißgetünchtem Mergel, die sich Dogtown nannte. Voraus waren die Gebäude und Bauwerke von Axistil hinter wabernden Hitzeschleiern nur als eine Reihe phantastischer Silhouetten erkennbar.

Hetzel begegnete unterwegs kein anderes lebendes Wesen. Während seines gesamten Aufenthalts erzeugte der Gegensatz zwischen den monumentalen Bauten der Stadt und den wenigen Einwohnern eine unvergleichliche, beinahe gespenstische Atmosphäre, als wäre Axistil nur eine gigantische Theaterkulisse ohne Schauspieler.

Die Letzte Meile mündete in die Plaza. Hier verkündete ein Schild:

> *Sie stehen an der Grenze des Gaeanischen Bundes und sind im Begriff, triarchisch verwaltetes Territorium zu betreten. Konventionelles Verhalten ist angeraten und wird gewöhnlich keine unvorhergesehenen Unannehmlichkeiten provozieren. Dennoch wird empfohlen, sich ein Exemplar der Broschüre AUSNAHMEBESTIMMUNGEN zu besorgen – erhältlich im Triskelion oder Ihrem Hotel – und sich danach zu richten.*
> *Dringende Warnung: Betreten Sie unter keinen Umständen die Enklaven der Liss oder Olefract, bei Gefahr höchst unerquicklicher Folgen.*
> *Versuchen Sie nicht, mit den eingeborenen Gomaz Kontakt aufzunehmen. In Axistil zeigen sie sich normalerweise nicht aggressiv, doch sie reagieren unberechenbar auf Versuche der Kommunikation. Die Gomaz sind starke Telepathen, bis zu welchem Ausmaß sie allerdings fähig sind, menschliche Gedanken zu begreifen, ist immer noch zum großen Teil ungeklärt.*
> *ACHTUNG! ACHTUNG! ACHTUNG! Es ist verboten, den Gomaz Waffen zu zeigen oder gar anzubieten, sei es zum Kauf oder als Geschenk! Die Strafe ist lebenslängliche Haft im Exhibitorium. Es gibt keine mildernden Umstände; jeder Verstoß gegen diese Bestimmung wird durch die Triarchen, von denen zwei den Liss*

bzw. den Olefract angehören, strikt geahndet. Weder diese Letzteren noch der gaeanische Interessenvertreter sind gesonnen, verantwortungslosen Leichtsinn oder trunkenes Draufgängertum zu tolerieren. Wenn Sie gegen dieses Gebot verstoßen, seien Sie gewiss, dass Ihr Besuch auf Maz ein tragisches Ende nehmen wird.

Nicht eben geeignet, die Urlaubsfreude zu steigern, fand Hetzel. Alle normalen touristischen Vergnügungen schienen mit dem Tod, lebenslanger Haft oder unberechenbaren Ausbrüchen von Gewalt bestraft zu werden. Andererseits erhöhte dieser Atem der Gefahr unzweifelhaft den Reiz eines Aufenthalts auf Maz.

Hetzel tat den Schritt von einem Hoheitsgebiet in das andere. Er wanderte über die Plaza, eine mit silbergrauem Schiefer gepflasterte Fläche, von der ein schimmerndes Leuchten auszugehen schien. An einer Seite erhoben sich die Türme, Kuppeln, fremdartigen Säulen und asymmetrischen Blöcke des Triskelion – ein in drei Segmenten von den Architekten dreier Rassen errichtetes Bauwerk, ein bemerkenswertes, einzigartiges Wahrzeichen. Hinter dem Triskelion, im Süd- und Nordwesten, lagen die Sektoren der Liss und Olefract mit ihren Ansammlungen von Gebäuden. Am Nordrand der Plaza, dem Triskelion gegenüber, standen zwei Monumente, die von den drei Reichen gemeinsam unterhalten wurden: der Fels der Schmerzen, wo die Häuptlinge der Gomaz, betäubt von der Wucht der Niederlage, sich der Triarchie ergeben hatten, und der vielzellige Kasten aus Glas und schwarzem Kupfer, bekannt als das Exhibitorium. Beide Objekte lagen inmitten eines kleinen Parks aus Bäumen mit auberginepurpurnem Laub und mattgrünem Rasen. Im Nordosten ragte die Fassade des Beyranion Hotels auf, zu dem Hetzel nun seine Schritte lenkte.

Das Beyranion mit den dazu gehörigen Anlagen bildete die kleinste, unabhängige Prinzipalität im gaeanischen Bund. Ein drei Morgen großer Garten umgab den Komplex mitsamt dem neuen Annex. Hetzel schrieb sich an der Rezeption ein und wurde zu seiner Suite geführt.

Er fand seine Unterkunft mehr als zufrieden stellend. Vom Wohnzimmer aus schaute man auf den Garten, ein Ort seltsamer Farben, bizarrer Formen und olfaktorischer Herausforderungen. Schwarze Spindelbäume, so hoch wie das Hotel, beschatteten purpurn-schwarze Moospolster; aus einem Teich wuchsen Schachtelhalmbüschel mit zimtfarbenen Stängeln und orangefarbenen Wedeln. Es gab Beete blauer Geranien, blinzelnder Kerzblüten und Mazminze, die alle den rauchig-säuerlichen Geruch des Mooses mit ihrer eigenen Note bereicherten. Neu eingetroffene Touristen durchstreiften die Anlage, staunten über die exotischen Pflanzen und die ungewohnten Düfte. Hetzel inspizierte das Schlafzimmer und warf durch das Fenster einen Blick auf Dogtown, das er später am Tag zu besuchen gedachte. Erst die Arbeit.

Er ging zum Telefon und ließ sich mit dem

Büro des gaeanischen Triarchen im Triskelion verbinden. Auf dem Schirm erschien das Gesicht einer elfenhaft grazilen Empfangssekretärin mit blonden Ringellocken und einem Teint wie Rosenblüten. Ihre Stimme klang kühl und kristallen, wie das Klingeln ferner Windglocken. »Vorzimmer von Sir Estevan Tristo, wie können wir Ihnen helfen?«

»Mein Name ist Miro Hetzel. Ich ersuche um ein paar Worte mit Sir Estevan, sobald es sich einrichten lässt; es geht um eine Sache von großer Wichtigkeit. Wäre heute Nachmittag möglich?«

»Was genau ist Ihr Anliegen, Sir?«

»Es geht mir um Informationen bezüglich gewisser Verhältnisse auf Maz ...«

»Für Informationen steht Ihnen Vvs. Felius am Informationsschalter des Triskelion zur Verfügung oder das Reisebüro in Dogtown. Sir Estevan ist ausschließlich für Angelegenheiten der Triarchie zuständig.«

»Nichtsdestotrotz ist mein Anliegen äußerst wichtig und ich muss ein paar Minuten seiner Zeit in Anspruch nehmen.«

»Sir Estevan befindet sich nicht in seinem Büro und ich glaube nicht, dass er vor der nächsten Sitzung der Triarchen anzutreffen sein wird.«

»Die wann stattfindet?«

»In fünf Tagen, vormittags. Nach der Sitzung steht er gelegentlich für ein Interview zur Verfügung. Sind Sie Journalist?«

»Etwas in der Art. Vielleicht könnte ich ihn zu Hause aufsuchen.«

»Nein, Sir.« Die Züge des Mädchens, klar und zart wie die eines Kindes, spiegelten weder

Wärme noch Verständnis für Hetzels Probleme. »Er bearbeitet sämtliche Angelegenheiten öffentlichen Interesses in den Sitzungen.«

»Aha, aber hier handelt es sich um eine Privatangelegenheit.«

»Sir Estevan vergibt keine privaten Termine. Nach den Sitzungen arbeitet er noch ein oder zwei Stunden in seinem Büro, vielleicht wird er Sie dann empfangen.«

Hetzel trennte entnervt die Verbindung.

Er durchsuchte das Verzeichnis nach der Adresse von Sir Estevans Privatresidenz, ohne Erfolg. Er telefonierte mit dem Angestellten an der Hotelrezeption. »Wie kann ich mit Sir Estevan Tristo in Verbindung treten? Seine Sekretärin ist mir nicht im Geringsten behilflich.«

»Es ist ihr nicht gestattet, jemandem behilflich zu sein. Sir Estevan hatte schon zu oft Ärger mit Touristen und Empfehlungsschreiben. Der einzige Ort, an dem man hoffen kann, ihn anzutreffen, ist sein Büro.«

»In fünf Tagen von heute an.«

»Wenn Sie Glück haben. Man weiß von Sir Estevan, dass er seinen Privateingang benutzt, wenn er nicht behelligt sein will.«

»Er scheint ein launenhafter Mensch zu sein.«

»Ganz entschieden, Sir.«

Es war Mittag. Hetzel ging durch den Garten zum holzgetäfelten Speisesaal des Beyranion, dessen Dekoration aus pittoresken Artefakten der Gomaz bestand: Fetische, eiserne Kriegshelme mit Stacheln und Zackenkämmen, ein ausgestopfter Felsenlurer aus den Skimish Mountains. Tische und Stühle waren aus einheimischem Holz geschnitzt, die Tischtücher bestanden aus weichem Bast, bestickt mit ethnischen Emblemen. Ohne Eile labte Hetzel sich am Besten, was das Haus zu bieten hatte, und schlenderte dann auf die Plaza hinaus. Beim Exhibitorium blieb er stehen, um die Gefangenen in ihren gläsernen Zellen zu betrachten – Schmuggler und Waffenschieber, für die sich in diesem Leben niemals mehr das Tor zur Freiheit öffnen würde. Die blassen Gesichter trugen alle den gleichen Ausdruck dumpfer Passivität. Gelegentlich raffte der ein oder andere sich dazu auf, eine obszöne Geste zu machen oder sein nacktes Hinterteil zu präsentieren. Hetzel erkannte niemanden, auch keinen seiner früheren Klienten. Alle waren Gaeancr, für Hetzel eine bezeichnende Aussage über die menschliche Natur. Menschen, als Individuen, schienen vielschichtiger und umtriebiger zu sein als ihre Gegenstücke bei Liss oder Olefract. Und die Gomaz, überlegte er, lebten nach Extremen, die ihnen selbst rätselhaft waren.

Hetzel wandte sich ab. Die Gefangenen – Piraten und Gesetzlose – erregten in ihm kein Gefühl des Mitleids. Um des schnöden Profits willen waren sie nicht davor zurückgeschreckt, die Gomaz zu bewaffnen, wohl wissend, dass die Gomaz, wenn man ihnen auch nur geringste Mengen an Waffen und Transportmitteln zugänglich machte, ausziehen würden, um mit der ganzen Galaxis Krieg zu führen, eingeschlossen die Welten des Gaeanischen Bundes, wie bereits vor sechsundvierzig Jahren blutig demonstriert.

Hetzel setzte seinen Weg über die Plaza fort,

eine Fläche von solcher Ausdehnung, dass die Gebäude an der Peripherie in der diesigen Luft nur wie Schatten aufragten. Er schritt allein fürbass, ein Schiff in der Mitte eines einsamen Ozeans. Vielleicht ein Dutzend andere dunkle Gestalten bewegten sich hier und dort in dem silbergrauen Prospekt, zu weit entfernt, um erkennbar zu sein. Ein seltsames Panorama, dachte Hetzel, unwirklich wie ein Traum.

Das Triskelion gewann im Näherkommen mehr und mehr an Substanz. Er änderte seine Richtung, um einmal ganz herumzugehen, dabei durchquerte er Areale, die zumindest auf dem Papier unter der Kontrolle der Liss und der Olefract standen und fühlbar unter deren psychologischem Einfluss. Er traf einen Liss auf dem Weg zum Triskelion, eine geschmeidige, dunkle Kreatur in scharlachrotem Gewand, und einen Moment später sah er etwas weiter weg einen Olefract. Beide schienen seine Anwesenheit nicht wahrzunehmen, beide erfüllten ihn mit einer eigenartigen Mischung von Faszination und Widerwillen, aus Gründen, die er nicht benennen konnte. Wieder an der gaeanischen Seite angelangt, fühlte er sich von einer subtilen Bedrückung befreit.

Er stieg drei Stufen hinauf und trat durch ein kristallenes Portal in ein Foyer, das sich in seinen Proportionen auf einen dreischenkligen Informationsschalter in der Mitte bezog. An den Seiten der Liss und Olefract gab es weder Personal noch Ratsuchende. Am Schalter Gaeas hatten zwei Angestellte alle Hände voll zu tun, neu eingetroffene Touristen abzufertigen. Ein untersetzter, rundgesichtiger Mann in einer prachtvollen, wenn auch etwas eng sitzenden Uniform stand daneben und musterte jeden Eintretenden mit nur leicht verborgener Verachtung. Silberne Epauletten und Silberfiligran auf dem Schirm seiner steifen Mütze kennzeichneten ihn als jemanden von Bedeutung. Hetzel fixierte er mit einem besonders strengen Blick; instinktiv erkannte er in ihm eine Person, deren Anliegen legitim sein mochte oder auch nicht.

Hetzel schenkte ihm keine Beachtung, er verfügte sich auf direktem Weg zum Informationsschalter. Die offenkundige Chefin, eine vollschlanke, schwarzhaarige Frau mit einer großen, knubbeligen Nase und einem näselnden Akzent, legte bei der Ausübung ihrer Pflicht wenig Freundlichkeit oder Geduld an den Tag. »Nein, Sir, der Triarch ist nicht zu sprechen ... Mir egal, was Sie gehört haben, er empfängt keine Besucher in seinem Haus.« ... »Nein, Sir, wir vermitteln keine organisierten Touren, wir sind der Stab der Vertretung Gaeas auf Maz. In Dogtown finden Sie ein Reisebüro mit Buchungsmöglichkeiten für Unterkünfte in landschaftlich reizvollen Gegenden sowie Flugmobile.« ... »Bedaure, Madam, unter keinen Umständen wird man Ihnen erlauben, den Liss-Sektor zu betreten. Die Liss sind in dieser Hinsicht äußerst konsequent ... Was sie tun würden? Niemand weiß, was aus den Leuten wird, die sie wegschleppen – landen im Zoo, höchstwahrscheinlich.« ... »In Dogtown, Sir, können Sie Souvenirs kaufen.« ... »Nein, Sir, nicht vor der nächsten Sitzung in fünf Tagen. Die Öffentlichkeit ist zugelassen.« ... »Sie dürfen die

Liss- und Olefract-Abschnitte des Schalters fotografieren, ja, Madam.«

Der zweite Angestellte, ein lang aufgeschossener junger Mann mit einem blassen, ernsten Gesicht, war weniger energisch und vermutlich weniger effizient. » …ein Hotel in Dogtown empfehlen? Nun, ich weiß nicht recht. Im Beyranion werden Sie sich viel wohler fühlen. Vergessen Sie nicht, in Far Dogtown gilt nur das Recht des Stärkeren. Sie könnten dort ermordet werden und niemand wird Sie begraben … Ganz recht, Dogtown selbst ist gaeanisches Hoheitsgebiet. Aber gehen Sie nicht über den grünen Zaun hinaus, außer Sie sind ein Abenteurer. Ehrlich gesagt, Far Dogtown ist gar nicht so schlimm, wenn Sie sich vor Leichtsinn hüten und höchstens zwei oder drei SAE in der Tasche haben. Trinken Sie dort nichts und lassen Sie sich auf keinen Fall zum Spielen verführen.« … »Nein, Sir, ich habe keinen Terminplan der Gomaz-Kriege, und ich weiß auch nicht viel darüber. Sie finden statt, gewiss, und wenn Sie in zweihundert Stücke gehauen werden möchten, versuchen Sie eins der Schlachtfelder zu finden. Aus diesem Grund wird das Reisebüro Ihnen kein Flugmobil ohne einen qualifizierten Führer vermieten … Das stimmt, Sie können nicht einfach ein Flugmobil mieten und auf eigene Faust losziehen. Diese Einschränkung dient Ihrem eigenen Schutz. Bedenken Sie, hier ist die äußerste Grenze des Bundes – genau hier.«

Die gebieterische Chefin sprach Hetzel an. »Guten Tag, Sir, kann ich Ihnen helfen?«

»Sind Sie Vvs. Felius?«

»In eigener Person.«

»Ich habe ein eher ungewöhnliches Anliegen. Ich müsste in einer dringenden Angelegenheit mit Sir Estevan Tristo sprechen, aber man sagt mir, er ist nicht zu erreichen.«

Vvs. Felius schnaufte. »Da kann ich Ihnen nicht helfen. Wenn Sir Estevan jemanden nicht sehen möchte, kann ich ihn nicht dazu zwingen.«

»Natürlich nicht. Aber können Sie mir nicht verraten, wie ich ihn auf rücksichtsvolle Art dazu bringen kann, mir einige Minuten seiner Zeit zu widmen?«

»Sir Estevan ist ein vielbeschäftigter Mann, wenigstens behauptet er das, mit seinen Berichten und Empfehlungen und so weiter. Wir sehen ihn nur zu den Sitzungen. Die übrige Zeit ist er sonst wo, mit seiner Freundin oder Verlobten oder wie immer man sie nennen will.« Vvs. Felius produzierte mittels ihres majestätischen Riechorgans ein abfälliges Schnauben. »Ich bin sicher, es wäre seine Pflicht, sich zur Verfügung zu halten, natürlich, doch er will nun einmal außerhalb seines Büros nicht belästigt werden.«

»Wenn es so ist, werde ich mich wohl in Geduld fassen müssen. Haben Sie irgendwelches Informationsmaterial zur Hand, besonders was, sagen wir, die Möglichkeit für Kapitalinvestitionen angeht?«

»Nein. Nichts in der Art.« Vvs. Felius stieß ein kurzes, ungläubiges Lachen aus. »Wer würde hier draußen investieren wollen, mitten im Nirgendwo?«

»Istagam scheint zu florieren.«

»Istagam? Wer soll das sein?«

Hetzel nickte. »Was ist mit den Gomaz? Sind sie willige Arbeiter?«

»Ha! Bieten Sie ihnen ein Gewehr an und sie werden Ihnen alles geben, was sie besitzen, aber nicht eine Minute würden sie für Sie arbeiten. Arbeiten lässt sich nicht mit ihrem Stolz vereinbaren.«

»Eigenartig! Im Hotel habe ich Stühle gesehen, die von den Gomaz geschnitzt worden sind.«

»Von ihren Gamins. Die Gomaz lassen ihre Jungen schuften, damit sie sich nicht beim Kriegspielen vorzeitig totschlagen. Aber ausgewachsene Krieger, die für Lohn arbeiten? Nie und nimmer.«

»Interessant. Und Sie sind sicher, ich muss fünf Tage warten, ehe ich Sir Estevan sprechen kann?«

»Ich wüsste keine andere Möglichkeit.«

»Eine letzte Frage. Ich habe verabredet, mich hier auf Maz mit einem gewissen Casimir Wuldfache zu treffen. Können Sie mir sagen, ob er bereits eingetroffen ist?«

»Mit dieser Information kann ich leider nicht dienen. Sie könnten sich an Captain Baw wenden, er ist der Kommandant der gaeanischen Sicherheitskräfte.« Die Frau wies auf den stämmigen Offizier in der grün-blauen Uniform.

»Vielen Dank.« Hetzel näherte sich Captain Baw und stellte seine Frage, worauf er erst ein uninteressiertes Knurren zur Antwort erhielt, dann: »Nie gehört den Namen. Sie kommen und sie gehen. Da sind Hundert unten in Far Dogtown, die ich gern in die Finger kriegen würde, das kann ich Ihnen flüstern.«

Hetzel dankte und ging.

Nördlich vom Exhibitorium führte eine breite Straße mit einem Belag aus, dachte Hetzel, festgestampftem oder gewalztem Schotter und Muschelschutt weg von der Plaza und hinunter nach Dogtown – der so genannte Boulevard der Verirrten Seelen. Ein Wind von den Mooren wehte Hetzel ins Gesicht, schwer von Rauch- und Torfgeruch und weniger vertrauten Ausdünstungen dieser fremden Erde. Hetzel war der einzige Passant und wieder überkam ihn ein Gefühl von Traumzeit.

Auf einmal blieb er stehen und bückte sich, um den Straßenbelag genauer in Augenschein zu nehmen. Die Muschelsplitter und Schottersteine waren nicht, wie er zuerst angenommen hatte, festgestampft oder -gewalzt worden, sondern Stück für Stück in Zement eingebettet, als Mosaik. Er schaute die Strecke zurück, die er gekommen war, dann voraus nach Dogtown. In dieser Straße steckte ein enormer Arbeitsaufwand.

Hetzel ging unter zwei hohen Spindelbäumen hindurch und nach Dogtown hinein. Der Boulevard der Verirrten Seelen verbreiterte sich zu einer Plaza, deren Mitte man einem Park gewidmet hatte. Kardinalbüsche wuchsen dort, kyprische Fackeln und gelb blühende Akazien; unter dem wassergrünen Himmel und vor den dunklen Erdfarben des Heidemoors bildeten die Rot- und Zitronengelb- und Goldtöne einen eigenartig stimmigen Kontrast.

Auffallend an den umliegenden Gebäuden war ein striktes Bekenntnis zur Nonkonformität, abgesehen von einer allen gemeinsamen legeren

Schäbigkeit. Holz, Mergel, Stuck, vulkanisches Glas, Schlackeziegel, alles fand sich in den Entwürfen, die so verschieden waren wie die Menschen, die sich entschlossen hatten, hier, an der äußersten Grenze des Reichs, ihr Haus zu bauen. Das Angebot in den Läden umfasste importierte Lebensmittel, Eisenwaren und Miscellanea; es gab vier oder fünf Tavernen, ebenso viele mehr oder weniger respektable Hotels, ein paar Geschäftsbetriebe: Exporteure von Gomaz-Artefakten, ein Versicherungsagent, ein Raseur, ein Anbieter von Treibstoffen und Antriebsdüsen. Ein verhältnismäßig imposantes Bauwerk aus glänzendem rosafarbenen Beton war in zwei nebeneinanderliegende Büros geteilt worden. Über dem ersten hing ein Schild:

MAZ TOURISMUSGESELLSCHAFT
Informationen, Touren,
landestypische Unterkünfte

Oder, dachte Hetzel, das gute alte Reisebüro von Dogtown.

Das Unternehmen nebenan präsentierte eine schlichtere Fassade und informierte durch eine unauffällige Plakette über seine Bestimmung:

BYRRHIS ENTERPRISES
Entwicklungs- und Förderungsprojekte

Hetzel warf einen Blick in das Reisebüro und sah eine ähnliche oder sogar dieselbe Gruppe von Touristen wie vorhin im Triskelion. Sie drängten sich am Tresen, wo ein hübsches dunkelhaariges Mädchen mit melancholischen Augen ihre Fragen mit einer charmanten Mischung aus Zurückhaltung, Humor und Höflichkeit beantwortete.

»… sieben Lodges«, sagte sie gerade. »Alle in faszinierender Umgebung gelegen und mit allem Komfort ausgestattet. Hat man mir jedenfalls versichert, ich bin selbst noch nie im Landesinneren gewesen.«

»Wir wollen das *echte* Maz sehen«, erklärte eine der Frauen. »Die Orte, wo Touristen nicht hingehen. Und wir würden furchtbar gern bei einer der Schlachten zuschauen. Wir sind nicht blutgierig oder so was, aber es muss herrlich aufregend sein.«

Das Mädchen lächelte. »Wir haben nicht die Möglichkeit, ein solches Schauspiel zu arrangieren. Zum einen wäre es sehr gefährlich. Die Gomaz sind ein überaus stolzes Volk. Würden sie Touristen entdecken, würden sie in der Schlacht innehalten und die Touristen erschlagen und anschließend ihren Kampf wieder aufnehmen.«

»Hmmmf. Eigentlich sind wir keine Touristen, wir betrachten uns eher als Individualreisende.«

»Selbstverständlich.«

Ein Mann ergriff das Wort. »Was ist mit diesen Lodges? Wenn die Gomaz derart empfindlich reagieren, ist es vielleicht gefährlich, Dogtown zu verlassen.«

»Eigentlich nicht«, antwortete das Mädchen. »Die Gomaz nehmen Gaeaner im Allgemeinen nicht zur Kenntnis, außer sie bewirken irgendeine Art von Störung, ganz so, wie Sie vielleicht

Vögeln, die in einem Baum sitzen, keine besondere Beachtung schenken.«

»Können wir die Festungen der Gomaz besichtigen? Wie die auf dem Plakat an der Wand?«

Das Mädchen bedauerte mit einem lächelnden Kopfschütteln. »Das ist leider unmöglich. Aber einige unserer Lodges befinden sich in alten Gomaz-Burgen, und sie sind wirklich sehr komfortabel.«

Hetzel betrachtete die Plakate: *Krieger ziehen in die Schlacht auf der Tusz Tan Steppe; Die Flieger von Burg Korasman kreisen am Himmel; Sonnenuntergang bei Burg Kish; Konklave der Edlen von Jerd.* Dann wandte er seine Aufmerksamkeit wieder dem Mädchen zu, das dem Auge nicht weniger Erfreuliches bot als die Bilder. Auf den ersten Blick war sie Hetzel zart und zerbrechlich vorgekommen, aber bei genauerem Hinsehen kam er zu dem Schluss, dass sie bei einer kleinen spielerischen Rauferei sehr gut Paroli bieten könnte. Er trat ein paar Schritte näher an den Tresen heran. Das Mädchen wandte den Kopf und schenkte ihm ein kleines Lächeln. Bezaubernd, dachte Hetzel.

» …alle sieben Lodges, wenn Sie so viel Zeit haben. Natürlich organisieren wir die Beförderung.«

»Aber können wir nicht selbst ein Flugmobil mieten?«

»Nicht ohne einen Führer. Es wäre zu gefährlich und verstößt außerdem gegen die Vorschriften des Triarchats.«

»Nun, wir werden es uns überlegen. Welches ist die beste Taverne in Dogtown – besonders typisch und pittoresk?«

»Ich finde, sie sind alle ziemlich gleich. Versuchen Sie es im Last Resort, auf der gegenüberliegenden Seite des Platzes.«

»Vielen Dank.« Die Touristen strömten hinaus. Das Mädchen schaute Hetzel an. »Ja, bitte?«

Hetzel näherte sich dem Tresen. »Ich weiß gar nicht genau, was ich Sie fragen soll.«

»Etwas wird es doch geben.«

»Die Situation ist folgende. Ein Freund von mir ist zu etwas Geld gekommen, und jetzt möchte er es investieren. Die Frage ist: wo?«

Das Mädchen lachte ungläubig. »Sie wollen meinen Rat?«

»Aber ja. Unkonventionelle Ideen sind die bBes-ten, weil noch kein anderer darauf gekommen ist. Nehmen Sie an, ich würde Ihnen eine Million SAE in die Hand drücken, was würden Sie damit anfangen?«

»Mir sofort eine Fahrkarte kaufen und von hier verschwinden«, antwortete das Mädchen. »Aber das ist wohl kaum, was Ihrem Freund vorschwebt.«

»Lassen Sie es mich so ausdrücken: Wie könnte jemand hier auf Maz Geld anlegen, mit Aussicht auf einen gewissen Profit?«

»Das ist eine schwierige Frage. Die einzigen Leute in Dogtown, die Gewinn zu machen scheinen, sind die Gastronomen.«

»Ich dachte an Unternehmungen im größeren Stil, etwa auf dem Niveau von Istagam. Ach ja, wo könnte ich den Direktor von Istagam finden? Ich würde gern seinen Rat einholen.«

Das Mädchen warf ihm einen seltsamen Blick zu, aus dem Hetzel nicht klug zu werden vermochte. Sie sagte: »In der Sache kann ich Ihnen leider nicht weiterhelfen.«

»Aber Sie wissen von der Existenz von Istagam.«

»Das ja, aber nicht viel mehr. Weshalb sprechen Sie nicht mit Vv. Byrrhis? Er ist in geschäftlichen Dingen ein viel größerer Experte als ich.« Sie schaute zu einer Tür, die beide Büros verband. »Aber ich fürchte, er ist momentan nicht anwesend.«

»Welches sind Vv. Byrrhis' Unternehmungen? Oder ist er Makler?«

»Vv. Byrrhis hat seine Finger in fast allem – dieses Reisebüro, Erlebnisgastronomic, Aeromobilverleih. Er organisiert auch Maz Transport für die Triarchie.«

»Maz Transport?«

»Ein paar alte Omnis, die die Gomaz nach Axistil bringen und zurück zu ihren Burgen. Es ist ein kostenloser Service, die Gomaz würden ihn nicht in Anspruch nehmen, wenn sie dafür bezahlen müssten.«

»Die Gomaz haben sich demnach noch nicht zu einer pekuniären Gesellschaft entwickelt?«

»Sie haben sich überhaupt nicht entwickelt.« Das Mädchen griff in ein Regal und nahm einen Prospekt heraus, den sie Hetzel reichte. Er las den Titel: *Die Krieger von Maz.* »Vielen Dank«, sagte er. »Wann rechnen Sie damit, dass Vv. Byrrhis wieder in seinen Geschäftsräumen anzutreffen sein wird?«

»Genau kann ich es Ihnen nicht sagen. Er kommt und er geht. Versuchen Sie, ihn telefonisch zu erreichen.«

Eine neue Reisegruppe drängte herein, Hetzel entwich. Er schlenderte über den Platz, betrachtete Schaufensterauslagen und betrat schließlich das Last Resort für einen Krug Ale. Dort überdachte er die Ergebnisse seiner Nachforschungen bisher, die bescheiden waren und mit wenigen Worten zusammenzufassen:

1. Sir Estevan Tristo gab sich allergrößte Mühe, unangemeldeten Besuchern auszuweichen.
2. Wenn Vv. Byrrhis nicht direkt mit Istagam zu tun hatte, wusste er fast sicher alles, was es darüber zu wissen gab.
3. Die Angestellte in dem Reisebüro gehörte nicht zu der Sorte Menschen, die man in einem Kaff an der äußersten Grenze des Bundes anzutreffen erwartete.

Hetzel nahm sich den Prospekt vor, den er von dem Mädchen bekommen hatte: *Die Krieger von Maz*. Das Deckblatt schmückte eine Zeichnung mit der Überschrift: ›Ein Flieger der Burg Korasmus‹. Der Gomaz stand auf einer Zinne, an seinem Rücken waren Gestelle aus Weidenruten befestigt, mit Membranen bespannt. Der Text lautete: ›Unter günstigen Bedingungen gelingt es dem Gomaz-Flieger, in der dichten Luft von Maz aufzusteigen. Er bewegt die Flügel, indem er mit den Beinen nach hinten stößt und die vorderen Streben mit den Armen bedient. Normalerweise jedoch schwingt sich der Flieger von einem hochgelegenen Punkt herab, um sich auf seinen Gegner zu stürzen.‹

Die Gomaz, erfuhr Hetzel, waren eine uralte Rasse, deren Kultur sich über einen Zeitraum von etwa einer Million Jahre nicht weiter entwickelt hatte. Ihre Gestalt war im Großen und Ganzen anthropomorphisch, damit endete die Ähnlichkeit mit der menschlichen Rasse. Das Skelett der Gomaz, teils intern, teils extern, bestand aus einer zähen, flexiblen, silikathaltigen Knorpelmasse, verstärkt durch Fasern aus Calcium-Magnesium-Carbonphosphat, die bei Kontakt mit der Luft zu einem festen weißen Chitin aushärtete. Dieses Material bildete den Schädel mit drei parallelen Kämmen, in die jede Sept ihr eigenes Muster aus Zacken, Picots und Widerhaken schnitt.

Der Gomaz an sich war notorisch unberechenbar, spitzfindig, sprunghaft und auf persönlichen Vorteil bedacht. Doch in diesem Aspekt seiner selbst reflektierte er lediglich den Charakter seiner Sept, mit der er telepathisch verbunden war. Er war die Sept, die Sept war er. Solange die Sept bestand, konnte der Krieger nicht sterben, daher seine absolute Furchtlosigkeit. Nach menschlichen Begriffen wurde der Gomaz-Krieger dadurch zu einem Paradoxon – in ihm verbanden sich totale persönliche Autonomie und totale Identifikation mit einer sozialen Institution.

Die Gomaz-Kriege unterteilten sich in drei Kategorien: Hass-Kriege, selten; Kriege, ausgelöst durch Rivalität, wirtschaftliche Notwendigkeit oder Grenzverletzungen; Kriege, die Xenologen, Soziologen und Journalisten in seltener Einmütigkeit ›Liebeskriege‹ nannten. Die Gomaz waren eingeschlechtlich und oblagen dem Geschäft der Fortpflanzung, indem sie in die

Leiber besiegter Feinde Zygoten einsetzten, offenbar zu beiderseitigem Lustgewinn, welchen der Sieger damit krönte, dass er sich einen Nodulus aus dem Rachen des Unterlegenen einverleibte. Diese Drüse produzierte das Hormon *chir*, welches bei den Gamins das Wachstum stimulierte und bei den erwachsenen Kriegern die Kampfeslust. Der Gedanke an *chir* beherrschte das Leben der Gomaz. Die Gamins in ihren Reifekämpfen verzehrten das *chir* jener, die sie überwunden und getötet hatten; in den ernsten Schlachten taten die Krieger desgleichen und wurden dadurch euphorisiert, gestärkt und mit einem geheimnisvollen *Mana* versehen. Wahrscheinlich diente *chir* auch zur Befruchtung der Zygoten.

Die Gomaz gebrauchten einige Glyphen und Symbole, kannten aber keine Schriftsprache und beherrschten nur die allereinfachsten Grundrechenarten, was man auf die ausgeprägten telepathischen Fähigkeiten zurückführte.

Geison Weirie, der gaeanische Renegat, hatte vor sechzig Jahren Maz entdeckt und eine Streitmacht von Gomaz-Kriegern rekrutiert, um sie als Sturmtruppen gegen Sercey zu führen, seinen Heimatplaneten. Die Gomaz, die sehr schnell die Möglichkeiten gaeanischer Waffen erkannten, machten sich Weirie und seine Bande von Halsabschneidern für ihre eigene Zwecke dienstbar; sie kaperten Raumschiffe und zogen aus, das Universum zu erobern. Bei ihren Kriegszügen stießen sie in die bisher unbekannten Reiche der Liss und Olefract vor, doch zu guter Letzt zerstörten Streitkräfte der drei Reiche, die sich verbündet hatten, die Gomaz-Flotte, nahmen Geison Weirie gefangen, bauten das Exhibitorium als seinen Kerker und installierten einen permanenten, verfügungsberechtigten Dreierrat auf Maz, um zukünftige Irruptionen zu verhindern. Die Gomaz nahmen ihr vorheriges Dasein wieder auf und straften die Triarchie mit der ultimativen Beleidigung absoluter Nichtachtung.

Hetzel überflog den Rest der Broschüre, wo die Sept aufgelistet und beschrieben und auf einer Karte von Maz die jeweiligen Stammburgen eingezeichnet waren.

Die Sprache der Gomaz, gekoppelt mit telepathisch übermittelten Schlüsseln oder Farbmustern, bestand aus Pfiffen sowie knirschenden und quietschenden Lauten, die sowohl für das Ohr wie auch den Verstand eines Gaeaners unverständlich waren. Kommunikation mit den Gaeanern wurde ermöglicht durch den Einsatz von mikronischen Translatoren.

Das Waffenarsenal der Gomaz war spärlich: ein drei Fuß langer Stab an einer zehn Fuß langen Bola, um den Feind zu Fall zu bringen; Zangen, mittels Bewegungen des Unterarms manipuliert; Harpunen mit drei biegsamen Lanzen; ein kurzes, schweres Schwert. Elitekrieger gebrauchten künstliche Schwingen für Gleit- oder Sturzflug; wenn es vorkam, dass eine Burg erstürmt werden musste – selten –, bewiesen die Gomaz beim Bau von Belagerungsmaschinen großen Erfindungsreichtum. Als Transportmittel dienten Wagen mit domestizierten Reptilien als Zugtiere. Ihre Nahrung bestand aus Feldfrüchten, die von den Gamins gesammelt oder geerntet wurden. Überhaupt verrichteten die Gamins alle Arbeiten in ihrer Sept.

Hetzel steckte die Broschüre wieder in die Tasche und rief nach einem zweiten Humpen Ale. Er fragte den Wirt: »Über den Daumen gepeilt – was denken Sie, wie viele Einheimische arbeiten für Istagam?«

»Istagam? Wer soll das sein?«

»Die Istagam Manufacturing Company.«

»Nie davon gehört. Fragen Sie Byrrhis gegenüber, der weiß alles.«

Hetzel trank aus und ging. Der Rat des Wirts hatte einiges für sich, und falls Vv. Byrrhis immer noch durch Abwesenheit glänzen sollte, konnte er sich wieder an das dunkelhaarige Mädchen im Reisebüro wenden.

Hetzel überquerte die Plaza und versuchte die Tür, die sich, eigentlich unerwartet, öffnete. Er trat ein.

Hinter dem Schreibtisch, in einem Telefongespräch, saß ein vierschrötiger Mann mit einem quadratischen, muskulösen Gesicht und langen, glatten schwarzen Haaren, in der Mitte gescheitelt und über den Ohren waagerecht gestutzt, wie es zur Zeit auf den Planeten des Fayence Stroms modern war. Byrrhis' Nase war lang und grade, das Kinn massiv, seine Augen klein mit festem Blick. Er trug ein weites Hemd aus besticktem grünem Samt, purpurn und gelb gestreifte Cordhosen und einen seitlich am Hals geknoteten Schal aus weißer Seide. Die Kleidung war leger, beinahe freizeitmäßig, seine Miene freundlich, seine Stimme, als er ins Telefon sprach, leise und angenehm. » …genau die gleiche Vorstellung. … Exakt. Ich habe einen Besucher, ich rufe Sie zurück.«

Byrrhis erhob sich zu einer konventionell-höflichen Begrüßung.

»Was kann ich für Sie tun?«

Hetzel fand, dass Vv. Byrrhis seinen Anruf ziemlich abrupt abgebrochen hatte. »Ganz ehrlich, ich weiß es nicht. Ich bin gebeten worden, mich bei Ihnen nach Möglichkeiten für hiesige Investitionen zu erkundigen, doch könnte es sein, dass Sie es vorziehen, derartige Informationen für sich zu behalten.«

Byrrhis quittierte die Liebenswürdigkeit mit einem Lächeln. »Ganz und gar nicht. Offen gesagt, hier draußen ist die Auswahl nicht eben besonders groß. Das Geschäft mit dem Fremdenverkehr ist bescheiden, das Wachstumspotential gering. Maz ist nicht mehr das besondere Reiseziel, das es einmal war.«

»Wie steht es mit Import und Export? Gibt es bei den Gomaz einen Markt für gaeanische Waren?«

»Was wir ihnen verkaufen dürfen, wollen sie nicht, und was sie wollen, dürfen wir ihnen nicht verkaufen. Sie verfügen über keinerlei Zahlungsmittel, ausgenommen ein bisschen Kunsthandwerk und ein paar Kriegshelme. Nicht die beste Grundlage für Unternehmungen größeren Ausmaßes.«

»Aber Istagam – die Firma scheint zu prosperieren.«

Byrrhis reagierte mit verbindlicher Geschmeidigkeit. »Darüber weiß ich gar nichts. Es scheint sich um ein Ferntransportunternehmen zu handeln. Auf Maz werden keine Steuern erhoben, was für eine junge, aufstrebende Firma natürlich ein wichtiger Faktor sein kann.«

»Wahrscheinlich haben Sie Recht. Wie sieht es mit Bodenschätzen aus?«

»Nicht nennenswert. Die Gomaz schürfen etwas Mooreisen, aber die Lager sind so gut wie erschöpft. Die Gomaz haben sich seit ungefähr einer Million Jahre daraus bedient. Maz ist im Grunde genommen ein ausgebeuteter Planet.«

»Wie sind die Aussichten für Geschäfte mit den Liss? Oder den Olefract?«

Byrrhis stieß ein ironisches Lachen aus. »Meinen Sie das ernst?«

»Selbstverständlich. Handel treiben ist eine normale Betätigung, vorausgesetzt, dass beide Seiten davon profitieren können.«

»Die Liss sind xenophobisch bis zur Besessenheit. Die Olefract sind änigmatisch. Mit den Gomaz kann man leichter zurechtkommen, viel leichter. Haben Sie sich die Straße hinauf zur Plaza genauer angesehen? Die Kish und die Dyads haben fünftausend Gamins geschickt und in drei Wochen war die Straße fertig. Wir haben sie mit pneumatischen Rädern für ihre Wagen entlohnt. Aber mit dem Verkauf von Straßen auf Maz kann man kein Geld machen. Wenn ich Geld zu investieren hätte, würde ich nach Vaire auf Lusbarren gehen und in das Geschäft mit Engelsfischen einsteigen. Wissen Sie, was man in Banacre für ein Pfund bezahlt?«

»Ich weiß, dass sie teuer sind. Zwei SAE pro Pfund, würde ich schätzen.«

»Fast getroffen. Und in Vaire, dicht vor der Dal-Küste, tummeln sie sich in Schwärmen.«

»Sollte man sich merken. Wenn ich recht verstehe, betreiben Sie eine Aeromobil-Vermietung?«

»Das stimmt. Ein schlechtes Geschäft mit all den Reparaturkosten und Ausfallzeiten und Vorschriften aus dem Triskelion. Gerade haben sie uns wieder einen neuen Geniestreich beschert: Ich darf kein Aeromobil vermieten ohne vorherige Genehmigung des Triarchen. Ein paar Touristen hatten beschlossen, auf eigene Faust die Burg Disik zu besichtigen, und sind nur knapp mit dem Leben davongekommen.«

Hetzel runzelte die Stirn. »Ich brauche eine Genehmigung von Sir Estevan Tristo, bevor ich ein Aeromobil mieten kann?«

»So ist es.«

»Ich besorge mir noch heute Abend eine solche, wenn Sie mir sagen, wie ich zu seinem Haus komme.«

»Haha! So leicht können Sie Sir Estevan kein Salz auf den Schwanz streuen. Er widmet sich seinen Amtsgeschäften ausschließlich im Triskelion.«

»Ich habe keine große Eile. Eine letzte Frage: Wo finde ich Casimir Wuldfache?«

Byrrhis' Miene versteinerte. »Dieser Herr ist mir unbekannt.« Er warf einen Blick auf seine Armbanduhr. »Bedaure, ich habe jetzt einen Termin.«

Hetzel stand auf. »Vielen Dank für die Auskünfte.« Er trat wieder auf den Platz hinaus. Das Reisebüro war dunkel, das Mädchen nach Hause gegangen – wo immer dieses Zuhause sein mochte. Hetzel kehrte auf dem Boulevard der Verirrten Seelen in die Stadt zurück. Es wurde Abend. Khis stand als orangefarbener Funke hinter den sich im Westen sammelnden Schatten, die Plaza lag dunkel und unheimlich vor ihm. Hetzel fiel es leicht sich vorzustellen, er sei ein Geist in einer von Menschen und aller Kreatur verlassenen Wüstenei … Er war nicht zufrieden mit der Bilanz dieses Tages. Er war gezwungen gewesen, Fragen zu stellen, und hatte sich damit als neugieriger Mensch zu erkennen gegeben. Falls bei Istagam nicht alles mit rechten Dingen zuging, musste man dort die von ihm ausgelösten Vibrationen registriert haben, und es war sehr gut möglich, dass eine Reaktion erfolgte. Auf dem Weg über den leeren Platz fühlte Hetzel sich isoliert und angreifbar, und er beschleunigte seinen Schritt. Vor ihm ragte das Exhibitorium auf, unbeleuchtet, die Gefangenen in ihren Zellen unsichtbar. Zwei dunkle Gestalten schauten ihm nach, machten aber keinen Versuch, ihn aufzuhalten. Liss? Olefract? Gomaz? Gaeaner? In der Dämmerung nicht zu erkennen.

Da er nichts Besseres zu tun hatte, ließ Hetzel sich beim Abendessen viel Zeit. Gerade als er den Speisesaal verlassen wollte, betrat ein hagerer Mann in einem Anzug aus weichem Gabardine unauffällig den Raum. Hetzel beobachtete ihn ein, zwei Minuten, dann ging er hinüber zu seinem Tisch. »Darf ich mich einen Moment zu Ihnen setzen?«

»Gewiss.«

»Sie sind der Sicherheitsbeauftragte des Hotels?«

Der Mann in Grau lächelte fein. »Ist es so offensichtlich? Mein offizieller Titel lautet ›Nachtmanager‹. Ich heiße Kerch.«

»Ich bin Miro Hetzel.«

»Miro Hetzel ... Ich habe den Namen schon irgendwo gehört.«

»Vielleicht können Sie mir ein paar Fragen beantworten. Diskrete Fragen, natürlich.«

»Möglicherweise erhalten Sie diskrete Antworten.«

»Mein Interesse gilt einer Gesellschaft – ein Konzern, eine Gruppe –, die unter der Bezeichnung Istagam firmiert. Ist Ihnen der Name schon einmal zu Ohren gekommen?«

»Ich glaube nicht, nein. In welcher Weise macht diese Gesellschaft sich bemerkbar?«

»Anscheinend benutzt sie den Raumhafen von Axistil, um hochtechnische und teure Geräte in den Bund zu exportieren. Es gehen Gerüchte um, dass Maz ein Depot oder Zwischenlager für außerhalb des Bundes produzierte Waren sein könnte.«

»Ich weiß nichts von einem solchen Unternehmen. Das Hotel beansprucht den größten Teil meiner Aufmerksamkeit.«

»Was Sie nicht sagen! Das Beyranion macht auf mich einen absolut beschaulichen Eindruck.«

»Allerdings, im Moment. Aber bedenken Sie, nur ein Spaziergang von zehn oder fünfzehn Minuten trennt unsere Klientel von der Bevölkerung von Far Dogtown. Sollte man unter diesen Umständen nicht damit rechnen, dass gelegentlich die Füchse in den Hühnerhof eindringen? Ich rate Ihnen, Ihre Wertsachen im Hotelsafe zu deponieren, besonders wenn Sie im Annex wohnen, unserem gefährdetsten Bereich.«

»Das werde ich tun. Aber Sie treffen doch sicherlich Vorsichtsmaßnahmen?«

»Selbstredend. Unser Überwachungssystem ist ausgezeichnet und in den meisten Fällen wird der Dieb ergriffen.«

»Und dann?«

»Dann gibt es ein Verfahren. Der Delinquent erhält einen Rechtsbeistand, der mit dem Vertreter der Anklage eine Voruntersuchung durchführt. Anschließend wird er vor Gericht gestellt und abgeurteilt. Man erlaubt ihm, Einspruch zu erheben, und alle mildernden Umstände werden sorgfältig geprüft, bevor sodann eine angemessene Strafe festgelegt wird.«

»Das scheint mir eine komplizierte Prozedur für diese kleine Exklave.«

»Ganz und gar nicht«, antwortete Kerch. »Ich vereine alle genannten Funktionen in meiner Person. Ich ermittle, ich klage an, ich richte, ich urteile, ich exekutiere das Urteil und gelegentlich auch den Delinquenten. Der Prozess nimmt oft nicht mehr als fünf Minuten in Anspruch.«

»Eine effiziente und gradlinige Vorgehensweise«, bemerkte Hetzel. »Darf ich eine Flasche Wein bringen lassen, auf dass wir sie leeren?«

»Warum nicht?«, sagte Kerch. »Ich befinde mich in kongenialer Gesellschaft, und welch besseren Anlass gäbe es, um mit einem guten Tropfen den Geist zu beflügeln!«

Kapitel 4

Hetzel erstellte eine Liste, die ihm helfen sollte, Klarheit über Istagam zu gewinnen:

I. Istagam fertigt seine Produkte
   1. innerhalb der Grenzen des Gaeanischen
      Bundes
   2. außerhalb der Grenzen des Gaeanischen Bundes
   3. auf dem Planeten Maz

II. Istagam ist als Organisation
   1. illegitim
   2. legitim, aber undurchsichtig
   3. legitim, mit einer Leitung, die sich nicht für den Ruf des Unternehmens interessierte

III. Istagams Leitung
   1. würde zu allen denkbaren Mitteln greifen, um Nachforschungen zu verhindern
   2. würde zu Irreführung und Täuschung greifen, um Nachforschungen zu verhindern
   3. schert sich nicht um Nachforschungen

Hetzel überdachte die Permutationen der aufgelisteten Konzepte, in der Hoffnung, eine auf alle übertragbare Vorgehensweise möge sichtbar werden, und so geschah es tatsächlich. Er stellte fest, dass er kaum etwas anderes tun konnte, als die nächste Sitzung des Triarchats abzuwarten, bei der er Gelegenheit haben würde, Sir Estevan Tristo zu sprechen.

In der Zwischenzeit, angenommen die Punkte I.3, II.1 und III.1 waren zutreffend, konnte er füglich davon ausgehen, dass man sich in Istagams Führungsetage von einem gewissen Unbehagen ergriffen fühlte, und dass er gut beraten war, sein Verhalten danach einzurichten.

Hetzel genoss drei Tage süßes Nichtstun. Er frühstückte in seinem Wohnzimmer, nahm das Mittagessen im Garten und dinierte im Speisesaal. Er schlenderte über die Plaza, riskierte über die Grenze hinweg einen Blick in die Sektoren der Liss und Olefract, schaute sich in Dogtown um und lauschte dabei stets auf die Eingebungen seines Unterbewusstseins. Ein- oder zweimal fühlte er sich versucht, Far Dogtown zu erkunden, sagte sich aber, falls ihm überhaupt Gefahr drohte, war sie dort am größten.

In der Nordwestecke der Plaza befand sich die Haltestelle von Maz Transport. Kerch hatte erklärt, dass jedermann die Omnis benutzen durfte, hingegen nicht an jeder beliebigen Station aussteigen. Die fliegenden Busse waren langsam, die Routen verschlungen, die Sitze hart, zudem musste der abenteuerlustige Passagier darauf vorbereitet sein, den unangenehmen Geruch der mitreisenden Gomaz zu ertragen.

Die Piloten dieser Omnis, überlegte Hetzel, konnten durchaus Quell nützlicher Informationen sein, und am Nachmittag vor der Sitzung begab er sich zur Landeplattform und wartete, während der Nachmittagsbus landete.

Drei Gomaz stiegen aus – hochgewachsene Stammesobere, beeindruckend in Umhängen aus schwarzem Leder und mit Kordeln aus geflochtenen grünen Federn. Sie trugen eiserne Kriegshelme mit drei parallel verlaufenden gezackten Graten, die ihre eigenen weißen Knochenkämme betonten. Herrliche, schreckliche Kreaturen, dachte Hetzel, während er ihnen nachschaute, wie sie über die Plaza schritten. Sicherlich waren sie als Verbündete erstrebenswerter denn als Gegner: ein Konzept, auf dem die Triarchie basierte, in der jede Partei größere Angst vor Verschwörungen hatte als vor den Gomaz an sich.

Der Pilot weigerte sich, Hetzels Fragen auch nur anzuhören. »Erkundigen Sie sich im Reisebüro«, sagte er, »die können Ihnen Auskunft geben. Ich bin im Dienst, und ich bin spät dran, entschuldigen Sie mich.«

Hetzel zuckte die Schultern und ging. In Ermangelung eines besseren Ziels spazierte er den Boulevard der Verirrten Seelen hinunter nach Dogtown. Möglicherweise hatte das Mädchen aus dem Reisebüro um diese Zeit Feierabend, und wenn sie sich auf der Straße begegneten, wer weiß, was sich daraus entwickelte?

Der weiße Zwergstern Khis, der als glitzerndes

Scheibchen Silberflitter über den Himmel von Maz wanderte, war hinter ein Feld von Fischgrätenzirrus gesunken, graugrün im grünen Äther, es herrschte Zwielicht, und Hetzel erkannte den Mann nicht sofort, der aus Byrrhis' Büro trat. Hetzel blieb stehen, starrte, dann setzte er sich in Trab. »Casimir! Casimir Wuldfache!«, rief er.

Der Mann – Casimir Wuldfache? – verhielt nicht für eine Sekunde den Schritt. Er bog auf den Weg nach Far Dogtown ein, und als Hetzel die Hausecke erreichte, war er nirgends mehr zu sehen.

Hetzel kehrte um. Das Reisebüro war dunkel, die Tür von Byrrhis Enterprises verschlossen, und niemand antwortete auf sein Klopfen.

Hetzel machte sich auf den Rückweg, den Boulevard der Verirrten Seelen hinauf und am Rand der Plaza entlang zum Beyranion.

Morgen stand die Sitzung des Triarchats auf dem Programm, und das Treffen oder die Unterredung oder die Konfrontation – was immer es werden mochte – mit Sir Estevan Tristo.

Hetzel erwachte im Dunkeln. Wie spät war es? Mitternacht? Der grüne Mond Oloe, ein großes fahles Ellipsoid, füllte fast das ganze Fenster aus. Was hatte ihn geweckt?

Hetzel suchte in seiner Erinnerung: ein knarrendes Geräusch, ein leises Scharren, irgendwie bedrohlich ... Er lauschte. Absolute Stille. Jetzt ein schwaches Seufzen, fast unhörbar. Hetzel lag einen Moment still und sammelte seine Gedanken. Die Luft roch schal, beißend nach Chemie.

Er schwang die Füße auf den Boden und stolperte ins Wohnzimmer. Auch hier der beißende Geruch. Er lief zur Tür – sie ließ sich nicht öffnen. Auf Beinen, die sich anfühlten, als gehörten sie nicht ihm, taumelte er zum Fenster. Er stieß es auf, und der Wind von den Hügeln wehte ihm ins Gesicht. Hetzel atmete tief ein und aus und ein und aus und reinigte seine Lungen. In seinem Kopf drehte sich alles, er stützte sich auf den Fenstersims …

Beim nächsten Erwachen fand er sich in seinem Bett wieder. Morgensonnenschein strömte durchs Fenster, neben ihm saß auf einem Stuhl eine Krankenschwester. Hetzel massierte sich den Kopf, der pochte und schmerzte. Beunruhigende Erinnerungen kämpften sich an die Oberfläche. Giftgas? Betäubungsgas? Mord? Diebstahl? Rache?

Die Krankenschwester beugte sich vor und hielt ihm einen Becher an den Mund. »Können Sie das trinken? Sie werden sich besser fühlen.«

Hetzel trank die Medizin und fühlte sich tatsächlich etwas gekräftigt. Er richtete den schwimmenden Blick auf die Uhr. Heute kam das Triarchat zu seiner Sitzung zusammen … Erschrocken registrierte er die Uhrzeit und setzte sich ruckartig auf. Die Krankenschwester hob beschwörend die Hände. »Bitte, Vv. Hetzel, Sie brauchen Ruhe!«

»Es ist viel wichtiger, dass ich zum Triskelion gehe. Wo sind meine Kleider?«

Die Schwester eilte zum Telefon, während Hetzel seine sich störrisch gebärdenden Gliedmaßen in die Kleidungsstücke manövrierte. Kerch erschien. »Wie es aussieht, weilen Sie wieder unter den Lebenden.«

»Allerdings. Und ich muss hinüber ins Triskelion.«

»Immer mit der Ruhe. Fühlen Sie sich dem gewachsen?«

»Nicht hundertprozentig. Was ist mit mir passiert?«

»Gas – ich weiß nicht genau, was für eins. Man ist in Ihr Zimmer eingedrungen. Der Alarm wurde ausgelöst, aber wer es auch war, ist durch das Fenster an der Rückseite entkommen. Vermissen Sie irgendwelche Wertgegenstände?«

»Mein Geld ist im Hotelsafe, ebenso der größte Teil meiner Papiere. Meine Brieftasche ist weg, mit ungefähr einhundert SAE und ein paar Dokumenten. Nichts Wichtiges.«

»Sie haben Glück gehabt.«

Hetzel wusch sich das Gesicht mit kaltem Wasser, trank noch einen Becher Medizin, holte einige Male tief Atem. Das Hämmern in seinem Kopf hatte nachgelassen, er fühlte sich matt, aber imstande, normalen Anforderungen zu genügen.

Möglich, dass die Einbrecher nur die Absicht gehabt hatten, ihn zu berauben, oder aber jemand wollte seine Teilnahme an der Sitzung verhindern. In jedem Fall Pech für die Übeltäter. Sie hatten nur geringe Beute gemacht, und er würde an der Sitzung teilnehmen. Er überzeugte die Schwester von seiner Handlungsfähigkeit und machte sich auf den Weg über den Platz, erst im Dauerlauf, dann aus Atemnot langsamer.

Das Triskelion wuchs vor ihm in die Höhe. Hetzel befragte seine Armbanduhr. Falls die Sitzung pünktlich anfing, zur vollen Stunde, kam er zu spät. Er stieg die drei breiten Stufen hinauf, durchquerte den Vorbau. Als er die Hand nach der Tür ausstreckte, flog diese plötzlich weit auf und er wurde von einem hinausstürmenden Gomaz-Krieger zur Seite gestoßen. Hetzel erhaschte einen flüchtigen Blick auf ein hohlwangiges Gesicht wie aus poliertem Elfenbein, schwarze Augäpfel, aus deren Tiefen Sternenfeuer gleißte; der ranzige Geruch der Kreatur wehte ihn an, dann war sie unter dem Klirren von Ketten und Medaillen vorbei und eilte im Sturmschritt über die Plaza davon. Hetzel schaute ihr nach und glaubte, einen der Gomaz wiedererkannt zu haben, der abends zuvor aus dem Omni gestiegen war. Wo hatte er seine beiden Kameraden gelassen? Seltsam, dachte Hetzel. Was mochte den Gomaz derart aufgebracht haben?

Er betrat das Foyer und spürte sofort die Spannung und Erregung, die in der Luft lagen. An der gaeanischen Seite der Rezeption stand in ihrer Leibesfülle bleich und zitternd Vvs. Felius; ihr junger Kollege schaute über den Tresen gebeugt unverwandt zu einer im Bogen nach oben führenden Treppe hin.

Hetzel trat an den Tresen. »Ich komme wegen der Sitzung«, sagte er zu dem jungen Mann. »Ich hoffe, ich bin nicht zu spät.«

Vvs. Felius stieß ein ersticktes, beinahe hysterisches Lachen aus. »Zu spät, haha! Das kann man wohl sagen, zu spät! Es wird keine Sitzung stattfinden. Heute nicht und nie mehr! Sie sind alle ermordet worden!«

Ihr junger Kollege murmelte: »Nun aber, Vvs. Felius, reißen Sie sich zusammen.«

»Nein, Vv. Kylo, lassen Sie mich! Es ist alles so furchtbar!«

»Was ist denn passiert?«, fragte Hetzel. »Wer ist ermordet worden?«

»Die Triarchen – alle! Armer Sir Estevan! Ach, der arme Mann!«

Vv. Kylo widersprach unmutig. »Moment mal, wir wissen gar nicht genau, was passiert ist. Da kommt Captain Baw, er wird uns ins Bild setzen.«

Vvs. Felius rief: »Captain Baw, oh, Captain Baw! Was um alles in der Welt ist geschehen?«

Captain Baw, rotgesichtig und mit wichtiger Miene, den Mund zu einer Rosenknospe gespitzt, verhielt am Tresen den Schritt. »Hinterhältiger Mord, das ist geschehen!«

»Oh, Captain Baw, wie entsetzlich! Und wer …?«

»Die Triarchen der Liss und Olefract – beide niedergestreckt, zwei Gomaz desgleichen.«

»Ah! Fremdlinge alle. Aber was ist mit Sir Estevan?«

»Ich rief ihm eine Warnung zu. Er duckte sich hinter seinen Tisch und entkam dem Tod um Haaresbreite.«

»Seid gepriesen!«, seufzte Vvs. Felius und verdrehte die Augen zum Himmel. »Ich gelobe, eintausend Pastillen für das Heilige Tor zu spenden!«

Vv. Kylo sagte: »Spenden Sie die Pastillen lieber Captain Baw, er scheint der Held der Stunde gewesen zu sein.«

»Ich habe nicht mehr getan als meine Pflicht«, verkündete Captain Baw. »Ich würde jederzeit zehnmal so viel tun.«

»Ein Punkt ist noch ungeklärt«, warf Hetzel ein. »Wer war der Mörder?«

Captain Baw unterzog Hetzel mit hochgezogenen Brauen einer Musterung vom Scheitel bis zur Sohle. Ganz offensichtlich hatte er ihre vorherige Begegnung vergessen. Da er weder reiche Kleidung noch Insignien edler Herkunft entdeckte, hub er zu einer schroffen Entgegnung an, doch von Hetzels klarem grauem Blick getroffen, räusperte er sich und antwortete höflicher als beabsichtigt: »Der Attentäter war ein verrückter junger Gaeaner – ein von einem Groll zerfressener Herumtreiber, Angehöriger einer Sekte, eines Kults. Arglos und entgegenkommend wie ich bin, begleitete ich ihn in den Saal, und nun können Sie sich vorstellen, wie sehr ich bereue, dies getan zu haben!«

»Liebe Güte, genau mit diesem Mann habe ich gesprochen!«, rief Vvs. Felius. »Mir fährt jetzt noch der Schreck in die Glieder! Er trug keine ordentlichen Abzeichen, obwohl, sein Äußeres war dermaßen liederlich, dass man sie gar nicht hätte sehen können. Dreist wie ein Fürst fragte er nach Sir Estevan, und ich verwies ihn an Captain Baw. O weh, er hätte uns alle töten können!«

»Und was ist mit diesem verrückten Sektenanhänger? Ist er in Gewahrsam?«

Captain Baw antwortete kurz angebunden: »Er

entkam. Inzwischen dürfte er sich längst in Far Dogtown befinden.«

Vv. Kylo gab taktlos seiner Verwunderung Ausdruck. »Entkommen? Während Sie genau neben ihm standen?«

Captain Baw blies die Backen auf und richtete den Blick auf einen imaginären Punkt am anderen Ende des Foyers. Er sprach in gemessenem Ton. »Ich befand mich nicht genau an seiner Seite, ich war vorgetreten, um Sir Estevan auf mich aufmerksam zu machen. Nach den Schüssen herrschte Verwirrung, und erst hatte ich den Gomaz in Verdacht, bis ich sah, dass zwei seiner Stammesgenossen am Boden lagen. Zu dem Zeitpunkt befand sich der Attentäter bereits auf halbem Weg nach Dogtown, verflucht seien seine jungen Beine. Keine Angst, wir werden ihn mit diesem oder jenem Trick aus seinem Versteck locken oder vielleicht sein Ableben arrangieren. Ich versichere Ihnen, er wird nicht ungestraft davonkommen.«

»Ein tragischer Vorfall«, bemerkte Hetzel. Er wandte sich an Vvs. Felius. »Aufgrund der besonderen Dringlichkeit meiner Sache würde ich es vorziehen, jetzt mit Sir Estevan zu sprechen, statt bis zur nächsten Sitzung des Triarchats zu warten.«

Vvs. Felius antwortete von oben herab: »Gewiss ist Sir Estevan zu erschüttert, um heute seinen Dienstgeschäften zu obliegen.«

»Weshalb nicht Sir Estevan diesbezüglich konsultieren? Ich möchte annehmen, er hat mehr Courage, als Sie ihm zutrauen.«

Die Nase missbilligend gerümpft, sprach Vvs.

Felius in ein Gitter. Sie lauschte der leisen Antwort und wandte sich, in ihrer Überlegenheit bestätigt, wieder Hetzel zu. »Sir Estevan empfängt heute keine Besucher, ich bedaure.«

Hetzel stand auf der obersten der drei Stufen und fragte sich, was er als Nächstes tun sollte, ohne große Lust, überhaupt etwas zu tun. Infolge seines nächtlichen Abenteuers waren seine Knie weich, sein Hals fühlte sich rau an, und sein Kopf schien sich im Rhythmus seiner Atemzüge auszudehnen und zusammenzuziehen. Hatte man ihn mit dem Gas töten wollen? Oder nur betäuben? Er hätte es gern gewusst. Die Schlussfolgerungen und Eventualitäten waren zu vielfältig, um sie zu erfassen, Spekulationen deshalb reine Zeitverschwendung.

Hetzel ging die Stufen hinunter und wandte sich in die allgemeine Richtung des Beyranion. Beim Exhibitorium blieb er, einer plötzlichen Eingebung folgend, stehen, um noch einmal die apathischen Gesichter zu betrachten. Keins davon hatte Ähnlichkeit mit Casimir Wuldfache. Nicht sehr verwunderlich, erst recht nicht, wenn der Mann, den er gestern Abend gesehen hatte, tatsächlich Wuldfache gewesen war.

Hetzel wandte sich ab. Auf einer Bank in der Nähe saß ein ungepflegter junger Mann in zerlumpten Kleidern, an den Füßen zerschrammte Halbstiefel. Verfilztes blondes Haar und ein wochenalter Bart verwischten seine ziemlich markanten Züge, vermochten aber nicht den Ausdruck von Wut und Hass zu überdecken.

Hetzel blieb stehen, um den Mann genauer zu betrachten und wurde mit einem funkelnden blauen Zornesblick für seine Anteilnahme belohnt.

Er fragte: »Darf ich mich zu Ihnen setzen?«

»Tun Sie, was Sie nicht lassen können.«

Hetzel setzte sich. Der Mann roch nach Schweiß und Schmutz. »Mein Name ist Miro Hetzel.«

Die Antwort des jungen Mannes bestand in einem grämlichen Knurren. Hetzel fragte: »Und Ihr Name?«

»Geht Sie nichts an.« Ein paar Sekunden später brach es hervor: »Wer sind Sie? Was wollen Sie von mir?«

»Wie gesagt, ich bin Miro Hetzel. Was ich von Ihnen will? Vielleicht eine kleine zwanglose Unterhaltung.«

»Ich habe keine Lust, mich mit Ihnen zu unterhalten.«

»Wie Sie wollen. Aber Sie sollten wissen, dass ein junger Mann mit annähernd Ihrem Signalement soeben ein schweres Verbrechen begangen hat. Falls der wirkliche Täter nicht gefasst wird, drohen Ihnen ernsthafte Unannehmlichkeiten.«

Einen Moment lang schien es, als ob der Mann sich taub stellen wollte, dann aber fragte er mit heiserer Stimme: »Sind Sie von der Polizei? Wenn ja, suchen Sie anderswo nach Ihrem Verbrecher.«

»Ich habe nichts mit der Polizei zu tun. Darf ich mich nach Ihrem Namen erkundigen?«

»Gidion Dirby.«

»Haben Sie eben dem Triskelion einen Besuch abgestattet?«

»So könnte man es nennen.«

»Während dieses Besuchs, haben Sie da zwei Triarchen ins Jenseits befördert?«

Gidion Dirbys Stimme verriet sein Erstaunen, als er fragte: »Zwei Triarchen? Welche zwei?«

»Den Liss und den Olefract.«

Gidion Dirby lachte leise und ließ sich nach hinten sinken, gegen die Rückenlehne der Bank.

»Die Nachricht ist kein großer Schock für sie«, bemerkte Hetzel.

»Ich sollte den Gaeaner töten«, sagte Gidion Dirby. »Der Plan ging schief. Nach all der Arbeit, nach all der Mühe …«

»Je mehr Sie erklären, desto weniger verstehe ich«, unterbrach ihn Hetzel. »In einfachen Worten: Weshalb haben Sie diesen mit so viel Arbeit, so viel Mühe ausgearbeiteten Plan verworfen und die Fremdlinge getötet anstelle von Sir Estevan?«

»Was behaupten Sie da? Ich habe überhaupt niemanden getötet. Nicht, dass ich keine Lust dazu hätte.«

Hetzel sagte nachdenklich: »Die Beschreibung des Attentäters – ein aggressiv wirkendes Subjekt, schmutzig und heruntergekommen – entspricht in etwa der Ihren.«

Gidion Dirby lachte wieder, ein heiseres Stakkato. »Es kann nicht zwei wie mich geben. Manchmal bezweifle ich, dass es überhaupt einen gibt.«

Hetzel wagte einen Schuss ins Blaue. »Istagam hat Sie ungerecht behandelt.«

Gidion Dirbys Anwandlung von Heiterkeit endete abrupt. »Istagam? Wieso Istagam?« Er war sichtlich beunruhigt und verwirrt.

»Sie wissen es nicht?«

»Selbstverständlich weiß ich es nicht. Ich weiß überhaupt nichts.«

Hetzel war zu einem Entschluss gekommen, er stand auf. »Begleiten Sie mich. Im Beyranion sind wir beide vor Captain Baws Zugriff sicher.«

Dirby rührte sich nicht. Er schaute blinzelnd über den Platz, dann wieder auf Hetzel. »Warum?«

»Ich möchte Ihre Geschichte im Zusammenhang hören, besonders interessiert mich Ihre Beziehung zu Istagam.«

Dirby erhob sich mit einem Knurren. »Ich habe nichts Besseres zu tun.«

Sie schlugen den Weg zum Beyranion ein.

Kapitel 5

Beim Betreten der Suite deutete Hetzel zum Badezimmer. »Waschen Sie sich. Werfen Sie Ihre Kleider in den Wäscheschlucker.«

Gidion Dirby brummte ohne Begeisterung, tat aber wie geheißen. Hetzel telefonierte derweil mit einem Barbier und um frische Kleidung.

Nach angemessener Zeit präsentierte Gidion Dirby sich gewaschen, gestutzt, rasiert und in neuem Anzug. Nur seine verdrossene Miene war unverändert. Hetzel musterte ihn mit fachmännischer Anerkennung.

»Sie sind ein anderer Mensch. Gefahrlos könnten Sie ins Triskelion zurückkehren und ein Attentat auf Vvs. Felius verüben.«

Gidion Dirby ignorierte das ziemlich makabre Kompliment. Er betrachtete sich in einem Spiegel. »Ich habe mich seit – ich weiß nicht – seit Monaten nicht mehr so gesehen.«

Kellner schoben einen Servierwagen herein und deckten den Tisch. Gidion Dirby aß mit einem Appetit, den er sich nicht bemühte zu verbergen, und trank mehr als eine halbe Flasche grünen Wein.

Endlich fragte Hetzel: »Was, in Umrissen, sind jetzt Ihre Pläne?«

»Wozu sind Pläne gut? Ich habe keine. Die Polizei sucht nach mir.«

»Nicht allzu gründlich, könnte ich mir vorstellen.«

Gidion Dirby hob wachsam geworden den Blick. »Wie kommen Sie darauf?«

»Ist es nicht seltsam, dass ein Attentäter zwei

Triarchen töten kann, während Captain Baw daneben steht, und dann ungehindert entflieht? Es besteht natürlich die Möglichkeit, dass ich Captain Baws Kompetenz überschätze.«

»Ich bin kein Attentäter«, sagte Gidion Dirby tonlos. »Weshalb haben Sie mich hergebracht?«

»Ich interessiere mich für Istagam. Ich möchte hören, was Sie mir darüber erzählen können. Ganz einfach.«

»Alles andere als einfach. Sind Sie ein Polizeibeamter?«

»Nein.«

Dirbys Tonfall wurde sarkastisch. »Ein Philanthrop. Ein Kuriositätensammler?«

»Ich bin ein Effektuator«, sagte Hetzel.

»Einerlei, ich habe keine Geheimnisse.« Dirby trank einen Schluck Wein. »Also gut, ich werde Ihnen erzählen, was mir passiert ist. Sie können es glauben oder nicht, mir egal. Meine Heimat ist Thrope auf dem Planeten Cicely. Mein Vater besitzt ein Gut auf einer der nördlichen Inseln – Huldice, falls Sie sich auf Cicely auskennen. Ein ruhiger Ort, wo nichts passiert außer dem Wechsel von Saat und Ernte und den Hussade-Meisterschaften, und selbst unsere Hussade ist würdevoll, und wir entblößen keine Sheirls, leider. Um es kurz zu machen, mich packte die Wanderlust, und als ich die Dagglesby Universität verließ, heuerte ich bei der Blue Arrow Line an, als Supercargo. In Wolden Port, auf Arbello, übernahmen wir Ware für Maz – vielleicht etwas von dem gleichen Wein, den wir gerade trinken.«

»Nicht von diesem. Das ist Medlin Esterhazy, von Saint Wilmin.«

Dirby machte eine ungeduldige Handbewegung. »Wir löschten unsere Fracht am Raumhafen hier und übernahmen eine Ladung von in Kisten verpackten Waren. Der Konsignatär war Istagam in Twisselbane auf Tamer.«

»Twisselbane? Und dort sind Sie Casimir Wuldfache begegnet? Oder Carmine Daruble?«

»Weder noch. Wir löschten die Fracht, und dann ging ich an Land, in die Lustgärten, wo ich ein wunderschönes Mädchen traf mit schwarzem Haar und einer Stimme wie Musik. Sie hieß Elijano. Sie war gerade aus einem der Hinterlande in die Stadt gekommen – so erzählte sie mir wenigstens. Ich verliebte mich in sie, eins führte zum anderen, und zwei Tage später erwachte ich ohne Geld und ohne Elijano. Als ich mich endlich aufraffte, zum Raumhafen zurückzukehren, war mein Schiff längst auf neuer Fahrt und weit weg.

Ein Mann sprach mich an und fragte, ob ich leichtes Geld verdienen wollte. Ich fragte: ›Wie viel und wie leicht?‹ Das war mein zweiter Fehler. Den ersten hatte ich in den Lustgärten gemacht. Der Mann sagte, sein Name sei Banghart und Schmuggel sein Geschäft. Tja, ich brauchte Geld und schlug ein. Wir beluden einen alten Seelenverkäufer mit unmarkierten Kisten, und es hätten dieselben sein können, die wir auf Maz übernommen hatten, nur waren diese erheblich schwerer. Doch ich wusste, dass Istagam irgendwie in der Sache drinsteckte. Banghart erzählte mir nichts.

Wir flogen los mit unserem Kahn und lagen schließlich im Orbit eines Planeten, der von einem orangefarbenen Nimbus umgeben war.

Banghart nannte den Planeten Dys, wo immer der sein mag. Wir löschten unsere Ladung bei Mondschein, auf einer Insel in einem Sumpf.«

»Dys hat keinen orangefarbenen Nimbus«, sagte Hetzel.

Gidion Dirby beachtete den Einwurf nicht. »Banghart näherte sich dem Planeten mit großer Vorsicht, und ich glaube, er wartete auf ein Signal, weil wir dann ganz plötzlich wie ein Stein zur Oberfläche hinunterstürzten. Wir landeten wie gesagt auf einer Insel in einem Sumpf und luden die ganze Nacht in Handarbeit die Kisten aus, unter einem wunderschönen großen Vollmond, grün wie eine Stachelbeere.«

»Dys hat keinen Mond«, bemerkte Hetzel.

Dirby nickte. »Wir waren hier auf Maz. Als der Frachtraum leer war, sagte Banghart zu mir, ich müsse bleiben und die Ware bewachen, man habe einen weiteren Auftrag für mich. Ich beschwerte mich, aber auf vernünftige Weise, weil ich nichts hatte, um meinen Argumenten Nachdruck zu verleihen. Ich sagte: ›Ja, Mr. Banghart, selbstverständlich, Mr. Banghart, ich werde diese Schiffsladung bewachen.‹ Das Schiff hob ab. Ich war überzeugt, dass man mich töten würde, also stieg ich auf einen Baum und versteckte mich zwischen den Ästen.

Ich begann nachzudenken. Ich beobachtete den Mond, groß und rund und grün, und mir wurde klar, dass ich mich wieder auf Maz befand. Die Kisten enthielten garantiert Waffen für die Gomaz. Meine Chancen standen miserabel. Wenn ich den Gomaz in die Hände fiel, würden sie mich töten, wenn die Patrouille der

Triarchie mich schnappte, würde man mich bis ans Ende meiner Tage im obersten Stockwerk des Exhibitoriums einwecken.

Das Mondlicht war zu grün und zu schwach, um etwas erkennen zu können. Ich saß bis Tagesanbruch oben im Baum, dann kletterte ich hinunter. Der Himmel war bedeckt, die Sicht fast so schlecht wie in der Nacht, aber ich entdeckte einen Pfad, der durch den Sumpf führte; über die schlimmsten Stellen waren Holzplanken gelegt.

Erst zögerte ich. Banghart hatte mir befohlen, die Ladung zu bewachen, und ich hatte eine Todesangst vor ihm. Habe ich noch. Mehr sogar. Doch zu guter Letzt beschloss ich, mein Glück mit dem Pfad zu versuchen. Ich marschierte ungefähr zwei Stunden. Ich erlebte ein paar kleinere Abenteuer, aber keine wirklichen Notfälle, und schließlich erreichte ich festen Boden. Eine steinerne Umfriedung zog sich am Ufer entlang. Mittlerweile kam mir nichts mehr seltsam vor. Der Pfad führte zu einem Tor, und dort stand ein Mann – und das ist die Stelle, wo die Geschichte langsam verrückt wird. Ich bin nicht verrückt, wohlgemerkt, ich erzähle einfach nur, was mir passiert ist. Dieser Mann war groß und so attraktiv wie Avatar Gisrod. Er trug ein weißes Gewand, einen weißen Turban und einen Schleier aus weißer Gaze, mit schwarzen Perlen bestickt. Er schien mich zu erwarten. Ich sagte: ›Guten Morgen, Sir, können Sie mir den Weg zurück in die Zivilisation zeigen?‹

Er sagte: ›Selbstverständlich. Kommen Sie her.‹ Er führte mich zu einem Zelt. ›Warten Sie drinnen.‹

Ich sagte, ich würde ebenso gern draußen im Freien warten, aber er deutete nur auf das Zelt. Ich ging hinein und das ist alles, woran ich mich erinnere; Belami muss Betäubungsgas für mich in Bereitschaft gehabt haben.« Gidion Dirby seufzte resigniert.

»In einem langen, kahlen Raum kehrte ich ins Leben zurück. Er hatte keine Türen oder Fenster. Die Grundfläche maß zwölf Schritte in eine Richtung, vierzehneinhalb in die andere. Die Decke war hoch, ich konnte sie kaum erkennen. Ich muss zwei oder drei Tage bewusstlos gewesen sein; mein Bart war gewachsen, ich fühlte mich schwach und hatte großen Durst. Es gab einen Stuhl, einen Tisch, eine Pritsche, alles aus rohem Holz, aber ich war nicht übermäßig anspruchsvoll. Was denken Sie bis jetzt von der Geschichte?«

»Ich denke nicht, ich höre nur zu. Auf Anhieb ist kein Zusammenhang zwischen den einzelnen Episoden erkennbar.«

Dirby konnte ein grimmiges Lächeln nicht unterdrücken. »Ganz recht. Wo fängt die Geschichte an? Als ich die Universität verließ? In den Lustgärten? Als ich mich mit Banghart einließ? Oder war dieses Schicksal mir von Anfang an bestimmt? Das ist eine sehr wichtige Frage.«

Hetzel sagte: »Vielleicht fehlt es mir an Scharfsinn …«

Dirby ließ keine Ungeduld erkennen. »Der springende Punkt ist … Doch nein, ich werde mit der Geschichte fortfahren. Sie ist ziemlich absurd, finden Sie nicht?«

Hetzel schenkte Wein nach. »Es könnte ein Muster geben, welches für uns noch nicht sichtbar ist.«

Dirby zuckte die Schultern, um auszudrücken, ihm wäre es gleichgültig. »Ich schaute mich in dem Zimmer um. Zwei hohe elektrische Lampen spendeten Licht. Die Wände bestanden aus weißem Plastikmaterial, der Boden hatte einen grauen Kunststoffbelag. An einer Schmalseite des Raums befand sich ein Podium, hüfthoch und einen Meter zwanzig breit – eine Bühne, mit einer Schiebetür an jeder Seite. Auf dem Tisch stand ein Krug. Er schien Wasser zu enthalten, und ich trank. Das Wasser hatte einen merkwürdigen Geschmack, und nach ein paar Minuten krümmte ich mich vor Magenkrämpfen. Ich schloss daraus, dass ich vergiftet worden war, und ich machte mich bereit zu sterben. Stattdessen musste ich mich übergeben, wieder und wieder, bis ich vor Schwäche nichts mehr herausbringen konnte. Dann kroch ich auf die Pritsche und schlief.

Als ich aufwachte, fühlte ich mich besser. Das Zimmer sah genauso aus wie vorher, nur dass jemand sich erbarmt und das Erbrochene entfernt hatte, und auf dem Tisch lag neben dem Krug ein Bild von Belami. Ein Gedanke ließ mir keine Ruhe. Befand ich mich noch in demselben Raum? Die Wände waren blassgelb statt weiß. Ich stand auf, und ich war immer noch hungrig und durstig. Auf dem Podium entdeckte ich ein Tablett mit Brot, Käse und Obst und einen Glaskrug mit Bier. Ich betrachtete mir alles eine Zeitlang. Vielleicht war es vergiftet, wie das Wasser. Dann beschloss ich, dass es mir egal war, lieber Gift riskieren als verhungern. Ich hob das Brot auf und den Käse. Beides war aus Gummi. Das Bier war eine Art Gel. Am Boden des Krugs entdeckte ich die Fotografie eines Mannes, der mir zuzwinkerte – Belami.

Ich nahm mir vor, der Situation mit Gelassenheit zu begegnen. Jemand beobachtete mich – ein Verrückter oder ein Sadist oder Belami, oder alle drei. Ich würde ihm kein Schauspiel bieten. Ich wandte mich ab, ging zum Stuhl und setzte mich. Ich bekam einen elektrischen Schlag. Würdevoll ging ich zu meiner Pritsche. Sie war durch und durch nass. Ich setzte mich auf den Tisch. Ein paar Minuten später schaute ich wieder zur Bühne, und das Tablett war verschoben worden. Irgendwie sah es anders aus. Ich blieb noch eine Weile sitzen, dann stand ich gemächlich auf, um nachzusehen. Diesmal waren die Speisen echt. Ich nahm alles mit zum Tisch und aß. Ohne nachzudenken, setzte ich mich auf den Stuhl. Sobald ich es merkte, wartete ich auf den Stromschlag, aber nichts geschah. Während meiner ganzen Gefangenschaft wurde ich nach diesem Muster verpflegt. Manchmal waren die Speisen echt, weit häufiger nicht. Die Intervalle waren unregelmäßig. Ich wusste nie, wann ich wieder etwas zu essen bekommen würde.« Dirby lachte freudlos. »Als die Kellner vorhin unser Essen brachten, rechnete ich halb und halb damit, dass es aus Gummi sein würde, und ich wäre nicht überrascht gewesen.«

»Es scheint, sie waren das Opfer einer raffiniert ausgeklügelten, systematischen Schikane.«

»Nennen Sie es, wie Sie wollen. Der Trick mit

dem Essen war eine Kleinigkeit, verglichen mit all den anderen Vorgängen. Nach einer Weile verschwendete ich keinen Gedanken mehr daran. Ich erhielt übrigens nie wieder einen elektrischen Schlag, obwohl ich im Unterbewusstsein immer damit rechnete. Und nach jenem ersten Krug Wasser waren die Speisen nie wieder vergiftet.

Nachdem ich meine erste Mahlzeit beendet hatte, schaute ich zur hinteren Wand, die blau war. Ich hätte schwören können, dass alle Wände gelb gewesen waren. Ich fragte mich, ob ich vielleicht doch im Begriff war, den Verstand zu verlieren. Auch weiterhin veränderten die Wände ihre Farbe, doch niemals, wenn ich hinschaute; sie waren weiß, gelb, grün, blau, manchmal braun oder grau. Ich lernte Braun und Grau zu verabscheuen, weil diese beiden Farben oft – nicht immer – etwas Unangenehmes ankündigten.«

»Äußerst seltsame Vorgänge«, meinte Hetzel sinnend. »Vielleicht eine Art Experiment?«

»Das dachte ich auch zuerst. Ich änderte meine Meinung … Während der ersten Tage passierte nicht viel, abgesehen von dem Vexierspiel mit dem Essen und dass die Wände die Farbe wechselten. Einmal, als ich auf der Pritsche lag, schleuderte sie mich auf den Boden, ein anderes Mal brach der Stuhl unter mir zusammen. Manchmal hörte ich leise Geräusche hinter mir, ganz nah – Schritte, Flüstern, ein Kichern. Dann war da noch Belami. Eines Tages färbten die Wände sich grau. Als ich zur Bühne schaute, sah ich, dass sich in der Rückwand eine Tür geöffnet hatte, eine Tür zu einem langen Korridor. An dessen hinterem Ende erschien ein Mann. Er trug ein Old Shalkho

Kostüm – enge Hosen aus weißem Samt, eine Jacke in Rosa und Blau mit goldenen Quasten, ein Rüschenjabot. Er war ein hochgewachsener, kräftiger Mann, sehr würdevoll in seinem Auftreten, sehr gutaussehend. Er trat an die Rampe, schaute zu mir hin – nicht auf mich, sondern in meine Richtung – mit einem Gesichtsausdruck, den ich nicht beschreiben kann: belustigt, gelangweilt, arrogant. Er sagte: ›Du machst es dir ziemlich gemütlich hier. Zu gemütlich. Wir werden das ändern.‹

Ich rief: ›Weshalb halten Sie mich hier fest? Ich habe Ihnen nichts getan!‹ Er antwortete nicht, er sagte nur: ›Du musst gründlicher nachdenken.‹ Ich sagte: ›Ich habe über alles nachgedacht, worüber man nachdenken kann.‹

Wieder hörte er nicht zu. ›Vielleicht bist du einsam, vielleicht hättest du gern Gesellschaft. Nun, warum nicht?‹ Und ein Dutzend Tiere strömte auf die Bühne, Wieseln ähnlich, mit Stachelschwänzen und langen Reißzähnen und Zacken an den Ellenbogengelenken. Sie kamen fauchend und zischend auf mich zu. Ich kletterte auf den Tisch und stieß sie mit den Füßen zurück, wenn sie hochsprangen. Belami schaute von der Tür aus zu, er verzog keine Miene, lächelte auch nicht. Zwei- oder dreimal erwischten die Wiesel mich fast, dann gaben sie auf und streunten durchs Zimmer. Wenn eins in die Nähe kam, sprang ich darauf und zerquetschte es, und endlich hatte ich sie alle getötet. Belami war längst verschwunden.

Ich stapelte die toten Bestien in einer Ecke und schaute mir die Tür an, in der er gestanden hatte.

Keine Spur war mehr davon zu sehen – ein weiteres Rätsel, obwohl Rätsel inzwischen alltäglich geworden waren, ein Lebensstil, sozusagen. Trotzdem, wenn Belami wollte, dass ich grübelte, bekam er seinen Willen, weil ich kaum etwas anderes tat.

Ich fragte mich, weshalb diese ausgeklügelten Streiche? Rache? Bis auf mein kläglich gescheitertes Schmuggelabenteuer hatte ich mir in meinem Leben nie etwas zuschulden kommen lassen. Ein Experiment mit meinem Verstand? Man hätte viel brutaler vorgehen können. Eine Verwechslung? Möglich. Oder vielleicht befand ich mich in der Hand eines übergeschnappten Witzbolds, der an üblen Streichen seinen Spaß hatte. Nichts davon ergab einen Sinn.«

»Und haben Sie Belami wiedergesehen?«

»Allerdings, und jedes Mal färbte sich vor seinem Erscheinen die hintere Wand grau, manchmal allerdings auch, ohne dass Belami sich blicken ließ. Zwischendurch passierten andere Dinge, alberne, seltsame Dinge. Eines Tages hörte ich eine Fanfare, dann Musik, und ein Schwarm dressierter Vögel kam auf die Bühne. Sie tanzten und liefen im Kreis herum, sprangen einer über den anderen hinweg und marschierten hin und her, dann verschwanden sie Purzelbaum schlagend von der Bühne. Die Musik wurde zu einem misstönenden Jaulen, Scheppern, Klappern und Wummern, dann verstummte sie. Ich hörte ein Mädchen kichern, dann herrschte Stille. Das Mädchen klang wie Elijano, auch wenn ich wusste, sie konnte es nicht sein.

Etwa eine Stunde darauf ging das Licht aus,

und der Raum wurde dunkel. Ein, zwei Minuten vergingen, dann durchzuckte ein gewaltiger grüner Blitz den Raum, gefolgt von Donnergetöse. Ich erschrak und wäre fast von der Pritsche gefallen. Ich lag im Dunkeln und rechnete mit einem zweiten Blitz, aber nach fünf Minuten ging das normale Licht wieder an.

Ein Wärter hatte mehrmals seinen Auftritt, ein Geschöpf halb Mann, halb Frau. Seine rechte Seite war männlich, die linke Seite weiblich. Er – ich werde ihn ›er‹ nennen – blieb stumm, und ich sprach ihn nicht an. Er ging durchs Zimmer, schaute hierhin und dorthin, zwinkerte, schnitt Grimassen, vollführte irgendeinen albernen Hopser und ging. Er kam ungefähr fünfmal, dann sah ich ihn nie wieder. Einmal wachte ich auf und entdeckte drei nackte Mädchen in Dominos, die auf Händen und Knien durchs Zimmer krabbelten. Als sie merkten, dass ich wach war, liefen sie hinaus. Eine von ihnen war Elijano – glaube ich. Beschwören könnte ich es nicht. Ungefähr um dieselbe Zeit änderte sich das Spiel mit meinen Mahlzeiten dahingehend, dass die Speisen immer häufiger in Gefäßen von ungewöhnlicher Form und Größe erschienen: eine winzige Schüssel mit einem riesigen, krummen Löffel; ein Zehn-Liter-Kessel zu einer halben Spirale gedreht, mit einem Stück Käse am Grund; bizarre Geflechte aus Röhren und Kugeln für meine Getränke; ein Tablett anderthalb Zentimeter breit und einen Meter lang, auf dem drei Erbsen lagen. Ich fand das eher lustig als ärgerlich, auch wenn ich nie richtig satt wurde.

Zum zweiten Mal gingen die Lichter aus; ich

lag auf der Pritsche und wartete auf den grünen Blitz, aber diesmal zerfloss die Zimmerdecke zu Wolken aus leuchtendem Gas. Sie teilten sich, und es bot sich mir ein Ausblick über mein altes Heim auf Thrope. Das Panorama wandelte sich zu Landschaften aus der Umgegend, dann noch anderen, die ich nicht kannte. Alle diese Bilder waren verzerrt, sie zitterten und flackerten und wanderten. Mein eigenes Gesicht erschien, dann sah ich meinen Kopf von oben. Zwei Hände mit einer Säge öffneten den Schädel, und da war mein Gehirn. Elijano lief davon, das Bild veränderte sich, und es erschien ein ruhiges, ernstes Gesicht – Belami. Wohlgemerkt, es war kein Traum. Meine Träume während dieser Zeit waren Inseln der Normalität … Das Licht ging an. Ich setzte mich auf und gähnte und reckte mich, als wären derlei Visionen für mich nichts Besonderes. Ich war zu dem Schluss gekommen, dass Belami es darauf angelegt hatte, mich in den Wahnsinn zu treiben. Der Meinung bin ich immer noch.«

Hetzel machte eine Handbewegung, die alles ausdrücken konnte, von Dirby mit einem ärgerlichen Stirnrunzeln quittiert.

»Es gab immer wieder einen neuen Schabernack. Die Geräusche hinter mir – Flüstern und Kichern. Ungefähr jeden dritten Tag wurde das Licht nach und nach schwächer, so dass ich mich wunderte, weshalb ich nicht sehen konnte, und Angst hatte zu erblinden. Dann ertönte Musik, eine kunstlose Melodie, die sich durch alle möglichen sinnlosen Phrasen schlängelte und niemals aufhörte oder sich hundertmal wiederholte. Und natürlich Belami. Er erschien noch zwei Mal in der Tür auf der Bühne, und einmal stand er, als ich mich umdrehte, bei mir im Zimmer. Er trug ein anderes Kostüm, einen Anzug aus silbernen Schuppen und einen silbernen Morion mit sichelförmigen Backenstücken, einer Nasenschiene und drei silbernen Zacken an der Stirn. Er sprach mich an: ›Hallo, Gidion Dirby.‹

Ich sagte: ›Also kennen Sie meinen Namen.‹

›Natürlich kenne ich deinen Namen.‹

›Ich dachte, Ihnen wäre vielleicht ein Irrtum unterlaufen.‹

›Mir unterlaufen niemals Irrtümer.‹

›Aus welchem Grund halten Sie mich hier gefangen?‹

›Weil ich es möchte.‹ Er trat an den Tisch. ›Das muss dein Frühstück sein. Bist du hungrig?‹ Er nahm den Deckel von einem Nachttopf – meinem oder dem von jemand anderem – und darin befand sich, was sich in Nachttöpfen zu befinden pflegt. Als ich den Blick darauf richtete, stülpte er mir den Topf über den Kopf und verließ dann den Raum durch die Tür an der Seite der Bühne.

Ich säuberte mich, so gut es ging, und setzte mich dann auf mein Bett. Nach einer Weile wurde ich müde und schlief ein, und als ich aufwachte, geschah es an einem neuen und andersartigen Ort – eine Bank vor einem Gebäude aus Stahl und Glas, in dem ich den Raumhafen von Maz erkannte. Ich blieb sitzen und versuchte, aus der Situation klug zu werden. War ich erlöst? Niemand beachtete mich. Ich überprüfte meine Taschen und meine Börse: Da war nichts außer einer paar Münzen und einer Energiepistole, keine Papiere.

Ein Wächter kam zu mir und fragte, was ich täte; ich antwortete, ich warte auf ein Schiff. Er fragte nach Ausweisen, ich sagte, ich hätte sie verloren. In dem Fall müsste ich mir neue Papiere von dem gaeanischen Triarchen besorgen. Zu meinem Glück, sagte er, fände heute die öffentliche Sitzung statt, und er beschrieb mir den Weg zum Triskelion. Ich betrat das Foyer. Ein großer, rotgesichtiger Offizier fragte, was ich wollte. Ich sagte, ich müsste den gaeanischen Triarchen in einer wichtigen Angelegenheit sprechen. Er führte mich in einen Raum mit drei Schreibtischen. Vor mir waren drei Gomaz. Der Sicherheitsbeamte führte mich zu einem der Tische und sagte: ›Dieser Mann behauptet, er müsse Sie dringend sprechen.‹ Zu mir sagte er: ›Dies ist Sir Estevan Tristo, tragen Sie ihm Ihr Anliegen vor.‹ Doch ich konnte nichts vortragen, weil der Mann Belami war. Er schaute mich an, und ich schaute ihn an. Dann drehte ich mich einfach um und ging weg, ich war zu verwirrt, um etwas zu sagen. Hinter mir hörte ich Strahler feuern. Ich schaute mich um. Belami hatte sich hinter seinem Tisch versteckt, und alles schrie durcheinander. Ich sah, dass zwei der Gomaz auf dem Boden lagen. Der Offizier wollte mich packen, aber ich schlug ihn nieder und flüchtete durch die Seitentür. Ich wusste nicht wohin, deshalb lief ich über die Plaza und setzte mich auf die Bank, und da haben Sie mich gefunden. Ich begreife jetzt, dass es falsch war wegzulaufen, ich hätte bleiben sollen und erzählen, wie es war. Ein Gedankenscan hätte bewiesen, dass ich die Wahrheit sage ... Natürlich hätten sie mich vielleicht erst erschossen und dann Fragen gestellt. Vielleicht habe ich es doch richtig gemacht.«

»Nicht hundertprozentig«, sagte Hetzel. »Sie hätten weiterlaufen sollen bis Dogtown. Bis Far Dogtown, um genau zu sein. Auf dieser Bank auf der Plaza waren Sie leichte Beute für Captain Baw. Selbst ein verwirrter Pseudo-Irrer sollte noch genug Grips haben, nicht einladend vor dem Exhibitorium zu posieren. Weshalb haben Sie Ihre Flucht nicht fortgesetzt?«

Dirbys Gesicht verdüsterte sich. »Ich weiß nicht. Ich sah eine Bank und setzte mich hin. Muss ich alles erklären?«

Hetzel ging nicht auf die Frage ein. »Sie haben ein mysteriöses Erlebnis hinter sich. Wenigstens von Ihrem Standpunkt aus. Sir Estevan ist unzweifelhaft Belami?«

»Ich würde sein Gesicht unter Tausenden erkennen.«

»Und er hat Sie erkannt?«

»Er hat nichts gesagt. Seine Miene verriet nichts. Aber es ist gar nicht anders möglich, als dass er mich erkannt hat.«

Kapitel 6

Hetzel trat ans Fenster und schaute auf die Plaza hinunter. Dirby hockte in seinem Sessel und starrte brütend in sein Glas.

Hetzel drehte sich um. »Haben Sie die Pistole noch?«

Dirby zog sie heraus. Hetzel überprüfte die Energieskala, nahm die Batterie heraus, schaute wieder auf die Skala. »Es wird eine Ladung angezeigt, aber die Batterie ist aufgebraucht. Die Anzeige wurde blockiert.« Er warf die Pistole zur Seite. »Ich nehme an, man wollte, dass Sie verhaftet werden. Ein Element des Plans ist fehlgeschlagen, Sie konnten flüchten. Oder man hat Ihnen erlaubt zu flüchten.«

Dirby runzelte die Stirn. »Gut – was tue ich jetzt?«

»Benachrichtigen Sie Ihren Vater. Bitten Sie ihn, umgehend einen Anwalt zu schicken und einen gaeanischen Marshal. Was Sie selbst angeht, so verlassen Sie auf keinen Fall das Gelände des Beyranion, oder Sie sind Captain Baws langem Arm ausgeliefert. Würde man Sie zum jetzigen Zeitpunkt vor Gericht stellen, sähe es nicht gut für sie aus.«

»Ein Gedankenscan würde beweisen, dass ich die Wahrheit sage«, brummte Dirby.

»Ein Gedankenscan würde beweisen, dass Sie von einem verrückten Alptraum besessen sind, in dem Sir Estevan Tristo die Rolle des Peinigers spielt. Man würde Sie für geisteskrank erklären und des Mordes schuldig sprechen.«

Dirby stöhnte. »Was ich auch tue, ich bin verloren.«

»Sie haben kein Chance, außer Sie können Beweise für Ihre Geschichte vorlegen.«

»Gut. Sie sind ein Effektuator. Effektuieren Sie, stellen Sie Nachforschungen an.«

Hetzel überlegte einen Moment. »Ich habe andere Verpflichtungen. Es könnte zu einem Interessenkonflikt kommen. Andererseits bietet sich die Möglichkeit, für eine Arbeit zweimal bezahlt zu werden, was nicht zu verachten ist. Ich gehe davon aus, dass Sie willens sind, mich zu bezahlen?«

Dirby schaute mit einem unangenehmen, höhnischen Lächeln zu ihm auf. »Womit? Ich habe nicht einen Zink*. Falls Sie um Ihr Honorar besorgt sind, stelle ich Ihnen einen Wechsel auf die Bank meines Vaters aus, den er nicht versäumen wird einzulösen.«

»Darüber werden wir uns zu gegebener Zeit noch unterhalten. Zuerst möchte ich etwas klarstellen. Ich übernehme ausschließlich die Recherche, hingegen sehe ich es nicht als meine Aufgabe, Ihre Unschuld zu beweisen oder Ihre Schuld zu vertuschen. Rechtsberatung müssen Sie anderswo suchen. Sind Sie damit einverstanden?«

Dirby zuckte gleichgültig die Schultern. »Was

* Zink – eine Münze, entspricht einer Menschlichen Arbeitsminute, der hundertste Teil einer SAE. Die gaeanische Zeitrechnung basiert aud dem Standardtag der Erde, nach alter Tradition in vierundzwanzig Stunden eingeteilt. Eine Minute ist der hundertste Teil einer Stunde, eine Sekunde der hundertste Teil einer Minute.

immer Sie sagen. Ich bin nicht in der Lage, Bedingungen zu stellen.«

»Sind Sie zufällig mit einem gewissen Casimir Wuldfache bekannt? Nein? Und Carmine Daruble? Ich möchte, dass Sie sich eine Fotografie ansehen …« Hetzel unterbrach sich. Seine Brieftasche mit fünfundachtzig SAE und dem Foto von Casimir Wuldfache war gestohlen worden. »Nun ja, nicht so wichtig.«

Es läutete. Hetzel ging zur Tür, öffnete und sah sich zwei Männern gegenüber – der erste ein schwergewichtiger Herr, adrett wie aus dem Ei gepellt, in dem Hetzel den Hotelmanager erkannte, dahinter Kerch, der Sicherheitsbeauftragte.

»Ich bin Aeolus Shult, Direktor des Beyranion«, sagte der stattliche Herr mit einer trockenen, präzisen Stimme. »Dies ist Nello Kerch, Leiter der Hotelsicherheit. Dürfen wir hereinkommen?«

Hetzel öffnete die Tür weiter, Shult und Kerch traten ins Zimmer. Hetzel sagte: »Erlauben Sie mir, Ihnen meinen Gast vorzustellen, Vv. Gidion Dirby.«

Shult nahm den Vorgestellten nicht zur Kenntnis. »Gidion Dirby ist der Grund meines Hierseins«, sagte er stattdessen. »Leider muss ich ihn bitten, umgehend das Hotel und das Grundstück zu verlassen.«

»Das ist eine befremdliche Aufforderung«, bemerkte Hetzel.

»Nicht im Geringsten. Man hat mich dahingehend informiert, dass Vv. Dirby sich eines Kapitalverbrechens schuldig gemacht hat, genauer gesagt, des Mordes an zwei Würdenträgern des Triarchats. Das Beyranion darf nicht als Zufluchtsort für Verbrecher missbraucht werden.«

»Dieser Steckbrief trifft auf Gidion Dirby nicht zu«, entgegnete Hetzel. »Er versichert mir, er habe kein Verbrechen begangen. Darüber hinaus ist er hier nicht widerrechtlich eingedrungen, er ist mein Gast.«

Shults Miene versteinerte. »Captain Baw von der Gaean Security Force hat eine klare Aussage gemacht. Er identifiziert Vv. Dirby als den flüchtigen Täter.«

»Das ist noch befremdlicher. Mir gegenüber hat Captain Baw gesagt, er habe lediglich die Schüsse gehört. Von wem stammt die Täterbeschreibung?«

»Captain Baw hat keine Details preisgegeben.«

»Aber auf die Details kommt es an! Etliche andere Personen waren anwesend, als das Attentat geschah, darunter drei Gomaz, von denen zwei getötet wurden.«

»Darüber kann ich kein Urteil abgeben«, sagte Shult. »Captain Baw wartet in meinem Büro; er verlangt, dass ich ihm Vv. Dirby ausliefere.«

»Damit würden Sie einen äußerst bedenklichen Präzedenzfall schaffen«, warnte Hetzel. »Wollen Sie, dass Captain Baw alle paar Tage vorstellig wird, um die Auslieferung eines Ihrer Gäste zu fordern, der auf die eine oder andere Weise das Missfallen der Triarchen erregt hat? Oder der Behörden der Liss? Oder der Olefract? Sie haben Rechte, die ebenso viel gelten wie die von Captain Baw.«

Kerch sagte: »In diesem Punkt hat Vv. Hetzel Recht.«

Shult schürzte die Lippen. »Selbstverständlich möchte ich die von Ihnen geschilderte Situation nicht heraufbeschwören. Dennoch, meine Verantwortung erstreckt sich nur auf Gäste des Hotels.«

»Ich habe bereits erklärt, dass Vv. Dirby mein Gast ist.«

»Er ist nicht als Gast eingetragen.«

»Das ist unerheblich. Ich habe eine Suite gemietet, nicht das Aufenthaltsrecht für eine Person; ich kann so viele Gäste einladen, wie es mir beliebt. Übrigens, es gibt noch einen weiteren Punkt, den Sie nicht bedacht haben. Das Triskelion ist ein Bezirk mit eigener Jurisdiktion, gaeanisches Recht gilt dort nicht. Das Beyranion Hotel hingegen ist gaeanisches Territorium, und hier gilt gaeanisches Recht. Vv. Dirby ist keines Verbrechens überführt worden. Wenn Sie ihn ungeachtet dessen Captain Baw ausliefern, und sollte ihm dabei etwas zustoßen, kann er Sie dafür verantwortlich machen und zu einer Schadenersatzzahlung verurteilen, in Höhe von möglicherweise zehn oder zwanzig Millionen SAE. Sie bewegen sich in dieser Angelegenheit auf extrem dünnem legalen Eis.«

Shult ließ Anzeichen von Nervosität erkennen. Er schaute Kerch an, der nur die Schultern zuckte und sich abwandte. »Alles schön und gut, aber ich kann es mir nicht erlauben, einen Attentäter zu beherbergen.«

»Wer behauptet, er wäre ein Attentäter?«

»Nun – Captain Baw.«

»Ich schlage vor, dass Sie Captain Baw auffordern, seine Zeugen und seine Beweise zusammenzusuchen und hierherzubringen, und dann können wir über Vv. Dirbys Schuld oder Unschuld befinden. Selbst dann sind Sie nicht verpflichtet, seiner Forderung nachzukommen. Wir befinden uns auf gaeanischem Territorium, auf der anderen Seite haben wir eine gemeinsame Rechtsprechung dreier Rassen, von denen zwei Fremdrassen sind. Unter keinen Umständen dürfen Sie sich von Captain Baw einschüchtern lassen.«

Aeolus Shult seufzte tief. »Was Sie sagen, entbehrt nicht einer gewissen Logik. Wir müssen stets mit dem gebührenden Respekt vor der gaeanischen Justiz handeln.« Er verabschiedete sich mit leidgeprüfter Miene von Hetzel und ging, gefolgt von Kerch.

Nach einer Weile ergriff Dirby das Wort. »Also bin ich ein Gefangener im Beyranion.«

»Bis Ihre Unschuld bewiesen ist.«

Dirby hüllte sich in störrisches Schweigen. Fünfzehn Minuten vergingen. Das Telefon zirpte, Hetzel tippte auf die Audiotaste. Auf dem Schirm erschien die pastellene Zartheit von Sir Estevans blonder Sekretärin. »Hetzel am Apparat.«

»Hier ist das Büro des gaeanischen Triarchen. Sir Estevan bedauert, dass es ihm nicht möglich war, Sie heute Vormittag zu empfangen. Jetzt ist er frei und bittet Sie, in sein Büro zu kommen.«

»Sofort?«

»Sofern es Ihnen möglich ist.«

Hetzel überlegte einen Moment. »Bitte verbinden Sie mich mit Sir Estevan.«

»Einen Augenblick, Sir. Wären Sie so freundlich, die Videofunktion zu aktivieren?«

»Sobald Sir Estevan sich meldet.«

»In Ordnung, Sir.«

Der Schirm wurde hell und zeigte ein markant geschnittenes Männergesicht. Dirby kam heran und starrte gebannt auf das Bild. Er nickte. »Das ist Belami.«

Hetzel drückte den Videoknopf. Sir Estevan sagte: »Sie sind Vv. Miro Hetzel, der heute Vormittag im Triskelion vorgesprochen hat?«

»Ganz recht.«

»Ich würde mich freuen, Sie jetzt zu empfangen, falls Ihre Zeit es erlaubt.«

»Sehr liebenswürdig von Ihnen. Jedoch gibt es da noch eine Schwierigkeit, die zu bedenken wäre.«

»Sie beziehen sich auf Gidion Dirby?«

Hetzel nickte. »So gern ich Ihrer Einladung Folge leisten würde, ich lege keinen Wert darauf, beim Verlassen des Beyranion verhaftet und aufgrund einer aus der Luft gegriffenen Anklage festgehalten zu werden. Falls ich damit rechnen muss, würde ich es vorziehen, dass Sie zu mir kommen und wir hier im Hotel miteinander sprechen.«

Sir Estevan lächelte ein winterliches Lächeln. »Lassen Sie mich mit dem Kommandanten Rücksprache halten.«

Der Schirm wurde dunkel. Hetzel stellte den Ton ab und schaute Dirby an. »Das ist also Belami.«

Dirby nickte. »Er trägt das Haar anders. Strenger frisiert.«

»Und seine Stimme?«

Dirby zögerte. »Ist auch irgendwie anders. Erheblich anders, um genau zu sein.«

»Ist Ihnen aufgefallen, dass bei den Gelegenheiten, als Sie Belami aus der Nähe sahen, er einmal einen Schleier trug und beim zweiten Mal einen Helm, der einen großen Teil seines Gesichts verdeckte? Das andere Mal stand er in einer Tür, wo es keine Tür gab.«

»Was wollen Sie damit sagen?«

»Dass Sie von Belami meistens nur eine Projektion sahen, und dass die Stimme nicht unbedingt seine Stimme war.«

Dirby legte die Stirn in Falten. »Dass Belami also gar nicht wirklich da draußen war?«

»Allem Anschein nach hat man große Anstrengungen unternommen, Sir Estevan bei Ihnen unbeliebt zu machen.«

Dirby lachte. »Und dann schaffen sie mich her, zum Triskelion, geben mir eine nicht geladene Waffe und zeigen mir Sir Estevan. Wozu das alles?«

»Zwei Triarchen wurden ermordet – ein Olefract und ein Liss. Es wäre schwieriger gewesen, einen Hass gegen diese beiden zu schüren.«

Dirby schüttelte den Kopf. »Ich verstehe nicht.«

»Ich verstehe es auch nicht«, sagte Hetzel. »Sie nennen ihn Belami. Ich nenne ihn Casimir Wuldfache.«

Sir Estevan kehrte auf den Schirm zurück. Hetzel aktivierte den Ton. »Ich habe mich mit Captain Baw beraten«, erklärte Sir Estevan. »Verständlicherweise ist er an Informationen interessiert.«

»Wir alle teilen dieses Interesse, Gidion Dirby eingeschlossen. Zum Beispiel würde er gern wissen, weshalb Sie einen Topf Exkremente über seinem Kopf ausgeleert haben.«

Sir Estevan Tristo hob die Augenbrauen. Er streckte die Hand aus und nahm eine Einstellung an der Klangkontrolle vor. »Ich glaube, ich habe Ihre letzte Bemerkung nicht richtig verstanden.«

»Nicht so wichtig«, sagte Hetzel. »Ich möchte nur die Zusicherung, dass ich, wenn ich das Hotel verlasse, keine Unannehmlichkeiten zu befürchten habe.«

»Wenn Sie gegen unsere Gesetze verstoßen oder bereits verstoßen haben, werden Sie die üblichen Konsequenzen tragen. Allerdings sagt Captain Baw mir, dass Sie sich seines Wissens keiner Gesetzesübertretung schuldig gemacht haben.«

»Dann habe ich Ihre ausdrückliche Zusicherung, dass man mich nicht verhaften wird?«

»Nicht, solange Sie kein Verbrechen begehen.«

»Nun gut«, sagte Hetzel. »Ich gehe das Risiko ein.«

Kapitel 7

Hetzel näherte sich der verschwommenen vor ihm aufragenden Silhouette des Triskelion. Unterwegs bemerkte er niemanden in der blaugrünen Uniform der gaeanischen Sicherheitskräfte, und als er das Foyer betrat, beachtete ihn der Wachhabende kaum. Captain Baw war nirgends zu sehen.

Hetzel begab sich zum gaeanischen Abschnitt der Rezeption. Die Schalter der Liss und Olefract waren wie gewöhnlich unbesetzt. Vv. Kylo, der allein Dienst tat, wies ihn zu einer Tür am anderen Ende des Foyers.

Er betrat ein Vorzimmer, wo Sir Estevans bezaubernde blonde Sekretärin an einem Schreibtisch saß. Das Monitorbild wurde der jungen Frau nicht gerecht. Ihre Farben, dachte Hetzel, waren exquisit – hellblondes Haar wie Wintersonnenschein, ein Teint wie Rosenblüten, fein modellierte Züge, fast überzart, als wäre sie aus Generationen von Ästheten und Aristokraten hervorgegangen. Für Hetzels Geschmack war sie vielleicht ein wenig zu sensitiv, zu akkurat, zu lupenrein, wahrscheinlich auch humorlos, trotz allem verlieh sie Sir Estevans Vorzimmer unzweifelhaft ein gewisses Etwas.

»Vv. Hetzel? Hier entlang bitte.«

Sir Estevan erhob sich hinter seinem Schreibtisch, um Hetzel zu begrüßen – ein hochgewachsener Mann mit einer Ausstrahlung von Autorität, aber unleugbar attraktiv. Er war, dachte Hetzel, älter als Casimir Wuldfache. Die Ähnlichkeit, obzwar frappant, verlor sich bei näherem Hinsehen etwas.

Sir Estevan wies auf einen Sessel und nahm selbst wieder Platz. »Sie sind ein fast schon zwanghaft vorsichtiger Mensch.«

»Captain Baws Diensteifer weckt das Bedürfnis nach einer gewissen Absicherung«, gab Hetzel zur Antwort.

Sir Estevan gestattete sich die Andeutung eines Lächelns. »Habe ich recht verstanden, dass Sie Gidion Dirby als Ihren Klienten bezeichnen?«

»Keineswegs. Seine Lage interessiert mich, und ich stehe ihm inoffiziell als Berater zur Seite. Er ist nicht mein Klient. Diese Unterscheidung ist mir wichtig.«

»Sie kannten sich schon früher?«

»Ich bin ihm heute zum ersten Mal begegnet. Seine Notlage hat meine Aufmerksamkeit erregt, und die Geschichte, die er erzählt, weckte mein berufliches Interesse.«

»Ich verstehe. Darf ich fragen, welches Ihr Beruf ist?«

»Ich bin ein Effektuator; von besonderer Art, möchte ich hinzufügen, mehr ein Dilettant. Ich rette Jungfrauen in Not, ich begebe mich auf extravagante Missionen, ich suche nach verloren gegangenen Besitztümern.«

»In welche der genannten Kategorien gehört Gidion Dirby?«

»Er ist schwerlich eine Jungfrau in Not, nichtsdestoweniger versuche ich, ihn vor seinen Feinden zu beschützen.«

Sir Estevan lachte sein frostiges Lachen. »Und wer schützt die Feinde vor Gidion Dirby?«

»Genau über diesen Punkt möchte ich mit Ihnen sprechen. Erstens, halten Sie Gidion Dirby für den Attentäter?«

»Ich sehe keine andere Möglichkeit, Captain Baw ebenfalls nicht. Fragen Sie ihn, er war dichter am Geschehen.«

»Sie haben nicht gesehen, wie Gidion Dirby seine Waffe abgefeuert hat?«

»Nein. Captain Baw verdeckte mir die Sicht. Ich hörte das Geräusch der Treffer, ich sah zwei Gomaz sterben und suchte hinter meinem Tisch Deckung. Genau genommen habe ich von dem ganzen Vorfall überhaupt nichts gesehen.«

»Sie haben Vv. Dirby überhaupt nicht gesehen?«

»Nicht deutlich.«

»Haben Sie ihn erkannt, als Sie sein Gesicht eben auf dem Monitor sahen?«

»Nein, er ist für mich ein Fremder.«

»Aus welchem Grund sollte er – oder sonst jemand, was das angeht – versuchen, die Triarchen zu ermorden?«

Sir Estevan lehnte sich zurück. »Ich gehe davon aus, dass der Mörder geisteskrank war und ist. Es gibt keine andere Erklärung. Die Tat ist absolut sinnlos.«

»Und wenn der überlebende Gomaz der Attentäter war?«

Sir Estevan schüttelte den Kopf. »Es liegt nicht in der Natur der Gomaz, Mordanschläge zu verüben. Ein Gomaz tötet aus persönlichen Motiven – zur Befriedigung seiner Gelüste, könnte man wohl sagen –, davon abgesehen ist er weder gewalttätig noch mordgierig, außer man fordert ihn heraus.«

»Sie scheinen die Gomaz gründlich studiert zu haben.«

»Selbstverständlich. Weshalb wäre ich sonst auf diesem Posten?«

»Die Liss und Olefract teilen Ihr ethnologisches Interesse?«

Sir Estevan zuckte die Schultern. »Zwischen ihnen und uns hat sich keine sehr fruchtbare Kommunikation entwickelt. Erst recht kein privater Kontakt. Die Liss sind misstrauisch und feindselig; die Olefract sind verachtungsvoll und feindselig. Trotzdem kein Grund, ihre Triarchen zu ermorden.«

»Und wie werden sie reagieren?«

»Durchaus vernünftig, nehme ich wenigstens an. Falls Dirby für geistesgestört erklärt wird, werden sie den Mord als die Tat eines Verrückten akzeptieren.«

»Vorausgesetzt, Dirby ist wirklich der Täter.«

»Es kann kein anderer gewesen sein.«

»Captain Baw befand sich ebenfalls im Saal.«

»Lächerlich. Weshalb sollte er eine derartige Tat begehen?«

»Weshalb sollte Gidion Dirby?«

»Weil er geistesgestört ist.«

»Vielleicht ist Captain Baw geistesgestört.«

»Unfug.«

Hetzel zeigte auf eine Tür. »Die führt in den Sitzungssaal?«

»Ganz recht.«

»Ihre Sekretärin hatte während der ganzen Zeit die Tür im Auge?«

»In jedem Fall hätte sie jemanden bemerkt, der dort steht und auf mich schießt.«

»Vielleicht hielt sich jemand im Saal versteckt?«

»Unmöglich. Ich war schon eine Viertelstunde vor Beginn der Sitzung an meinem Platz. Niemand hatte sich versteckt.«

»Nun dann – wie steht es mit Ihnen selbst?«

Sir Estevan zeigte sein kaltes Lächeln. »Ich würde vorziehen, dass wir unseren Verdacht weiterhin auf Gidion Dirby richten, oder den Gomaz, oder meinetwegen auch Captain Baw.«

»Richtig, die Gomaz – weshalb waren sie hier?«

»Sie hatten keine Gelegenheit, ihr Anliegen vorzutragen.«

»Wird dieses Attentat keine Probleme verursachen? Tumulte? Demonstrationen?«

»Kaum wahrscheinlich. Die Gomaz sind telepathisch mit dem einheitlichen Bewusstsein ihrer Sept verbunden, und der Tod hat für sie keinen Schrecken. Das ist einer der Gründe für ihre Furchtlosigkeit.« Sir Estevan schob eine Broschüre über den Schreibtisch. »Lesen Sie das, wenn Sie an den Gomaz interessiert sind.«

»Vielen Dank.« Die Broschüre trug den Titel *Die Gomaz-Krieger von Sfz-BEA-1545 (Maz), erarbeitet vom Hanneberg Institut für Xenologie.* Er betrachtete das Diagramm auf dem Einband. »Zweihundertneunundzwanzig Sept. Die Gomaz von heute Morgen, welcher Sept gehörten sie an?«

»Ubaikh.« Sir Estevans Finger zuckten ungeduldig. »Aber Sie sind wohl kaum hergekommen, um über die Gomaz zu sprechen.«

Hetzel öffnete den Mund, um die Rede auf

Istagam zu bringen, dann besann er sich anders. Unter Umständen war es klüger, für den Wunsch, ein Aeromobil zu mieten, einen anderen Grund zu nennen als seine Ermittlungen in Sachen Istagam. »Momentan interessiert mich alles, was mit Gidion Dirby und seiner außergewöhnlichen Situation in Zusammenhang steht.«

»Außergewöhnlich in welcher Hinsicht?«

»Ich möchte gern, dass Sie Gidion Dirbys Geschichte aus seinem eigenen Mund hören. Wären Sie bereit, mich ins Beyranion zu begleiten?«

»Mir wäre es lieber, wenn Sie mir hier eine Zusammenfassung geben.«

»Gidion Dirby behauptet, er wäre gefangen gehalten und mit perfiden Streichen traktiert worden. Sie waren der Meister der Illusionen und beendeten das grausame Spiel, indem Sie ihm einen Nachttopf über den Kopf stülpten.«

Sir Estevan grinste. »Ich leugne.«

»Sie haben Gidion Dirby vor dem heutigen Tag noch nie gesehen?«

»Nicht dass ich wüsste.«

»Kennen Sie einen langen geschlossenen Korridor mit weiß gefliesten Wänden und einer hohen weißen Decke?«

»Möglicherweise. Ein solcher Korridor verbindet die Loggia meiner Residenz mit dem Morgenzimmer. Weshalb fragen Sie?«

»Besagter Gang spielt eine Rolle in Gidion Dirbys Geschichte und ist geeignet, ihr Glaubwürdigkeit zu verleihen.«

Sir Estevan dachte nach. »Wenn Dirby unschuldig ist, dann kommen nur noch ich oder Captain Baw als Täter in Frage. Oder meine Sekretärin Zaressa, falls Sie genügend Phantasie haben, um sich vorzustellen, wie sie in dieser Tür steht und einen Liss niederschießt, einen Olefract und zwei Gomaz.«

»Wenn Dirby unschuldig ist, dann müssen entweder Sie, Captain Baw, Zaressa oder der Gomaz schuldig sein, dem stimme ich zu.«

»Es wäre überaus lästig«, sagte Sir Estevan, »besonders weil der Gomaz von der Liste gestrichen werden muss. Viel besser, einen wirrköpfigen Fanatiker als Attentäter zu präsentieren – ob er schuldig ist, wovon ich überzeugt bin, oder nicht.«

»Dirby könnte sich dieser Sichtweise womöglich anschließen, würde man ihm zusichern, dass er Maz mit sicherem Geleit verlassen kann, sowie eine Entschädigung für seine Unannehmlichkeiten. Zur Zeit ist er verärgert und unglücklich, und er möchte unbedingt die Wahrheit ans Licht bringen.«

»Das ist selbstverständlich sein gutes Recht. Und wie, schlägt er vor, soll die Erleuchtung bewerkstelligt werden?«

»Der Gomaz war anwesend, weshalb nicht ihn befragen?«

Sir Estevan lehnte sich zurück und überlegte. »Gomaz sind schlechte Zeugen. Sie legen eine, ich muss leider sagen, verächtliche Gleichgültigkeit gegenüber unseren Gesetzen und Bräuchen an den Tag. Sie werden sagen, was sie sagen wollen, und weiter nichts. Es ist unmöglich, einen Gomaz zu etwas zu zwingen, und ebenso unmöglich, an sein, sagen wir, besseres Ich zu appellieren.«

»Ach ja, in welcher Angelegenheit sind sie eigentlich hergekommen?«

»Bevor sie sich äußern konnten, geschah, wie gesagt, das Attentat.«

Hetzel hatte den Eindruck, dass Sir Estevan seiner Frage ausgewichen war. »Haben sie ihr Anliegen nicht auf die Tagesordnung setzen lassen?«

»Nein.« Kurz und bündig.

»Und Sie persönlich wissen nicht, worum es sich gehandelt haben könnte?«

»Ich möchte lieber keine Vermutungen anstellen.«

»Von Dirbys Standpunkt aus ist der überlebende Gomaz ein wichtiger Zeuge. Habe ich das richtig verstanden – wenn ein Gomaz sich überzeugen ließe, in den Zeugenstand zu treten, kann man davon ausgehen, dass er die reine Wahrheit sagen würde?«

»Die Wahrheit, wie er sie sieht. Keinesfalls die Wahrheit, wie wir sie sehen.«

»Dennoch, um nichts unversucht zu lassen, sollten wir uns anhören, was er zu sagen hat.«

Sir Estevan zögerte einen Moment, dann schlug er einen Terminkalender auf und studierte ihn kurz. Er drückte eine Taste an seinem Telefon. Der Schirm wurde hell, ein Gesicht nahm Konturen an, eine Stimme sagte: »Maz Transport. Sir Estevan, was kann ich für Sie tun?«

»Ist der Omni für die Route Fünf pünktlich abgegangen?«

»Ja, Sir. Vor einer halben Stunde.«

»Wie viele Passagiere waren an Bord?«

»Einen Moment, Sir ... Sept Passagiere; zwei Kaikash, zwei Eisenbäuche, ein Ubaikh, ein Agzh und ein Gelber Hellion.«

»Schauen Sie zur Haltestelle. Sehen Sie irgendwelche Ubaikh?«

»Nein, Sir. Niemanden. Alle Wartenden sind mit dem Omni abgeflogen.«

»Ich danke Ihnen.« Sir Estevan schaltete den Monitor ab. »Der Gomaz ist in seine Burg zurückgekehrt und kann als unerreichbar betrachtet werden.«

»Nicht unbedingt. Ich kann zur Stelle sein, wenn er aussteigt, und ihn dann befragen.«

»Hm.« Sir Estevan musterte Hetzel für einige Sekunden. »Wie wollen Sie sich mit ihm verständigen?«

»Sie haben bestimmt einen brauchbaren Translator.«

»Gewiss. Ein Ausrüstungsgegenstand von großem Wert.«

»Ich werde eine Kaution hinterlegen, wenn Sie es wünschen.«

»Das ist nicht notwendig. Zaressa wird Ihnen das Gerät aushändigen. Im Reisebüro in Dogtown können Sie ein Aeromobil mieten.« Er schrieb eine Notiz und gab sie Hetzel. »Das ist Ihre Genehmigung. Man wird Ihnen jemanden vom Personal als Begleiter mitgeben, das ist unsere eiserne Regel, um die Leute vor sich selbst zu schützen. Maz ist ein gefährlicher Planet, und selbstverständlich unternehmen Sie Ihren Ausflug auf eigenes Risiko. Der Mann vom Reisebüro wird den Weg zur Ubaikh-Station kennen. Gehen Sie nicht in die Nähe der Burg, man wird Sie töten. In der Station sind Sie einigermaßen sicher.« Er schaute auf den Terminplan. »Sie haben reichlich Zeit. Der Omni wird Ubaikh erst morgen Nachmittag erreichen. Ich bestehe darauf, mir die Mitschrift der Befragung anzusehen.«

»Gewiss. Noch eins …«

Sir Estevan schaute auf die Uhr. »Meine Zeit ist knapp bemessen.«

»Ich bin nach Maz gekommen, um Nachforschungen über einen Konzern mit Namen Istagam anzustellen. Meine Auftraggeber sind besorgt wegen Istagams ruinöser Preispolitik; sie fürchten, dass den Liss und den Olefract Maz als Ausfalltor dient, um den gaeanischen Markt mit Billigprodukten zu überschwemmen.«

Sir Estevan kräuselte die Lippen. »Sie können Ihre Auftraggeber beruhigen. Weder die Liss noch die Olefract wünschen Kontakt mit den Gaeanern, oder auch nur untereinander.«

»Wer oder was ist dann Istagam?«

Sir Estevans Ton wurde äußerst kühl. »Der Name ist mir zu Ohren gekommen, nicht viel mehr, aber ich bin sicher, das Unternehmen ist völlig legal. Sie können Ihre Auftraggeber dahingehend informieren, und man wird sich eben auf die Konkurrenz einstellen müssen.«

»Können Sie mir die Namen der Direktoren von Istagam nennen oder mir etwas über die Firmenpolitik verraten?«

»Ich bedaure, über das Thema möchte ich nicht sprechen.«

»Aus welchem Grund?«

»Kaprice«, antwortete Sir Estevan. »Ein so

guter Grund wie jeder andere. Bedaure, dass ich unsere Unterhaltung jetzt beenden muss.«

Hetzel stand auf. »Vielen Dank für Ihr Entgegenkommen, es war ein Vergnügen, mit Ihnen zu sprechen.«

»Bringen Sie mir die Translatoraufzeichnung, ich möchte sie überprüfen.«

»Sie können sich darauf verlassen.«

Captain Baw war eine Handbreit größer als Hetzel, an Schultern, Brust und Bauch wölbten sich Muskeln, das runde, flache Gesicht war kalt und wachsam. Er erhob sich schneidig, als Hetzel sein Büro betrat und blieb während der gesamten Befragung in militärisch straffer Haltung stehen.

»Sie sind Captain Baw, nehme ich an.«

»Eben der.«

»Sir Estevan hat vorgeschlagen, dass ich Sie befrage, um mir Klarheit über den Zwischenfall heute Morgen zu verschaffen.«

»Fragen Sie.«

»Sie waren anwesend, als das Attentat geschah?«

»Allerdings.«

»Schildern Sie die genaue Abfolge der Ereignisse.«

»Ich führte einen Mann namens Gidion Dirby in den Saal, der behauptete, Sir Estevan in einer wichtigen Angelegenheit sprechen zu müssen. Als ich vortrat, um Sir Estevan auf mich aufmerksam zu machen, zog er eine Waffe und begann zu feuern.«

»Sie sahen ihn die Waffe benutzen?«

»Er stand hinter mir, woher auch die Schüsse kamen.«

»Und die Gomaz? Sie standen ebenfalls hinter Ihnen.«

»Gomaz ist das Tragen von Schusswaffen nicht erlaubt.«

»Angenommen, dass durch irgendeinen ungewöhnlichen Umstand einer der Gomaz trotzdem eine Schusswaffe gehabt hätte – was dann?«

»Erstens: Er würde nicht kaltblütig töten. Zweitens: Er würde seine Stammesgenossen nicht ermorden. Drittens: Er würde nicht verschwinden, ohne ganze Arbeit geleistet zu haben.«

»Was ist aus der Waffe geworden?«

»Diesbezüglich habe ich keine Informationen. Stellen Sie Gidion Dirby diese Frage.«

»Das habe ich bereits getan. Zu seiner nicht geringen Überraschung entdeckte er eine Pistole in seiner Tasche. Die Batterien waren leer, die Kontakte korrodiert. Die Waffe ist seit Monaten nicht abgefeuert worden. Was sagen Sie dazu?«

In einem Tonfall, der verriet, dass seine Geduld über Gebühr strapaziert wurde, antwortete Captain Baw: »Sir, es steht mir nicht zu, mit Ihnen zu diskutieren. Fragen Sie mich nach Fakten, und ich werde nach bestem Wissen Auskunft geben.«

»Laut Ihrer eigenen Aussage haben Sie nicht wirklich gesehen, wie die Pistole abgefeuert wurde.«

Baws Augen verengten sich zu schmalen, bleigrauen Schlitzen, so dass Hetzel sich fragte, wie er überhaupt noch sehen konnte. »Ich bestätige meine Aussage in soweit, Sir, dass die Schüsse aus der Richtung von Gidion Dirby kamen. Ich sah die Tat aus dem Augenwinkel; ich wurde abgelenkt von den Gomaz, die nervös und ungehalten waren.«

»Weshalb haben Sie nicht sofort gehandelt und Gidion Dirby festgenommen?«

»In erster Linie ist es meine Pflicht, Sir Estevan zu beschützen. Ich vergewisserte mich, dass er nicht ernsthaft verletzt war, und wechselte einige Worte mit ihm. Als ich mich anschließend auf die Suche nach Gidion Dirby machte, war dieser spurlos verschwunden. Ich nahm an, er sei nach Dogtown geflüchtet, wo wir keine Befugnisse haben.«

»Möglicherweise hätten Sie ihn einholen können, wenn Sie sich beeilt hätten.«

»Möglicherweise, aber ich hatte keine gesetzliche Handhabe, um ihn zu verhaften, darum ging es auch in meinem kurzen Austausch mit Sir Estevan nach der Tat. Dirbys Schüsse töteten einen Liss auf Liss-Territorium und einen Olefract auf Olefract-Territorium, und niemand hat sich bisher die Mühe gemacht, das Töten von Gomaz unter Strafe zu stellen. Der Schuh sitzt am anderen Fuß. Es existiert weder eine offizielle Auslieferungsvereinbarung mit den Liss oder den Olefract, noch haben sie sich bis jetzt bei uns gemeldet.«

»All das erscheint mir höchst abstrakt«, sagte Hetzel. »Ich hätte erwartet, wenn Sie beobachten, wie ein Mann zwei Triarchen ermordet, würden Sie ihn erst dingfest machen und später über Verfahrenstechnik nachdenken.«

Baw gestattete sich ein dünnes Lächeln. »Eine solche Handlungsweise mag innerhalb der Grenzen des Bundes möglich sein. Sie verstehen nicht, wie behutsam wir mit den Liss und den Olefract umgehen müssen. Wir halten uns strikt an die Buchstaben unseres Vertrags, sie tun das Gleiche. Nur auf dieser Basis können wir miteinander auskommen.«

»Wie würden Sie – unter strafrechtlichen Gesichtspunkten – Dirbys derzeitigen Status beschreiben?«

»Wir haben gegen Gidion Dirby Anklage wegen Erregung öffentlichen Ärgernisses erhoben, weil er während einer öffentlichen Sitzung des Triarchats von einer Waffe Gebrauch gemacht und das Procedere gestört hat.«

»Aeolus Shult im Beyranion haben Sie etwas anderes erzählt.«

»Im Beyranion habe ich keine offizielle Befugnis. Dort kann ich in meiner Eigenschaft als Privatmann Dinge sagen oder tun, die sonst nicht möglich wären, wie zum Beispiel Dirby ergreifen und auf die Plaza schleppen, um ihn dann ordnungsgemäß zu verhaften.«

»Aufgrund der Anklage wegen Erregung öffentlichen Ärgernisses?«

»Exakt.«

»Was ist das Strafmaß für ein solches Vergehen?«

»Darüber wird entschieden.«

»Von wem?«

»Bei minderschweren Vergehen fungiere ich gewöhnlich als Friedensrichter.«

»Und welches Urteil fällen Sie über Gidion Dirby?«

»Schuldig.«

»Und seine Strafe?«

So weit waren Captain Baws Überlegungen noch nicht gediehen. »Ich muss in den Statuten nachschlagen.«

»Weshalb tun Sie es nicht jetzt gleich? Ich zahle das Bußgeld.«

Captain Baw schlug gereizt mit der Hand durch die Luft. »Wenn Sie glauben, Sie brauchten nur eine lächerliche Summe in Gidion Dirbys Namen entrichten und damit wäre er aller Schuld frei und ledig, befinden Sie sich im Irrtum.«

»Das haben Sie sich selbst zuzuschreiben.«

Captain Baws Mund wurde zu einem ›O‹ indignierter Verblüffung. »Wie das?«

»Sie haben ihn angeklagt, im Sitzungssaal des Triarchats Schüsse abgefeuert zu haben, und ihn für schuldig befunden. Ungeachtet seiner de facto Schuld oder Unschuld kann kein Bürger des Gaeanischen Bundes zweimal für dasselbe Vergehen vor Gericht gestellt werden.«

Captain Baws Gesicht färbte sich rosa. »Mit dieser Interpretation der Gesetze werden Sie nicht durchkommen, das versichere ich Ihnen.«

»Das habe ich gar nicht angenommen.«

»Es könnte eine zusätzliche Anklage erhoben werden, wie zum Beispiel wegen eines hinterhältigen Anschlags auf das Leben von Sir Estevan.«

»Wie kann das möglich sein? Nur vier Schüsse wurden abgefeuert und vier Personen wurden getötet!« Es war eine Behauptung auf gut Glück, Hetzel hatte keine Ahnung, wie oft geschossen worden war.

»Die Anzahl der abgefeuerten Schüsse ist nicht von Bedeutung«, sagte Baw schleppend. »Gidion Dirby sollte sich stellen, sofort. Je länger er zögert, desto mehr verschlimmert sich seine Lage.«

»Ich werde es ihm ausrichten«, sagte Hetzel, »und ich danke Ihnen für Ihre Kooperationsbereitschaft. Aber noch etwas ist mir rätselhaft. Ich habe die Gomaz als Kaikash identifiziert ...«

»Kaikash? Unsinn. Sie waren Ubaikh. Kaikash tragen einen konischen Helm und schwarze Beinlinge, und sie riechen anders. Ich kann die Gerüche nicht entschlüsseln, so dass ich verstehe, was sie bedeuten, aber ich kann einen Kaikash von einem Ubaikh unterscheiden.«

»In welcher Angelegenheit wollten sie vorsprechen?«

»Das fällt nicht in meine Kompetenz.«

»Aber Sie wissen es?«

»Selbstverständlich weiß ich es. Es ist meine Aufgabe, alles zu wissen.«

»Sir Estevan hat mir versichert, Sie würden alle Fragen rückhaltlos beantworten.«

»Nach meine Meinung ist Sir Estevan zu liberal. Es gibt keinen Grund, weshalb wir jeden staunenden Touristen in unsere Amtsgeschäfte einweihen sollten. So viel will ich Ihnen sagen: Die Ubaikh sehen sich selbst als Elite. Sie waren die Führer aller Sept in dem Großen Krieg, und jetzt betrachten sie sich als die Vornehmsten unter den Gomaz, und sie sind unweigerlich die Ersten, die sich wegen jedem, auch nur eingebildeten Übergriff beschweren.«

»Nach meiner Ansicht handelt es sich bei

Istagam um mehr als einen Übergriff«, sagte Hetzel. »Kein vernünftiger Mensch kann das anders sehen.«

Captain Baw richtete den Blick auf einen Punkt an der Wand. »Zu diesem Thema möchte ich mich nicht äußern.«

»Es ist dumm, eine offenkundige Tatsache zu ignorieren.«

»Nicht gar so offenkundig«, brummte Captain Baw. »Eigentlich eine Bagatelle.«

»Aber welchen anderen Grund sollten die Ubaikh gehabt haben, um sich zu beschweren?«

»Ich weiß es nicht, es ist mir egal«, bellte Captain Baw. »Ich werde heute kein Wort mehr sagen.«

»Ich danke Ihnen für das Gespräch, Captain Baw.«

Kapitel 8

Hetzel fand bei seiner Rückkehr Gidion Dirby auf einem schwarzpurpurnen Mooshöcker sitzend in der Ecke des Gartens, von der aus man nach Dogtown hinunterschauen konnte. Er wirkte verdrossen und geistesabwesend. Als Hetzel näherkam, warf er ihm über die Schulter einen vorwurfsvollen Blick zu. Gidion Dirby, dachte Hetzel bei sich, war beileibe kein sympathischer Mensch. Nun ja, ein gewisses Maß an schlechter Laune musste man ihm verzeihen. Nach Erlebnissen wie den seinen war es kein Wunder, wenn man sich etwas misanthropisch fühlte.

Dirby fragte: »Und, haben Sie Sir Estevan gesprochen?«

»Ja, und nichts erfahren, das wir nicht bereits wissen. Ich habe auch mit Captain Baw gesprochen, der nicht mehr ganz so versessen darauf zu sein scheint, Sie zu verhaften. Er sagte mir, dass man Sie lediglich der Erregung öffentlichen Ärgernisses beschuldigt. Die Triarchen haben verabsäumt, sich auf einen gegenseitig bindenden Rechtskodex zu einigen, keiner traut dem anderen über den Weg, und jede Partei richtet in ihrem Bezirk nach heimatlichem Recht. Das Interesse Gaeas an den Geschossen, die den Liss und den Olefract töteten, endet dort, wo diese Geschosse die Grenzlinie überqueren. Gomaz zu töten verstößt bis dato noch gegen kein Gesetz. Ergo, selbst wenn Sie die Waffe abgefeuert haben sollten, wäre es nur ein minderschweres Vergehen. Soweit die Theorie, in der Praxis könnte

Sir Estevan Sie inoffiziell an die Liss oder die Olefract ausliefern, obwohl ich es nicht für wahrscheinlich halte. Er ist eine komplexe Persönlichkeit, dieser Sir Estevan Tristo. Er macht einen ungeheuer selbstsicheren Eindruck.«

Dirby stieß ein unartikuliertes Grollen aus. »Man hat mir absichtlich die Flucht ermöglicht, weil man kein öffentliches Gerichtsverfahren mit Gedankenscan riskieren wollte.«

»Ich möchte lieber keine Behauptungen aufstellen«, meinte Hetzel. »Sir Estevan erzählte mir von einem langen, blau-weiß gekachelten Flur in seiner Residenz. Jemand hat ihn gefilmt, als er diesen Flur entlang ging, und die Aufzeichnung Ihrer Situation entsprechend manipuliert ... Leider habe ich versäumt zu fragen, wer die Möglichkeit gehabt haben könnte, in seiner privaten Umgebung eine solche Aufnahme von ihm zu machen.«

»Und als er mir den Topf über den Kopf gestülpt hat – das war auch eine Filmaufnahme?«

»Der das getan hat, muss nicht unbedingt Sir Estevan gewesen sein. Ich bin fast sicher, es war Casimir Wuldfache.«

Dirby stand auf, er schaute zur Plaza hinüber und rieb sich das Kinn. »Wenn man mir nichts weiter vorwirft, als die Erregung öffentlichen Ärgernisses, weshalb gehen wir nicht zum Triskelion und zahlen das Bußgeld?«

»Ganz so einfach ist es nicht. Captain Baw vereinigt den gesamten Justizapparat in seiner Person. Er könnte Sie zu dreißig Peitschenhieben verurteilen oder zu achtzehn Jahren im Exhibitorium oder Verbannung ins Liss-Territorium. Sie sollten im Beyranion bleiben, bis Sie einen Rechtsbeistand zur Seite haben und ein gaeanischer Marshal sich des Falles annimmt.«

»Das kann einen Monat dauern, oder zwei.«

»Tun Sie, was Sie für richtig halten. Soll ich meine Ermittlungen fortsetzen?«

»Warum nicht.«

»Wenn Sie sich stellen, arbeite ich nicht weiter. Von einem Toten kann ich kein Honorar kassieren.«

Dirbys Antwort bestand in einem Knurren.

Hetzel atmete tief ein und sprach weiter. »Wir haben erst die Oberfläche des Falls angekratzt. Es gibt da einige Fragen, die mir – wenigstens zum jetzigen Zeitpunkt – besonders wichtig erscheinen. Wo steckt Banghart? Wo steckt Casimir Wuldfache? Wo hat man Sie gefangen gehalten? Besteht eine Verbindung zu Istagam? Wenn ja, welcher Art?«

»Fragen Sie nicht mich«, sagte Dirby. »Ich bin nur der Gimpel.«

»Hat Banghart noch andere Namen oder einen gaeanischen Index, anhand dessen man ihn aufspüren könnte?«

»Nicht dass ich wüsste.«

»Wie sah er aus?«

Dirby kratzte sich am Kinn. »Er ist älter als ich, untersetzt, mit kantigem Schädel und schwarzem Haar. Er wirkt nicht besonders beeindruckend, bis er Befehle gibt und einen ansieht. Kalt bis ins Mark. Er legt Wert auf gute Kleidung, man kann schon sagen, er ist so etwas wie ein Stutzer. Ein- oder zweimal erwähnte er einen Ort namens Fallorne.«

»Fallorne ist ein Planet am anderen Ende des Bundes. Sonst noch etwas?«

»Er hatte eine merkwürdige Art zu singen. Ich kann es nicht recht beschreiben – wie zwei Melodien auf einmal, eine Art Kontrapunkt. Sonst fällt mir nichts ein.«

»Gut, gut. Weiter – Sie befanden sich auf einer Insel in einem Moor. Erinnern Sie sich an das Wetter?«

»Es war eine ganz gewöhnliche klare Nacht.«

»Konnten Sie Sterne sehen?«

»Verschwommen. Die Atmosphäre ist sehr dicht, und es war Vollmond, sein Licht hat viele Sterne überstrahlt.«

»Wie hoch stieg der Mond über den Horizont? In anderen Worten, die Maximalhöhe in Grad?«

Dirby zuckte unwillig die Schultern. »Schwer zu sagen, in meiner Lage war ich nicht interessiert an astronomischen Beobachtungen. Lassen Sie mich nachdenken. Ich glaube, er stieg nicht höher als bis ungefähr fünfundvierzig Grad – er stand in halber Höhe am Himmel. Fragen Sie mich nicht nach der Sonne, weil ich nicht darauf geachtet habe. Genau gesagt, habe ich sie kaum gesehen.«

»Gut, aber Sie haben gesehen, wo sie aufgegangen ist.«

Dirby verzog den Mund zu einem sauren Lächeln. »Im Osten.«

»Osten ist korrekt. In der Nacht davor, ist der Mond im Norden aufgegangen oder im Süden?«

»Im Süden. Aber welchen Unterschied macht das?«

»Jede Information kann nützlich sein. In dem

Raum, in dem man Sie eingesperrt hatte – gab es Anzeichen, an denen Sie erkennen konnten, wie die Zeit vergeht? Irgendeinen Unterschied zwischen Tag und Nacht?«

»Nein.«

»Aber Sie glauben, Sie wurden zwei oder drei Monate lang gefangen gehalten?«

»Um den Dreh. Ich weiß es nicht genau.«

»Sie haben niemals Geräusche von außerhalb des Raums gehört? Stimmen?«

»Nichts. Niemals.«

»Wenn Ihnen noch etwas einfällt«, sagte Hetzel, »schreiben Sie es auf.«

Dirby wollte etwas erwidern, doch er schwieg. Hetzel beobachtete ihn eine Weile. Vielleicht hatte sein Abenteuer tatsächlich Spuren hinterlassen, sein Wahrnehmungsvermögen geschärft zum Beispiel; wahrscheinlich bestand für ihn seine Umgebung aus Kontrasten und Extremen. Alle Farben leuchteten, alle Stimmen hatten in seinen Ohren den Klang von sowohl Aufrichtigkeit als auch Lüge, alle Handlungen waren befrachtet mit mysteriösem Symbolismus. Hetzel sagte eindringlich: »Denken Sie daran, verlassen Sie keinesfalls das Hotelgelände, tatsächlich wäre es klug, wenn Sie sich im Haus aufhalten.«

Dirbys Antwort bestätigte ihn in seinem Verdacht. »Klugheit ist nicht immer der Weisheit letzter Schluss, müssen Sie wissen.«

»Alles andere noch viel weniger«, antwortete Hetzel. »Ich habe in Dogtown etwas zu erledigen und werde ein oder zwei Stunden weg sein, vielleicht auch den ganzen Nachmittag. Ich schlage vor, dass Sie zunächst Ihrem Vater ein Rayogramm schicken und sich dann still in eine Ecke setzen. Plaudern Sie mit den Touristen. Entspannen Sie sich. Schlafen Sie. Vor allem geben Sie der Direktion keinen Anlass, Sie aus dem Hotel zu weisen.«

Hinter dem Beyranion führte eine steile, in den Fels geschnittene Treppe im Zickzack an dem fast lotrechten Sandsteinhang hinunter zu der Verbindungsstraße zwischen dem Raumhafen und Far Dogtown. Diesen Bezirk, südöstlich von Dogtown gelegen, auf Gomaz-Territorium und außerhalb der Grenzen des gaeanischen Bundes, hatte Hetzel noch nicht erforscht. Es war das Dogtown aus den romantischen Vorstellungen der Touristen, die so genannte Stadt der Namenlosen. Jedes zweite Haus schien ein Gastronomiebetrieb zu sein, von größerem oder bescheidenerem Anspruch. Jedes demonstrierte seine Vitalität mit einem Schild oder einer Standarte, welche bunt bemalt – manche naiv-grell, andere kunstvoll – die eher tristen Fassaden von Gebäuden auflockerten, zu deren Bau man den gleich nebenan verfügbaren Sandstein verwendet hatte, Planken aus dem einheimischen Wermutholz oder aus Knaggen gesägte Bretter.

Es war später Nachmittag, die Einwohner von Far Dogtown kamen heraus, um sich einen Humpen Bier zu genehmigen, ein Fläschchen Wein oder zwei Fingerbreit von etwas Hochgeistigem. Sie saßen allein oder in kleinen Gruppen an primitiven Tischen vor Tavernen oder unter den Akazien entlang der Straßenmitte, unterhielten sich vertraulich mit gesenkter Stimme, gelegentlich erhoben zu einem rauen Auflachen oder einem jovialen Fluch, und musterten jeden Vorübergehenden mit steinernen, abschätzenden Blicken. Hetzel erkannte Trachten und Aufmachungen von einem halben Hundert Welten. Dieser Mann trug das Haar nach der Mode von Arbonetta zu ölglänzenden Locken gedreht, dort saß einer mit den kupierten Ohren eines Destrinary. Der da mit der schief sitzenden Samtkappe und dem Gehänge aus schwarzen Perlen hinter dem Ohr war ein Starmenter aus dem Alastar Cluster, was mochte ihn von so weit hergeführt haben?

Und diese beiden Mädchen, Schwestern oder Zwillinge, mit blassen Stupsnasengesichtern und orangefarbenem Haar – sie sahen noch zu jung aus, um Marmonfyre so weit hinter sich gelassen zu haben. Aber die meisten der Leute, die in den Tavernen von Dogtown den Feierabend genossen, waren so ähnlich gekleidet wie Hetzel selbst – in die unauffällige Kluft des galaktischen Vagabunden, der möglichst wenig Aufmerksamkeit erregen will.

Die Straße machte eine scharfe Biegung und verbreiterte sich um ungefähr die Hälfte. Hier gab es eine Reihe kleiner Geschäfte: Lebensmittelläden, eine Drogerie und Apotheke, ein Trödler mit Kleidung von der Stange und Kästen voller Stiefel, Schuhe und Sandalen, ein Zeitungsstand mit Magazinen aus verschiedenen Regionen des Bundes … Hetzel verspürte einen plötzlichen Anflug von Unbehagen. Er blieb stehen, um ein Sortiment von nachgemachten

Ausweispapieren und gebündeltem Falschgeld zu begutachten und schaute dabei unauffällig zurück, aber der Mann, der ihm folgte, falls er ihm denn folgte, war in ein öffentliches Urinal getreten.

Hetzel ging weiter. Sein Instinkt war meistens ein zuverlässiger Warner, und dass man jemand auf ihn angesetzt hatte, immer vorausgesetzt, es verhielt sich tatsächlich so, überraschte ihn nicht wirklich. Trotzdem behagte es ihm nicht. An jedem anderen Ort zeugte die Tatsache, dass man verfolgt wurde, vielleicht nur von harmloser Neugier. In Far Dogtown konnte ein derartiges Interesse das Vorspiel zu einem plötzlichen Ableben sein.

Die Straße führte unter einem hölzernen Torbogen hindurch – Far Dogtown wurde zu Dogtown, wo Recht und Ordnung herrschten. Hetzel ging weiter und blieb auf der Plaza noch einmal stehen, um zurückzuschauen. Nichts, außer der Straße und ein paar Leuten bei ihren Besorgungen. Hetzel umrundete den Platz und ging am Büro der Touristeninformation vorbei zu einem Laden, in dem Knochenschnitzereien der Gomaz zum Verkauf angeboten wurden. Schnell trat er in das dämmrige Innere. Sicher war er nicht, doch er glaubte zu sehen, wie eine dunkle Gestalt in dem Akazienhain in der Mitte der Plaza verschwand.

Der Inhaber erschien – ein gebrechlicher alter Herr in einem weißen Kittel mit konkaven Linsen vor den Augen. »Ja bitte, Sir? Woran haben Sie Interesse?«

»Diese Schalen hier – was sollen sie kosten?«

»Aha! Das sind ausgewachsene Zoum-Schädel mit Einfassung und Fuß aus Palladium. Erstklassige Arbeit, wie Sie sehen können. Das Material ist undurchlässig wie Steingut und wurde selbstverständlich sorgfältig gereinigt und sterilisiert. Denken Sie, was für ein Hallo es geben wird, wenn Sie Ihren Gästen die Suppe servieren! Der Preis für ein Dutzend sind einhundertfünfzig SAE.«

»Etwas mehr, als ich ausgeben wollte. Kann ich meine Gäste nicht etwas billiger das Gruseln lehren?«

»Aber ja, natürlich. Diese Schöpfkellen sind aus den Schädeln von Voulash-Gamins gearbeitet. Ihre Reifekriege sind ebenso blutig wie die Schlachten der Erwachsenen, wie Sie vielleicht wissen.«

Aus dem Akazienhain war niemand zum Vorschein gekommen. Hetzel verabscheute diese Ungewissheit. Das Ambiente von Far Dogtown hatte seinen Instinkt für Gefahren offenbar übermäßig stimuliert.

» … Rückenkratzer sind Schienenbein und Zehen von sehr jungen Gamins, ein raffinierter und ungewöhnlicher Artikel.«

»Vielen Dank. Ich komme auf Ihre Vorschläge zurück.« Hetzel ließ ein letztes Mal den Blick prüfend über die Plaza wandern, dann verließ er den Laden und ging zum Reisebüro hinüber.

Hinter dem Tresen stand dieselbe junge Frau, mit der er zuvor schon gesprochen hatte. Heute trug sie pludrige Hosen aus beigem Samt, eine dunkelbraune Jacke mit Besatz aus Goldbrokat und ein goldenes Netz über dem dunklen Haar.

Hetzel hatte den Eindruck, dass sie ihn erkannte, doch sie begrüßte ihn mit rein berufsmäßiger Freundlichkeit. »Ja bitte, Sir, kann ich Ihnen behilflich sein?«

»Steht es in Ihrer Macht, mir einen astronomischen Almanach zu beschaffen?«

»Einen astronomischen Almanach, Sir?«

»Jede Informationsquelle, aus der sich die Bewegungen der Sonne, des Mondes und des Planeten Maz auf ihren jeweiligen Umlaufbahnen ersehen lassen, wäre mir recht.«

»Dieser kleine Kalender zeigt die Mondphasen an. Hilft Ihnen das weiter?«

»Ich fürchte nein.« Hetzel streifte die Grafik mit einem oberflächlichen Blick. »Halt. Einen Moment. Lassen Sie mich nachdenken. Wie es hier aussieht, schneiden sich die Ebene des Mondorbits und die des Planeten im rechten Winkel.«

»Das stimmt. Es ist ziemlich ungewöhnlich, soviel ich weiß.«

Unter diesen Voraussetzungen, überlegte Hetzel, war der Mond voll, wenn er den Planetenorbit unmittelbar hinter Maz im Verhältnis zur Sonne kreuzte. Hetzel schaute im Kalender nach und merkte sich das Datum dieser Konstellation. An diesem Datum hatte Gidion Dirby auf einer Insel im Moor gesessen, während der Mond ungefähr halbhoch am südlichen Himmel stand. Weil der Mond zu diesem Zeitpunkt der Ebene von Maz' Orbit sehr nahe war, lag besagte Insel auf einer Länge von ungefähr fünfundvierzig Grad Nord, plus oder minus die Neigung der Ekliptik.

»Vielleicht«, sagte Hetzel, »haben Sie ein Nachschlagewerk, aus dem sich allgemeine Informationen über den Planeten entnehmen lassen?«

Das Mädchen brachte ein Flugblatt zum Vorschein. »Wenn Sie mir erklären würden, was genau Sie wissen wollen, könnte ich Ihnen vielleicht die Antwort geben.«

»Vielleicht«, sagte Hetzel, »aber ich glaube es nicht. Lassen Sie mich sehen. Das Maz-Jahr hat vierhunderteinundvierzig Tage, unterteilt in einundzwanzig Komma vierundsiebzig Standardstunden. Die Neigung der Rotationsebene im Verhältnis zur Ebene der Ekliptik beträgt zwölf Grad ...« Hetzel zog erneut den Kalender zu Rate. »Was betrachtet man hier als die Mitte des Sommers und die Mitte des Winters?«

»Beides ist hier nicht besonders ausgeprägt. Meistens haben wir Regenzeit im Sommer und Trockenzeit im Winter. Momentan haben wir Herbst, und das Wetter ist weitgehend trocken, zu Ihrem Glück. Wenn es regnet, gießt es aus Kübeln. Der Kalender benutzt die Standardmonatsnamen – nur sind hier die Monate zehn Tage länger als zu Hause auf Varsilla.«

»Varsilla! Der Planet der neun blauen Ozeane und zehntausend submarinen Gipfel und elf Millionen Inseln.«

»Und zwölf Billionen Sandflöhe und sechzehn Billionen Glasnesseln und zwanzig Billionen Touristenvillas. Sie kennen also Varsilla?«

»Ein wenig.«

»Sind Sie in Palestria auf Jailand gewesen?«

»Ich hatte nie die Gelegenheit, aus Meyness herauszukommen.«

»Das ist schade, Jailand ist so wunderschön und idyllisch. Zu idyllisch, dachte ich früher, aber heute wünschte ich, ich wäre wieder dort. Maz ödet mich an. Wie auch immer, Julian ist dort ein Sommermonat und hier ebenso, natürlich mit der entsprechenden zeitlichen Differenz.«

Hetzel studierte den Kalender. Die Sommersonnenwende fand Anfang Julian statt. Demnach schien es, dass fast genau zur Herbst-Tagundnachtgleiche Vollmond gewesen war. Also entfiel das Abziehen oder Hinzuzählen von Graden, und die Insel im Moor, falls Dirbys Angaben stimmten, musste irgendwo bei fünfundvierzig Grad nördlicher Länge zu finden sein.

Das Mädchen beobachtete Hetzel neugierig. »Haben Sie eine wichtige Entscheidung getroffen?« Ihr Mund zuckte koboldhaft.

»Aha!«, sagte Hetzel. »Sie halten mich für akademisch und spinnert!«

»Natürlich nicht! Ich denke nie so über Touristen.«

Hetzel hob vielsagend die Augenbrauen. »Können Sie mir eine großformatige Karte von Maz zeigen, vorzugsweise eine Mercator-Projektion?«

»Selbstverständlich.« Ihre Finger wanderten über eine Tastatur, und auf der glatten weißen Wand erschien eine Landkarte, mannshoch und dreieinhalb Meter breit. »Konveniert das?«

»Ausgezeichnet. Wo ist Dogtown?«

Das Mädchen tippte mit dem Finger auf die Karte. »Hier.« Sie warf einen Blick über die Schulter. »Entschuldigen Sie mich einen

Moment.« Sie ging zurück zum Tresen, um sich einem Touristenehepaar zu widmen, das soeben hereingekommen war. Beide trugen weiße Anzüge und breitkrempige weiße Hüte mit Souveniransteckern am Band.

»Wo können wir Gomaz-Krieger in einer wirklichen Schlacht kämpfen sehen?«, wollte der Mann wissen. »Ich brauche ein paar Aufnahmen für einen Reisebericht.«

Das Mädchen lächelte höflich. »Das mit den Schlachten ist nicht so einfach, die Gomaz weigern sich, uns vorab über die Termine zu informieren. Äußerst rücksichtslos von ihnen, natürlich.«

»Ach du liebe Güte«, sagte die Frau. »Wir haben allen versprochen, dass wir Filme mitbringen. Stimmt es, dass wir die Stammesburgen nicht besuchen dürfen?«

»Ich fürchte, so ist es. Aber wir haben eine Anzahl verlassener Burgen zu sehr komfortablen Lodges ausgebaut, die sehr kulturspezifisch sein sollen – habe ich mir sagen lassen. Ich selbst habe leider noch keine besucht.«

»Haben Sie keine Möglichkeit, für uns herauszufinden, wo demnächst eine Schlacht stattfinden wird? Es ist wirklich mein sehnlicher Wunsch, einen authentischen Gomaz-Krieg auf Film zu bannen.«

Das Mädchen schüttelte lächelnd den Kopf. »Sehr wahrscheinlich würden Sie getötet werden, wenn Sie sich so nah heranwagen.«

»Wo hätten wir nach Ihrer Meinung die größte Chance, eine gute Schlacht zu beobachten?«

»Ich weiß nicht, wie eine gute Schlacht aussieht. Oder eine schlechte. Wahrscheinlich ist es Glückssache. Je nachdem auch Pech, weil diese Auseinandersetzungen sehr gewalttätig sind.«

Hetzel fand den fünfundvierzigsten Grad nördlicher Länge. Er folgte ihm über Meere, Gebirge, Hochland und Moore. Tausend Meilen nördlich von Axistil strömte ein Fluss aus dem nördlichen Venn in eine Ebene hinaus und zerfaserte in unzählige Bächlein und Rinnsale. Das war das Große Kykh-Kych Moor. Hetzel suchte das Gebiet sorgfältig ab. Nahebei entdeckte er einen schwarzen Punkt.

Die Touristen gingen. Die Verbindungstür zum benachbarten Büro wurde geöffnet und ein vierschrötiger Mann kam zum Vorschein – Byrrhis. Heute trug er einen modischen Anzug aus dunkelgrünem Twill mit einer schwarz-purpurnen Krawatte. »Janika, ich bin weg für heute. Leite meine Anrufe in die Villa um.«

»Ja, Vv. Byrrhis.«

»Vergiss nicht, gut abzuschließen. Denk an die Fenster hinten.«

»Ja, Vv. Byrrhis, ich werde daran denken.«

Byrrhis grüßte Hetzel mit einem freundlichen Nicken, das Wiedererkennen bedeuten konnte oder auch nicht, bevor er wieder in seinem Büro verschwand, offenbar in der Absicht, es durch einen anderen Ausgang zu verlassen.

Hetzel fragte: »Wie hat er Sie genannt?«

»Janika.«

»Ist das Ihr Name?«

»Die Kurzform meines Mädchennamens, den die meisten Leute ziemlich merkwürdig finden – Lljiano. Zwei L, mit der Zunge an den Backenzähnen gesprochen. Es ist ein alter Hiulak-Name.«

»Ich wusste nicht, dass die Hiulaks auf Varsilla ansässig waren.«

»Waren sie nicht. Der Name meines Vaters ist Reyes, er ist halb Maljin und halb Weißer Drasthanyi. Er traf meine Mutter auf Fanuche und nahm sie mit nach Varsilla. Und sie ist zu einem Viertel Semiric, was mich zu einer Art Promenadenmischung macht.«

»Eine sehr gelungene Promenadenmischung.«

»Woher kommen Sie?«

»Ich wurde auf der Alten Erde geboren, mein Name ist Miro Hetzel. Man hat mir gesagt, ich sei der Spross einer dekadenten Familie, weil alle Menschen mit Unternehmungsgeist längst zu den Sternen aufgebrochen wären.«

»Sie kommen mir nicht dekadent vor, für mich sehen Sie ganz normal aus.«

»Ich bin überzeugt, Sie meinen es als Kompliment.«

»Mehr oder weniger.« Janika lachte. »Haben Sie herausgefunden, was Sie wissen wollten?«

»Ich denke. Was bedeuten diese roten Sterne?«

»Touristenherbergen – alle pittoresk und komfortabel, angeblich. Ich bin noch in keiner gewesen.«

»Und was bezeichnet dieser schwarze Kreis?«

»Sie finden einige davon auf der Karte. Es handelt sich um besonders malerische Ruinen, in denen Vv. Byrrhis neue Hotels einzurichten gedenkt.«

»Die anderen laufen gut?«

»Mittelmäßig. Viele Touristen bestehen auf

dem Spektakel eines Gomaz-Kriegs, das wir nicht bieten können. Natürlich haben wir nie versucht, so etwas zu organisieren, aber ich bezweifle, dass die Gomaz von der Idee begeistert wären.«

»Die Gomaz sind eine humorlose Bande. Stimmt es, dass ich hier ein Aeromobil mieten kann?«

»Wir sind der einzige Verleih in Dogtown. Sie brauchen eine Genehmigung von Sir Estevan Tristo, und Sie müssen einen Führer mitnehmen, der aufpasst, dass Sie keine Waffen schmuggeln oder das Aeromobil stehlen.«

»Ich habe die Genehmigung und auch eine gute Idee. Weshalb begleiten Sie mich nicht als offizieller Führer?«

»Ich? Ich könnte Sie nicht daran hindern, Waffen zu schmuggeln.«

»Das ist eine Bedingung, mit der ich mich sofort einverstanden erkläre – es wird nicht geschmuggelt.«

»Nun – der Vorschlag klingt gut. An welchen Zeitpunkt hatten Sie gedacht?«

»Morgen.«

»Eigentlich soll ich morgen arbeiten, aber das ist kein großes Problem. Eine Vertretung könnte einspringen. Und wohin wollen Sie?«

»Oh, ich weiß nicht. In dieser Richtung immer der Nase nach. Mittags könnten wir zum Beispiel da einkehren.«

»Das ist Black Cliff Castle, das wildromantisch sein soll. Aber bis dahin ist es ganz schön weit.« Sie schaute Hetzel von der Seite an. »Mehr als ein Tagesausflug.«

»Umso besser. Buchen Sie zwei Zimmer für

uns, dann brauchen wir uns nicht zu beeilen. Haben Sie Zweifel? Wegen Ihres Jobs? Oder wegen meiner Person?«

»›Zweifel‹ ist nicht das richtige Wort.« Janika lachte nervös.

»Vorsicht? Misstrauen?«

»Nein, nicht direkt. Ach was, warum eigentlich nicht? Seit ich hier bin, bin ich kein einziges Mal aus Dogtown herausgekommen. Soll Vv. Byrrhis mich feuern, wenn er will, ist mir egal.«

»Wie lange arbeiten Sie schon hier?«

»Erst drei Monate, und schon bin ich wieder fast so weit, ›warum nicht‹ zu denken und nach Varsilla zurückzugehen.«

»Ist Vv. Byrrhis ein so strenger Arbeitgeber?«

»Er hat seine Grillen.« Janika bemühte sich, eine möglichst ernste und strenge Miene aufzusetzen. »Ich muss darauf bestehen, dass ich meine Unkosten selber trage.«

»Wie Sie wollen«, sagte Hetzel. »Die einzige Person, die davon profitiert, ist ein gewisser Sir Ivon Hacaway, der sich die Ausgabe ohne weiteres leisten könnte.«

Hetzel kehrte auf dem Boulevard der Verirrten Seelen zur Plaza zurück. Es ging auf den Abend zu, der Himmel schwamm in violetter und blassgrüner Dämmerung.

Er fand Dirby in der Lobby des Beyranion, wo er sich mit einem Magazin in einem der Sessel verschanzt hatte. Mit einer Mischung aus Argwohn und Neugier blickte er auf. »Was haben Sie in Dogtown herausgefunden?«

Hetzel überging die Frage. »Sie sind noch nie dort gewesen?«

»Als ich mit der *Tarinthia* hier im Hafen lag, bin ich an ein oder zwei Abenden hingegangen. Ich habe Besseres gesehen.«

Hetzel nickte Zustimmung. »Dennoch, es hat eine besondere Atmosphäre: eitles Bedauern, verlorene Illusionen – sie hängen in der Luft wie Rauch.«

»Wenn ich aus dieser Sache heil herauskomme«, brummte Dirby, »gehe ich zurück nach Thrope. Ich werde in meines Vaters Loquat-Hain arbeiten und nie wieder den Blick zum Himmel erheben.«

»Vielleicht leiste ich Ihnen dort Gesellschaft. Bestimmt sogar, wenn sich herausstellen sollte, dass Sie mein Honorar nicht bezahlen können.«

»Ich bezahle Sie in Loquats, wenn nötig.« In Dirbys Augen funkelte ein boshafter Humor, den Hetzel zumindest erträglicher fand als Missmut und Selbstmitleid.

»Morgen fliege ich ins Landesinnere«, sagte er. »Ich werde ein oder zwei Tage abwesend sein; Sie werden sich allein durchschlagen müssen, bis ich wiederkomme.«

»Spielen Sie ruhig den Geheimniskrämer.« Dirby war wieder ganz sein altes, mürrisches Selbst. »Wer bin ich denn, mich zu beschweren, dass man mich im Dunkeln tappen lässt?«

Kapitel 9

Als Hetzel frühmorgens die Transportstation erreichte, stellte er fest, dass Janika bereits ein Aeromobil gemietet hatte. »Ein alter Ray Standard, angeblich sehr zuverlässig.«

»Gibt es kein etwas schnelleres Modell? Wir haben eine beträchtliche Strecke zurückzulegen.«

»Sie haben einen neuen Hemus Cloudhopper, aber der ist entsprechend teurer.«

»Die Kosten spielen keine Rolle«, sagte Hetzel. »Wir nehmen den Hemus.«

»Sie wollen im Voraus bezahlt werden, für den Fall, dass wir uns den Hals brechen: zwanzig SAE für zwei Tage, Versicherung und Treibstoff inbegriffen.«

Hetzel zahlte die geforderte Summe. Sie stiegen ein. Hetzel überprüfte die Kontrollen und die Energieanzeige, dann ließ er das Mobil aufsteigen.

»Hat Vv. Byrrhis Ihnen ohne weiteres freigegeben?«

»Eigentlich schon. Ich sagte ihm, ich wollte einem Freund Black Cliff Inn zeigen, und damit war die Sache erledigt.«

Axistil und seine Randgebiete schrumpften zu einer Ansammlung rätselhafter Muster in dem Auf und Ab der Hügellandschaft. Hetzel aktivierte eine Karte auf dem Navigationsschirm und setzte einen Kurs genau nach Norden. »Ich möchte das Große Kykh-Kych Moor inspizieren«, erklärte er als Antwort auf Janikas fragenden Blick. »Ich weiß nicht, was ich finden werde, zumal ich gar nicht genau weiß, wonach ich suche. Aber wenn ich nicht irgendwo einen Anfang mache, werde ich es niemals erfahren.«

»Sie sind ein geheimnisvoller Mann, und Geheimnisse sind entsetzlich frustrierend«, sagte Janika. »Ich selbst habe überhaupt keine Geheimnisse.«

Hetzel fragte sich, wie viel Glauben man dieser Behauptung wohl schenken durfte. Heute trug Janika eine kurzärmlige Bluse aus samtgrauem Stoff mit schwarzer Paspelierung, dazu schwarze Hosen und fesche Knöchelstiefel – ein Aufzug, der ihre ranke Figur äußerst vorteilhaft zur Geltung brachte. Auf Accessoires hatte sie verzichtet, bis auf ein schwarzes Band im Haar. Eine außerordentlich attraktive junge Frau, dachte Hetzel, frisch und sauber, mit einem Flair von Naivität, das sowohl bezaubernd war als auch zur Vorsicht mahnte.

»Weshalb starren Sie mich so an?«, fragte sie. »Ist meine Nase rot?«

»Ich staune über Ihre Gelassenheit. Immerhin bin ich für Sie ein Fremder, und hier draußen, außerhalb der Grenzen des Bundes, ist ein Fremder gewöhnlich ein irrer Mörder oder ein sadistischer Unhold oder Schlimmeres.«

Janika lachte, vielleicht mit einer Spur von Unbehagen. »In- oder außerhalb der Grenzen des Bundes – wo ist der Unterschied?«

»Sie haben nicht viel zu befürchten«, sagte Hetzel. »Ich bin zu galant für mein eigenes Wohl, auch wenn nur ein Olefract übersehen könnte, dass Sie besonders hübsch sind. Die ideale Begleitung für einen Ausflug wie diesen.«

»Was für eine Art Ausflug ist denn ein Ausflug wie dieser?«

»Wir haben vor, die Unschuld eines Ihrer verflossenen Liebhaber zu beweisen und ihn vor dem Exhibitorium zu bewahren.«

»Sie sehen mich erstaunt! Meine ›verflossenen Liebhaber‹ sind alle weit weg und leben die langweiligsten Leben, die man sich vorstellen kann. Ich wüsste gern, welchen von ihnen Sie meinen und wie er es geschafft hat, sich in so hoch interessante Schwierigkeiten zu bringen.«

»Es handelt sich um einen gewissen Gidion Dirby.«

Janika runzelte die Stirn. »Gidion Dirby?«

»Eben der. Ein blonder junger Mann, obstinat, trotzköpfig, mit leidenschaftlich gefühlsbetontem Innenleben. Heute ist er so. Vor drei Monaten könnte er eine völlig andere Person gewesen sein.«

»Ich erinnere mich an Gidion Dirby, aber unsere Bekanntschaft war, nun, eher beiläufig. Wenigstens von meiner Seite aus.«

Hetzel betrachtete die unter und vor ihnen ausgebreitete Landschaft – Steppe, überzogen von schwarzgrünem Stechginster und in kleinen Gruppen zusammenstehenden Nadelbäumen. Fern im Osten ein schimmernder Streifen Meer, darüber atmosphärischer Brodem. Hetzel fragte: »Wie haben Sie Gidion Dirby kennen gelernt?«

»Erst«, sagte Janika, »erzählen Sie mir, was er getan hat und auch, weshalb Sie sich so geheimnisvoll gebärden.«

»Gidion Dirby steht unter dem Verdacht, zwei Triarchen bei einem Attentat ermordet zu haben.

Und ich bin weniger geheimnisvoll als vielmehr verwirrt und misstrauisch.«

»Verwirrt weswegen? Und wem misstrauen Sie? Mir? Ich habe nichts getan.«

»Ich bin verwirrt wegen Istagam – und weshalb darüber so hartnäckig geschwiegen wird. Wahrscheinlich geht es um Geld. Ich bin misstrauisch, weil man als Effektuator dafür bezahlt wird, dass man misstrauisch ist, und ich bin ein Effektuator. Der Erste und Beste, selbstredend. Ich misstraue Ihnen, weil Sie auf Tamar mit Gidion Dirby liiert waren, und jetzt sind Sie hier auf Maz.«

»Reiner Zufall.«

»Möglich. Weshalb waren Sie auf Tamar?«

»Bis Tamar reichte mein Geld, nachdem ich Varsilla verlassen hatte. Ich arbeitete eine Woche auf dem Mittelmarkt in Twisselbane und dann noch eine Woche bei dem Spektakel, das sie Festival des Schaums nennen, weil die Bezahlung gut war. Ich musste tanzen und posieren und dabei möglichst wenig anhaben, manchmal gar nichts. Bei den Proben traf ich Gidion Dirby, der mir erzählte, er wäre ein Raumfahrer und einsam.«

»Wie alle Raumfahrer.«

»Ich traf mich ein paar Mal mit ihm, und er wurde, nun ja, besitzergreifend. Anscheinend hatte er sich in mich verliebt, aber ich hatte schon genug Ärger mit einem der Direktoren des Festivals. Also beendete ich meine Beziehung mit Gidion Dirby. Während der Woche bei dem Festival machten Freunde mich mit Vv. Byrrhis bekannt, der erwähnte, sein Reisebüro auf Maz brauchte eine neue Beraterin. Ich war heilfroh über die Möglichkeit, das Festival und Direktor Swince verlassen zu können. Vv. Byrrhis ließ mich einen Vertrag über sechs Monate unterschreiben, gab mir ein Ticket nach Maz, und hier bin ich.«

»Sie haben Gidion Dirby nie wiedergesehen?«

»Ich hatte ihn bis eben fast vergessen.«

»Sehr eigenartig.« Sie überflogen einen Meeresarm, bleigrau das Wasser, mit grünlichem Schimmer. »Wie lange sind Sie schon hier?«

»Ungefähr drei Monate.«

»Und drei Monate läuft Ihr Vertrag noch. Dann was?«

»Ich weiß nicht genau. Ich werde genug Geld haben, um fast überallhin reisen zu können. Ich würde gern die Erde besuchen.«

»Vielleicht wären Sie enttäuscht. Die Alte Erde ist eine sehr eigene Welt. Nur wenige Besucher fühlen sich wohl auf dem blauen Planeten, außer sie haben Freunde dort.«

Janika bedachte ihn mit einem schelmischen Seitenblick. »Werden Sie da sein?«

»Ich könnte Ihnen nicht sagen, wo ich von heute an in einer Woche sein werde.«

»Haben Sie nie den Wunsch, sich irgendwo niederzulassen?«

»Ich habe mit dem Gedanken gespielt. Gidion Dirby hat mich in seines Vaters Loquat-Hain eingeladen.«

Janika stieß einen Laut aus, der belustigte Geringschätzung ausdrückte. »Schon wieder Gidion Dirby. Sind Sie seinetwegen nach Maz gekommen?«

»Nein. Ich kam, um herauszufinden, was und wer hinter Istagam steckt. Aber zwischen den beiden Fällen könnte es einen Zusammenhang geben.«

Janika sagte: »Vielleicht werde ich auch Effektuator. Scheint Spaß zu machen. Man logiert in den besten Hotels und trifft interessante Menschen wie zum Beispiel mich, und es gibt immer einen Sir Ivon Hacaway, der die Rechnung bezahlt.«

»Es ist nicht immer so.«

»Und was führt uns hinaus zum Großen Kykh-Kych Moor? Gidion Dirbys Angelegenheiten oder Istagam?«

»Beides. Involviert ist auch noch ein besonders kurioses Element mit Namen Casimir Wuldfache.«

Der Name schien Janika nichts zu sagen. Eine Zeitlang glitten sie schweigend über die Ausläufer und Schroffen eines urzeitlichen Basaltgebirges, wo schwarze Klippen wie verfaulte Zahnstümpfe aus rotbraunem Geröll stachen. Janika wies mit ausgestrecktem Arm nach vorn. »Sehen Sie, die Burg der Viszt.« Sie hob das Fernglas an die Augen. »Krieger bei der Rückkehr von einer Kampagne, wahrscheinlich gegen die Shimrod, und die Touristen sind wieder betrogen.« Sie gab Hetzel das Fernglas und wies ihm die Richtung.

Ein Auf und Ab von weißen Knochengesichtern unter Zackenkammhelmen; Schurze aus schwarzem Leder schwangen im Rhythmus der Marschtritte. Die Nachhut bestand aus sechs Fuhrwerken, gezogen von zehnbeinigen Reptilien, beladen mit Gegenständen, die Hetzel nicht zu identifizieren vermochte.

»Die Viszt sind Flieger«, erklärte Janika. »Auf den Fuhrwerken transportieren sie ihre Schwingen. Sie steigen auf einen Berg, schirren die Flügel an und lassen sich von den Aufwinden tragen. Dann, wenn sie den Feind – ich weiß kein besseres Wort – erspäht haben, stoßen sie auf ihn nieder.«

»Seltsame Kreaturen.«

»Sie wissen, wie sie sich vermehren, oder paaren?«

»Sir Estevan hat mir eine Broschüre gegeben, wie Sie übrigens auch. Ich weiß, dass sie zweigeschlechtlich sind und der Fortpflanzung wegen in den Krieg ziehen.«

»Ein trostloses Dasein. Sie töten für die Liebe und sterben für die Liebe – alles in einem blutigen Rausch.«

»Ihnen kommt wahrscheinlich unser Liebesleben ziemlich trostlos vor«, gab Hetzel zu bedenken.

»Mein Liebesleben *ist* ziemlich trostlos!«, sagte Janika. »Vv. Swince, Gidion Dirby, Vv. Byrrhis.«

»Nur Geduld. Irgendwo unter den achtundzwanzig Trillionen Bürgern des Gaeanischen Bundes befindet sich Vv. Richtig.«

»Die Hälfte davon sind Frauen, zum Glück. Das halbiert die Mühe des Suchens.« Janika griff nach dem Fernglas. »Unter den Voraussetzungen sollte ich vielleicht einen kurzen Blick auf das Moor werfen, ob ein Flüchtling dort herumirrt, oder ein Scheidungsopfer.«

»Was sehen Sie?«, fragte Hetzel.

»Nichts. Nicht einmal einen Gomaz, den ich ohnehin nicht in Betracht ziehen würde.«

Sie flogen über eine wellige Bruchlandschaft mit schwarzglitzernden Tümpeln in den Mulden. Vor ihnen lag in großzügigen Bögen und Schleifen das Band des Flusses Dz, dahinter erstreckte sich das Große Kykh-Kych Moor. Hetzel studierte die Karte.

Janika fragte: »Wonach suchen Sie?«

»Nach einer Insel ungefähr fünf Meilen vor dem nördlichen Ufer, wo Gidion Dirby von einem Mann namens Banghart ausgesetzt wurde. Ist Ihnen der Name jemals zu Ohren gekommen?«

»Ich kann mich nicht erinnern.«

»Drei Inseln kommen in Frage. Diese hier im Osten« – Hetzel tippte auf die Karte – »diese in der Mitte und diese im Westen. Die mittlere Insel liegt am dichtesten bei dem schwarzen Kreis da.«

»Das ist die Burg der alten Kanitze Sept, die vor zweihundert Jahren von den Ubaikh ausgelöscht wurde, und Kykh-Kych Inn, die allerdings geschlossen worden ist.«

»Unser Kurs führt über die östliche Insel hinweg. Halten Sie nach einem Pfad Ausschau, der zum Festland führt.«

Hetzel umkreiste die Insel – ein vielleicht zwanzig Morgen großer Höcker, gekrönt von einem Wäldchen aus Eisenbäumen und hohen, klappernden Rohrgräsern, ›Galangal‹ genannt. Kein Platz zum Löschen von Fracht, kein Pfad zum Festland.

Die mittlere Insel lag zwanzig Meilen weiter nördlich, war etwas größer und hatte eine ebene, grasbewachsene Fläche aufzuweisen, gefurcht und zernarbt wie von häufigem Fahrzeugverkehr.

Hetzel hielt den Hemus über der Wiese in der Schwebe. »Das ist die Stelle.« Er streckte die Hand aus. »Der Eisenbaum da – in seinen Ästen hat Dirby die Nacht verbracht. ... Und dort, der Pfad zum Ufer! Hier nehmen wir den Faden von Dirbys Abenteuer auf. Ob wir landen sollen?«

»Landen ist nicht erlaubt, außer an dafür ausgewiesenen Plätzen«, sagte Janika. »So lautet die Vorschrift, aber sie wird nicht immer befolgt.«

Hetzel schaute auf die Uhr. »Wir haben nicht mehr viel Zeit, wenn wir den Ubaikh an der Station treffen wollen. Also fliegen wir weiter.«

Janika sah ihn erstaunt an. »Wir treffen wen?«

»Den Ubaikh, der Zeuge des Attentats war. Ihn müssen wir fragen, wenn wir erfahren wollen, wer der Mörder ist.«

»Angenommen, er sagt, es war Gidion Dirby?«

»Das halte ich nicht für wahrscheinlich, aber auch auf die Gefahr hin – ich werde ihn trotzdem fragen.«

»Sie legen plötzlich einen bemerkenswerten Eifer an den Tag.«

»Tja, ab und an überkommt es mich.«

Janika schaute auf das Moor hinunter, über das sie in einer Höhe von wenigen hundert Metern hinwegflogen: eine weite Fläche aus schwarzem Schlick, Binsendickichten, Lungenpflanzen und Lämmerschwanz, durchzogen von Rinnsalen schwarzen Wassers. Der Pfad schlängelte sich hierhin und dorthin; er nutzte eine Reihe schräger Quartzitbuckel als Trittsteine. »Wenn ich wüsste, wonach Sie suchen, könnte ich helfen, danach Ausschau zu halten.«

Hetzel deutete auf die gelbbraune Böschung des Festlands vor ihnen. »Suchen Sie nach einer Trockensteinmauer. Gidion Dirby fand eine solche Mauer und ein Tor – und Sir Estevan Tristo, der ihn erwartete. Nur, dass es vermutlich nicht Sir Estevan Tristo war, sondern aller Wahrscheinlichkeit nach Casimir Wuldfache.«

Janika spähte durch das Glas. »Ich sehe die Mauer und das Tor. Aber da ist kein Sir Estevan und auch kein Casimir Waldfass oder wie immer er heißt. Jetzt sehe ich die alte Kanitze-Festung.«

»Das ist der Ort, an dem Gidion Dirby einige denkwürdige Monate verbracht hat, nehme ich wenigstens an. Er hat mir einige seiner Erlebnisse geschildert. Sein Stuhl hat ihn abgeworfen; Sir Estevan hat einen Nachttopf über seinen Kopf ausgeleert. Er hat Sie splitternackt auf seinem freigelegten Gehirn tanzen gesehen.«

»Eins kann ich Ihnen versichern«, sagte Janika, »ich habe niemals auf Gidion Dirbys Gehirn getanzt.«

»Keine Frage. Man hat Sie beim Festival des Schaums auf Tamar gefilmt und die Szenen entsprechend manipuliert. Mit an Sicherheit grenzender Wahrscheinlichkeit hat Casimir Wuldfache Dirby den Topf über den Kopf geschüttet, zumal Sir Estevan die Tat leugnet. Alles in allem ein kurioses Mosaik von Ereignissen.«

»Außer Dirby ist nicht ganz bei Trost, was ich seinerzeit manchmal geglaubt habe.«

Sie näherten sich dem zyklopischen Bau der zerstörten Festung. Das Dach des riesigen Palas' war längst eingestürzt, die sieben Außentürme standen als kariöse Stümpfe inmitten von Mauertrümmern. Der Turm an der westlichsten Bastei hatte ein neues Dach und war restauriert worden – offenbar beherbergte er das inzwischen wieder geschlossene Hotel.

Hetzel hielt den Hemus in der Schwebe, während er durch das Fernglas die Anlage studierte, so lange und so gespannt, dass Janika endlich fragte: »Gibt es da unten etwas Besonderes?«

»Schwer zu sagen.« Er legte das Glas auf die Ablage und schaute mit bloßem Auge nach unten. Im Schatten des dachlosen Palas' hatte er einen Stapel Kisten entdeckt, durch eine darüber gebreitete, transparente Plane vor der Witterung geschützt. Von der Zitadelle stieg ein Atem von Gefahr auf, wabernd wie eine Säule heißer Luft.

»Ich wage nicht zu landen«, murmelte Hetzel. »Um die Wahrheit zu sagen, ich verspüre den dringenden Wunsch, diese Stätte zu verlassen, bevor jemand oder etwas uns vernichtet.« Er gab Schub und nahm Kurs nach Westen.

Janika schaute zurück zu den entschwindenden Ruinen. »Das ist nicht unbedingt der beschauliche Ausflug, den ich erwartet hatte.«

»Vielleicht hätte ich Sie nicht mitnehmen sollen.«

»Ich beschwere mich nicht. Solange ich mit dem Leben davonkomme ...«

Die Burg der vom Angesicht Maz' vertilgten Kanitze schrumpfte zu einem dunklen Fleck und versank im Dunst.

»Der Rest der Reise sollte verhältnismäßig ereignislos sein. Die Ubaikh Station ist neutraler Boden, hat man mir versichert.«

»Die Patrouillen der Olefract oder der Liss könnten denken, dass Sie Waffen verkaufen wollen, und Sie töten.«

»Ich habe Sir Estevans Translator. Wenn nötig, kann ich meine Mission erklären.«

»Nicht den Liss. Sie glauben nur, was sie sehen, und sind äußerst misstrauisch.«

»Nun – vielleicht entdecken sie uns nicht.«

»Das hoffe ich.«

Die Station stand auf einer steinigen Ebene neben einem weiß und orange markierten Landeplatz von hundert Metern Durchmesser. Bergschatten ragten im Norden über den Horizont, im Westen und Osten breitete sich die Ebene bis in den Himmel hinein. Im Süden, zwei Meilen entfernt von der Station, erhob sich die Burg der Ubaikh Sept – wie die Kanitze-Ruinen ein Bau von ehrfurchtgebietenden Proportionen. Kurtinen schützten die Kernburg, darüber wuchs ein innerer Turm weitere dreißig Meter zu einem flachen Dach aus stumpf rotbraunen Ziegeln empor. Sept Barbakanen, höher und schlanker als die der Kanitze, jede durch einen Wehrgang mit der Ringmauer verbunden, bildeten ein schützendes Vorwerk. Am Fuß der Burg herrschte emsiges Treiben – Gomaz und ihre Gamins bei Arbeiten und Kriegsvorbereitungen. Wagen rollten nach Osten und Westen, beladen mit, vermutete Hetzel, Fourage. Rund um die Türme schwärmten hoch in der Luft schwarze Gestalten wie Vögel, kreisten, segelten, dippten, stießen hinab, fingen sich wieder, und manchmal gewannen sie unter heftigem Flügelschlagen etwas an Höhe, bevor sie wieder erdwärts sanken.

Hetzel landete das Aeromobil neben der Station. »Nicht ganz eine Stunde Wartezeit, falls der Omni pünktlich ist.«

Eine halbe Stunde verging. Am Horizont tauchte der Omni auf – eine ellipsenförmige Hülse, getragen von vier Pulsoren. Er setzte in der exakten Mitte des weiß-orangenen Zielfelds auf. Das Einstiegsluk öffnete sich, Stufen klappten herunter, eine einzelne Gestalt stieg aus. Der Omni verharrte einen Moment wie ein ruhendes Insekt, bevor er aufstieg und in einer schrägen Kurve nach Süden davonzog. Inzwischen war Hetzel mit seinem Translator auf den Ubaikh zugegangen.

Der Ubaikh blieb stehen, um die Lage einzuschätzen, Kehllappen geschwollen, aber noch von neutraler Farbe. Er trug einen eisernen Torques, der auf einen gewissen Rang schließen ließ, und in einer Scheide auf dem Rücken stak ein Schwert aus gehämmertem Eisen. Drei Meter vor dem Ubaikh blieb Hetzel stehen, näher heran wagte er sich nicht.

Die Kehllappen des Ubaikh behielten ihre fahlweiße Färbung, überzogen von einem Netzwerk pulsierender grüner Adern, die normale Animosität signalisierten.

Hetzel sprach in den Translator. »Sie sind soeben aus Axistil zurückgekehrt.« Das Gerät produzierte eine Folge zischelnder und quietschender Laute dicht am und im Ultraschallbereich.

Der Ubaikh verharrte in stocksteifer Haltung,

das weiße Knochengesicht starr, die Augen funkelten wie schwarze Edelsteine. Hetzel fragte sich, ob er vielleicht auf telepathischem Weg mit seinen Genossen in der Burg konferierte.

Der Ubaikh zischte, schnalzte und girrte; der Translator druckte auf ein Band: »Ich bin in Axistil gewesen.«

»Was haben Sie dort getan?«

»Ich gebe nichts preis.«

Hetzel schnitt eine frustrierte Grimasse. »Ich bin einen weiten Weg gekommen, um mit Ihnen zu sprechen, einem edlen und bedeutenden Krieger der Ubaikh.«

Dem Translator gelang es offenbar nicht, die diplomatischen Zwischentöne von Hetzels Worten zu vermitteln, denn der Ubaikh spie ein Zischen aus, das auf dem Band in roten Lettern als ›Zorn‹ erschien. Der Ubaikh sagte: »Mein Rang ist hoch und mehr als hoch: Ich bin ein Häuptling. Bist du gekommen, um mich im Schatten meiner Burg zu beleidigen?«

»Ganz und gar nicht«, versicherte Hetzel eilig, »es war ein Missverständnis. Ich komme mit allem Respekt, um eine Auskunft zu erbitten.«

»Ich gebe nichts preis.«

»Ich werde mit einem Gerät aus Metall meiner Dankbarkeit Ausdruck verleihen.«

»Dein Angebot ist wertlos, wie alle Angebote Gaeas.« Die Worte erschienen schneller auf dem Band als Hetzel lesen konnte. »Die Gomaz wurden besiegt durch Metall und Energie, nicht durch Tapferkeit. Es ist ein Zeichen von Schwäche, dass die Gaeaner und Olefract und Liss sich in Metallhüllen verbergen und mechanische Objekte aussenden, um für sie zu streiten. Die Gomaz sind kühne Krieger, die Ubaikh sind unter ihnen die Ersten. Oft besiegen sie die Kzyk, welche von den Gaeanern bevorzugt werden. Die Gaeaner sind heimtückisch. Die Ubaikh fordern gleichberechtigten Zugang zu den Geheimnissen von Metall und Energie. Weil man ihn verweigert, müssen die Kzyk einen Klasse III Rivalitätskrieg erdulden, zum Schaden unserer langen Tradition der Liebe, der Schlachten und der Wertschätzung. Die Liss und die Olefract sind unerträgliche Memmen. Die Gaeaner sind Feiglinge, Verräter und Lügenerzähler. Die Kzyk werden niemals von ihren schandbaren Umtrieben profitieren. Gamins und Sprösslinge müssen geprüft und ausgebildet werden. Die Kzyk werden ein Volk von siechen Krüppeln werden, ihrer Kraft beraubt, der Liebe unwert, aber die Ubaikh werden die Sept auslöschen. Auch wir sind begierig auf die Geheimnisse von Metall und Energie, doch niemals werden wir Handlanger sein.«

Der Wortschwall endete abrupt. Hetzel antwortete mit einer, wie er hoffte, versöhnlichen Äußerung: »Die Triarchie beabsichtigt, der edlen Ubaikh Sept Gerechtigkeit widerfahren zu lassen.«

Auf dem Kehllappen des Ubaikh erschienen grüne Flecken; Hetzel beobachtete den Vorgang fasziniert. Der Ubaikh stieß Laute aus, und der Translator druckte einen zweiten leidenschaftlichen Erguss: »Deine Worte haben kein Gewicht. Die Gomaz sind bezwungen durch die Macht von Metall und den Biss von Energie. Andernfalls würden wir einen Klasse III Krieg gegen unsere Feinde entfesseln. Die Triarchie ist ein Monument des Kleinmuts. Werden die Triarchen wagen, gegen einen von uns zu kämpfen? Sie verharren in Furcht.«

»Die Triarchen wurden ermordet, bevor sie die Möglichkeit hatten, sich mit Ihrem Anliegen zu befassen. Ihre beiden Begleiter wurden ebenfalls getötet.«

Der Ubaikh schwieg.

Hetzel fuhr fort: »Der Mörder dieser Personen hat uns allen Unrecht zugefügt. Werden Sie nach Axistil zurückkehren und helfen, den Verbrecher dingfest zu machen?«

»Ich werde niemals wieder einen Fuß nach Axistil setzen! Die Triarchen sind ausgezeichnet getötet. Die Gomaz sind ein unterdrücktes Volk, ihr derzeitiger Status ist eine Schmach. Sollen die Gaeaner alle Gomaz die Geheimnisse von Feuer und Metall lehren, statt allein die Kzyk, dann werden alle sich verbünden, um den gemeinsamen Feind zu besiegen. Hebe dich hinweg, dies ist der Schatten der erhabenen Ubaikh Sept. Ich würde dich zu Staub zermalmen, fürchtete ich, nicht deine Waffen.« Der Ubaikh wandte sich ab und stelzte davon.

Die Gomaz waren ein entschieden obstinates Volk, dachte Hetzel. Er kehrte zum Hemus zurück.

Janika fragte: »Nun, wer hat die Triarchen ermordet?«

»Er wollte mir nichts erzählen, nur, dass die ganze Sache seinen Beifall findet.« Hetzel ließ das Mobil aufsteigen.

»Wohin jetzt?«

»Wo liegt das Gebiet der Kzyk?«

»Hundert Meilen nördlich von hier, über den Daumen gepeilt. Hinter den Shimkish Mountains.«

Hetzel studierte die Karte, dann schaute er zur halb im Westen stehenden Sonne. Er nahm Kurs auf die Black Cliff Inn, und Janika entspannte sich in ihrem Sitz.

»Was wollen Sie von den Kzyk?«

Hetzel gab ihr den Translatorausdruck. »Das ist mehr oder weniger eine Tirade über die Sünden der Gaeaner.«

Janika las die Aufzeichnung. »Anscheinend ist er nach Axistil gegangen, um sich über die Bevorzugung der Kzyk zu beschweren.«

»Und aus welchem Grund sollten die Kzyk eine bevorzugte Behandlung erfahren?«

»Ich weiß nicht.«

»Ich weiß es auch nicht. Aber vielleicht steckt Istagam dahinter.«

Kapitel 10

Die Black Cliff Inn ragte zur Hälfte über die Kante einer mächtigen Basaltklippe, integriert in einen Komplex titanischer Ruinen. Am Fuß des Felsens breitete sich eine Landschaft wie der Phantasie eines wahnsinnigen Dichters entsprungen: eine Sumpfebene gespickt mit Erdbuckeln in einem unwirklichen Magenta, Zusammenrottungen schwarzer Wasserweiden und hie und da einer Fontäne aus extravagant hohen und schwanken Galangalbinsen, die schimmerten wie Silberdraht.

Hetzel trat auf die Terrasse hinaus, wo sich bereits ein Dutzend anderer Hotelgäste eingefunden hatte, um bei Erfrischungen den rauchiggrünen Sonnenuntergang zu genießen. Er setzte sich an einen Tisch und bestellte Granatapfelpunsch in Kelchen aus silbergefasstem Steingut. Die Privilegien seines Berufs waren gelegentlich äußerst angenehm, befand Hetzel. Von der Ebene wehte ein schwerer Geruch herauf: Moos und Galangal und ein Dutzend namenloser Aromen. Dünne, hohe Stimmen aus der Weite der Ebene durchzitterten die Stille, und einmal ertönte von fernher ein an- und abschwellender Ruf so voller Geheimnis und Einsamkeit, dass Hetzel sich die Nackenhaare sträubten.

Janika schob sich auf den Stuhl neben ihm. Sie trug ein weiches weißes Kleidchen und hatte das Haar zu glänzenden Locken aufgekämmt. Ein wirklich charmantes Geschöpf, fand Hetzel, und höchstwahrscheinlich genauso unbeschwert und offen, wie sie sich gab. Er schenkte ihr ein. »Sonnenuntergang in der Black Cliff Inn ist ein bemerkenswertes Erlebnis, und Vv. Byrrhis ist ein bemerkenswerter Mann, weil er all dies geschaffen hat.«

»Ganz ohne Zweifel«, sagte Janika mit betont neutraler Stimme. »Vv. Byrrhis ist ein bemerkenswerter Mann.«

»Diese Lodges – wie viele gibt es? Sechs? Sieben? –, sie repräsentieren ein beträchtliches Kapital. Ich wüsste gern, wie Byrrhis ein Unternehmen dieser Größenordnung finanzieren konnte.«

Janika bekundete mit einem Fingerschnippen ihr mangelndes Interesse an diesem Thema. »Ich dürfte eigentlich nichts darüber wissen, und viel weiß ich tatsächlich nicht, aber es ist allgemein bekannt, dass Sir Estevan Tristo über große Geldmittel verfügt.«

»Scheint mir eine riskante Investition zu sein«, meinte Hetzel. »Es gibt kaum eine Möglichkeit, sich die Besitzrechte für die Immobilie zu sichern.«

»Vv. Byrrhis' Besitzrechte sind so gut wie die jedes anderen. Die Gomaz erheben keine Einwände – zerstörte Burgen sind tabu. Black Cliff Inn ist berühmt für seine Sonnenuntergänge. Und heute Nacht werden wir Geister sehen.«

»Geister? Im Ernst?«

»Natürlich. Die Gomaz nennen diesen Ort die Ebene der Wandelnden Träume.«

»Sehen auch andere als Gomaz diese Erscheinungen?«

»Gewiss. Ein paar vertrocknete Realitätsapostel sehen zwar nur Sumpfgasschwaden oder weiße Nachtrallen, aber niemand glaubt solchen hanebüchenen Unsinn.«

Weitere Gäste kamen auf die Terrasse. »Das Hotel muss fast ausgebucht sein«, bemerkte Hetzel. »Ich nehme an, Vv. Byrrhis scheffelt Geld.«

»Ich weiß nicht. Die meiste Zeit wirkt er gehetzt und nervös. Vielleicht ist er nicht so erfolgreich, wie er es gern wäre, aber wer ist das schon.«

»Ich keinesfalls.«

»Angenommen, Sie lösen diesen Fall mit Bravour und Gidion Dirby gäbe Ihnen eine Million SAE als Bonus – was würden Sie damit anfangen?«

»Von Gidion Dirby erwarte ich eher eine Million Loquats. Von Sir Ivon Hacaway ...« Hetzel schüttelte fatalistisch den Kopf. »Erst muss ich Resultate vorweisen können.« Er nahm den Translatorausdruck zur Hand und studierte ihn einen Moment. »In das Klagelied sind, natürlich unbeabsichtigt, ein paar Quentchen Information eingeflossen. Jemand lehrt die Kzyk ›Geheimnisse von Feuer und Eisen‹. Wer? Warum? Der Gedanke an Istagam drängt sich auf. Die Kzyk stellen Arbeitskräfte und werden mit Technologie entlohnt, was, denke ich mir, illegal ist. Die Ubaikh protestieren. Auch von den Olefract und Liss ist anzunehmen, dass sie dagegen Einspruch erheben werden, deshalb ermordet man ihre Triarchen. Alles nur Vermutung, selbstverständlich.«

»Eine ziemlich beunruhigende Vermutung.« Janika schaute sich unbehaglich auf der Terrasse um.

Hetzel steckte das Translatorband ein.

»Morgen werden wir den Kzyk einen Besuch abstatten oder sie uns wenigstens ansehen, aber jetzt lassen Sie uns von etwas Interessanterem reden. Lljiano Reyes von Varsilla, zum Beispiel.«

»Ich mag nicht über mich sprechen. Obwohl, ehrlich gesagt – ach, ich behalte es lieber für mich.«

»Sie haben meine Neugier geweckt.«

»So interessant ist es nicht. Als ich aus Palestria wegwollte, sagten alle, ich wäre dumm und unvernünftig, und vielleicht hatten sie Recht. Aber der Abend heute im Black Cliff Inn ist genau das, was ich zu finden hoffte.« Sie machte eine ratlose Handbewegung. »Ich weiß, ich drücke mich nicht sehr klar aus, aber sehen Sie, da oben hängt der grüne Mond, und wir sitzen hier und schauen auf die Ebene der Wandelnden Träume, warten auf das Erscheinen von Geistern und trinken Granatapfelpunsch; und das alles ist kein Traum, sondern Wirklichkeit.«

Hetzel wusste darauf nichts zu erwidern, eine Zeitlang saßen sie schweigend nebeneinander.

Ein länglicher, schmaler Schatten zog mit langsamen Flügelschlägen vor der Scheibe des Mondes vorbei. »Da haben wir schon einen Geist«, bemerkte Hetzel.

»Ich glaube nicht, Geister fliegen anders. Es ist zu lang und dünn für einen Felsenlurer… Wahrscheinlich ist es ein Schwarzer Engel.«

»Und was ist ein Schwarzer Engel?«

»Wenn ich Recht habe, das Ding, das wir eben gesehen haben.«

Hetzel stand auf. »Der Hunger beeinträchtigt unser Denkvermögen. Ich schlage vor, dass wir uns zu Tisch begeben.«

In den Ruinen des Bergfrieds ruhte auf sechs eisernen Beinen eine Steinscheibe von zwölf Metern im Durchmesser – Relikt irgendeines alten Rituals der Gomaz. In der Mitte ragte eine Säule aus gedrehtem schwarzen Eisen dreieinhalb Meter empor und teilte sich an der Spitze in metallene Zweige mit kleinen Büscheln gelber Flammen an den Spitzen – leuchtende Früchte an einem grotesken Baum. Hetzel und Janika gingen eiserne Stufen hinauf; ein Mundschenk in einer grünen und schwarzen Livree führte sie zu einem mit weißem Damast, Silber und Kristall gedeckten Tisch.

Hetzel schaute nach oben und erblickte freien Himmel, von dem fahles Mondlicht schräg in den offenen Turm fiel. »Und bei schlechtem Wetter, was dann?«

»In der Regenzeit verfrachten wir die Leute nach Süden in die Andantinai Wüste, wo sie Vulkane bestaunen können und Brieffalken und das Hünengrab. Vv. Byrrhis hat an alles gedacht.«

»Vv. Byrrhis ist ein ausnehmend tüchtiger Mann und als Arbeitgeber bestimmt sehr stimulierend.«

Janika lachte. »Er wollte mit mir einen Ausflug zur Golgath Inn auf dem Schädelplateau machen, aber ich habe dankend abgelehnt, und seither ist er nicht mehr besonders stimulierend gewesen. Wenn er wüsste, dass ich mit Ihnen unterwegs bin, wäre er wütend. Nehme ich wenigstens an. Selbst wegen einer unschuldigen Situation wie dieser.«

Vv. Byrrhis' emotionale Probleme erschienen

fern und unbedeutend. »Mit wem, glaubt er denn, dass Sie hier sind?«

»Er hat nicht gefragt, ich habe nichts gesagt.«

Der Mundschenk servierte einen Salat aus einheimischen Kräutern, den Hetzel angenehm würzig fand, ein Ragout aus Zutaten jenseits aller Mutmaßung, dünne, knusprige Brotfladen sowie zwei Flaschen importierten Zinc-Wein, der eine gelb, der andere dunkel bernsteinfarben mit einem öligen violetten Lüster.

Janika zelebrierte das traditionelle Zinc-Wein Ritual – sie schenkte die Kelche zur Hälfte mit Bernstein voll, entfernte mit einem weichen Tuch den Lüster und füllte auf mit Gold. »Abgesehen von dem Wein sind alles einheimische Produkte«, erläuterte sie dabei. »Als ich noch neu hier war, fand ich, dass alles nach Moos schmeckte, und habe kaum etwas gegessen, aber mittlerweile bin ich viel toleranter. Wenn ich auch immer noch sehnsüchtig an varsillanische Meerespfanne und Pfeffertöpfe und mit Maulbeeren gefüllte Yams denke … Nehmen wir das Dessert draußen auf der Terrasse und halten nach Geistern Ausschau.«

Als Dessert wurde blassgrünes Sorbet gereicht, dazu Schalen mit einem heißen aromatischen Aufguss der Rinde eines Wüstenstrauchs. Eine Stunde lang standen sie auf der Terrasse über der Ebene. Sie hörten sehnsüchtige, ferne Laute und verstohlenes Raunen, aber Geister sahen sie keine. Schließlich ging Janika zu Bett. Hetzel trank noch eine Schale Tee und dachte über die Dinge nach, die der Ubaikh gesagt hatte.

Der Fall Istagam entwickelte sich zu einer

höchst komplizierten Angelegenheit, deren Elemente nicht nur widersprüchlich waren, sondern es ließ sich auch auf den ersten Blick kein Zusammenhang zwischen ihnen erkennen. Offenbar ging es um einen hohen Einsatz, niemand würde sich wegen einer Bagatelle solche Mühe geben, Gidion Dirby zu manipulieren. Und wie merkwürdig, dass Casimir Wuldfache, dem er für Madame X nach Twisselbane auf Tamar gefolgt war, ihm nun bei seinen Ermittlungen hier über den Weg lief. Zufall? Hetzel schüttelte zweifelnd den Kopf. Der unverkennbare Hauch von Gefahr hing in der Luft; Leute, die sich einen derart raffinierten Plan ausdachten, schreckten gewiss nicht vor einem Mord zurück, vielleicht hatten sie schon gemordet – einen Liss, einen Olefract und zwei Ubaikh. Doppelte Wachsamkeit war angezeigt, er musste nicht nur auf sich selbst aufpassen, sondern auch auf Janika.

Mitten in der Nacht wurde Hetzel von dem gedämpften Jaulen eines Energiekonverters aufgeweckt. Er ging zum Fenster und spähte in die Dunkelheit hinaus. Mattglänzend im Licht des sinkenden grünen Mondes schwebte die Silhouette eines sich entfernenden Aeromobils am Himmel. Merkwürdig, dachte Hetzel. Außerordentlich merkwürdig.

Die blasse Helligkeit des Morgens sah Hetzel und Janika beim Frühstück auf der Terrasse. Janika wirkte abgespannt und in sich gekehrt, und Hetzel wunderte sich über ihr ernstes Gesicht. Er fragte: »Haben Sie gut geschlafen?«

»Danke, ja.«

»Sie erscheinen mir heute Morgen sehr nachdenklich.«

»Ich will nicht zurück nach Dogtown und ins Reisebüro.«

»Nach Dogtown müssen wir zurück«, sagte Hetzel, »aber Sie müssen nicht zurück in das Reisebüro.«

»Ich habe einen Sechsmonatsvertrag unterschrieben. Ich verliere die Hälfte meines ausstehenden Gehalts, wenn ich jetzt gehe.«

Hetzel schlürfte seinen Tee. »Da Ihnen Dogtown nicht zusagt, wohin zieht es Sie?«

»Ich weiß nicht.«

»Varsilla?«

»Mag sein, früher oder später. Aber vorläufig noch nicht. Ich weiß nicht, was ich tun möchte. Wahrscheinlich bin ich einfach nur mit dem linken Bein aufgestanden.«

Hetzel überlegte. »Möglicherweise findet Vv. Byrrhis sich bereit, Sie aus dem Vertrag zu entlassen.«

»Das glaube ich nicht. Er hat ab und zu spaßige Andeutungen gemacht, die nicht wirklich spaßig waren. Aber vielleicht kündige ich trotz allem.«

»Vv. Byrrhis könnte sich als zugänglicher erweisen als Sie denken. Er hätte keinen Nutzen von einer schlecht gelaunten oder lustlosen Angestellten. Und zweitens … Aber weshalb den Ereignissen vorgreifen.«

Janika ergriff Hetzels Hand und drückte sie. »Ich fühle mich schon wieder viel besser.«

Hetzel beglich die Rechnung. Janika unternahm einen schüchternen Versuch, sich zu beteiligen, was Hetzel kategorisch ablehnte, mit dem Hinweis auf die Großzügigkeit seines Klienten Sir Ivon Hacaway. Sie gingen hinaus zum Landeplatz und stiegen in den Hemus.

»Auf Wiedersehen, Black Cliff Inn«, sagte Hetzel. Er schaute Janika an. »Weshalb so traurig?«

»Ich nehme nicht gern Abschied von etwas.«

»Sie sind genauso sentimental wie Gidion Dirby.« Hetzel startete. »Jetzt geht es zurück nach Axistil, auf dem Umweg über Burg Kzyk. Wenn wir Glück haben, erhaschen wir einen Blick auf die Aktivitäten Istagams.«

Janika zeigte sich von dem Abstecher wenig begeistert. »Aus der Luft werden wir nicht viel erkennen können, und wenn wir landen, kann es uns das Leben kosten.«

»Wir werden kein Risiko eingehen, schon deshalb nicht, weil ein Besuch im Triskelion uns wahrscheinlich der Lösung des Rätsels näher bringen wird.«

»Ach ja? Was erwarten Sie dort zu finden?«

»Die Agenda oder die Tagesordnung, oder wie immer man es nennt, der Triarchen. Ich möchte wissen, wie lange vorher die Ubaikh ihren Besuch angemeldet hatten.«

»Das scheint mir nicht so wichtig zu sein.«

»Da irren Sie sich. Es ist der entscheidende Punkt in dem ganzen Fall, oder ich müsste mich sehr irren.« Hetzel schaute auf die Uhr. »Wir fliegen mit Kurs Nord über das Territorium der Ubaikh, über das Shimkish Massiv und weiter über diese – wie heißt sie? Die Steppe der Langen Knochen?«

»Der Name hat seinen Ursprung in einer blutigen Schlacht vor tausend Jahren. Die Ubaikh, die Kzyk und die Agzh kämpften gegen die Hissau. Es war ein ›Hass‹ Krieg, weil die Hissau Nomaden sind und Parias, die Gamins anderer Sept auflauern, während diese nach ihrer Geburt versuchen, die Stammesburg zu erreichen. Wenn man das Herauskriechen aus einem Leichnam als Geburt bezeichnen kann.«

»Wie finden die Gamins den Weg?«

»Telepathie. Nur etwa ein Drittel überlebt die Reise.«

»Scheint mir ein brutales Auslesesystem zu sein«, meinte Hetzel sinnend. »Überhaupt erscheinen die Gomaz grausam und brutal, wenigstens nach menschlichen Maßstäben.«

»Weil wir nicht telepathisch zu einer Einheit verschmolzen sind.«

»Exakt. Sie halten uns ihrerseits wahrscheinlich für merkwürdig und grausam, aus ebenso irrationalen Gründen ... Dort ist die Burg der Ubaikh, da drüben im Westen.«

Janika hob das Fernglas vor die Augen. »Truppen verlassen die Burg. Sie marschieren irgendwohin – vielleicht gegen die Kzyk. Oder die Kaikash, oder die Azgh.«

Burg Ubaikh verschwand achtern, vor ihnen erhoben sich die Berge des Shimkish Massivs – schwarze Dolche über einem Gebuckel aus blassgrünem und braunem Samt. Dahinter öffnete sich eine Ebene aus konturlosem blaugrauem Dunst – die Steppe der Langen Knochen, die größer und größer wurde, bis sie den halben Horizont ausfüllte. Ein ungewohntes Motorengeräusch ließ Hetzel aufhorchen. Die Pulsoren machten sich dramatisch bemerkbar, ihr gleichmäßiges Summen steigerte sich zu einem schneidenden Pfeifton, der dann Stück für Stück die Tonleiter hinuntersackte. Hetzel starrte ungläubig auf die Energieanzeige.

Janika bemerkte seinen Gesichtsausdruck. »Was ist?«

»Keine Energie mehr. Die Batterien sind leer.«

»Aber die Skala steht noch auf halb!«

»Entweder ist sie kaputt, oder jemand hat die Leitung unterbrochen und dann die Batterien entladen. Was immer zutreffen mag, unser Flug ist zu Ende.«

»Aber wir sind Meilen von jeder bewohnten Ansiedlung entfernt.«

»Wir haben das Funkgerät.« Hetzel drehte an den Knöpfen. »Wie es scheint, haben wir kein Funkgerät.«

»Aber wie konnte das passieren? Diese Maschinen sollen angeblich tipptopp gewartet sein!«

Hetzel fiel das Aeromobil ein, das er in der Nacht wegfliegen gesehen hatte. »Jemand war der Meinung, wir hätten lange genug gelebt. Er hat uns gerade so viel Saft gelassen, dass uns das Schicksal in ausreichender Entfernung von der Lodge ereilt.«

Der Hemus schwebte zu Boden und landete sacht auf der von unablässigem Wind glattgeschliffenen steinigen Ebene der Langen Knochen. Hetzel und Janika blieben stumm in der Kabine sitzen, Hetzel studierte die Karte. »Wir befinden uns irgendwo hier. Burg Ubaikh liegt vierzig Meilen entfernt hinter den Bergen, Burg Kzyk sechzig Meilen nordwestlich. Nach meiner Ansicht ist unsere größte Chance die Ubaikh-Station. Der Weg ist beschwerlicher, aber wir können damit rechnen, Wasser zu finden. In der Steppe gibt es kein Wasser.«

Janika nagte an ihrer Unterlippe. »Das Funkgerät lässt sich nicht reparieren?«

Hetzel nahm das Gehäuse ab. Ein Blick auf die zerbrochenen Platinen genügte. »Da ist nichts mehr zu retten. Wenn es Ihnen lieber ist, können Sie hier im Hemus warten, während ich Hilfe hole. Es wäre vielleicht einfacher für Sie.«

»Ich komme mit.«

»Das ist mir auch lieber.« Hetzel blickte stirnrunzelnd auf die Karte. »Wenn wir von der Black Cliff Inn direkt nach Süden geflogen wären, nach Axistil, hätten wir mitten im Kykh-Kych Moor notlanden müssen, ohne die geringste Hoffnung auf Rettung.«

»Hier draußen stehen unsere Chancen auch nicht besonders gut.«

»Vierzig Meilen sind nicht so schlimm – ein Fußmarsch von zwei oder drei Tagen, abhängig vom Terrain. Wie steht es mit der hiesigen Fauna? Womit könnten wir es zu tun bekommen?«

Janika schaute zum Himmel. »In den Bergen gibt es Felsenlurer. Sie lauern auf Gomazbabys, aber wenn sie Hunger haben, stürzen sie sich auf alles. Nachts kommen die Lalu heraus; wir haben sie gestern Abend auf der Ebene rufen gehört. Und wir könnten Ixxen begegnen, den weißen Füchsen von Maz. Sie sind blind, aber sie jagen in Rudeln von zwei- bis dreihundert Tieren. Es sind grässliche Viecher. Sie fangen junge Gomaz und lassen sie als Ixxen aufwachsen. Es kann einem also passieren, dass man dasitzt und über die Ebene schaut, und man sieht nackte Gomaz auf allen vieren, wie sie für die Ixxen kundschaften. Sie sind die Augen für das Rudel, bis das Rudel beschließt, sie zu zerreißen. Ach ja, und falls wir irgendwelchen Gomaz über den Weg laufen, könnten sie uns als gute Übungsmöglichkeit betrachten und erschlagen.«

Hetzel durchwühlte die verschiedenen Ablagefächer in der Hoffnung, eine Ersatzbatterie zu finden, aber vergeblich. Nachdem er aus dem Hemus gesprungen war, suchte er den Horizont ab. Nirgends eine Spur von Leben. Er zog nochmals die Karte zu Rate, dann wies er auf die Berge.

»Da ist ein Pass, direkt unterhalb dieses zweizackigen Gipfels. Von dort aus müssten wir einen Grat sehen, der ein paar Meilen südlich von der Burg der Ubaikh verläuft. Wir können uns nicht verirren. Mit Glück schaffen wir die vierzig Meilen in zwei Tagen, vorausgesetzt, wir kommen nicht auf die eine oder andere Weise zu Tode. Ich habe zwei Pistolen, ein Messer und zehn Granaten bei mir. Unsere Aussichten zu überleben, stehen nicht schlecht. Für den Fall, dass wir Gomaz begegnen, nehme ich den Translator mit. Länger zu warten hat keinen Sinn, deshalb lassen Sie uns aufbrechen. Falls Sie ein zweites Paar Schuhe haben, nehmen Sie es mit. Auch Ihren Umhang.«

»Ich habe alles.«

Der Boden bestand aus weichem schwarzen Moos. Bei jedem Schritt wölkte schwarzer Staub auf und sie hinterließen tief eingeprägte Fußabdrücke.

»Die Ixxen werden uns folgen, wenn sie auf die Spuren stoßen. Angeblich spüren sie die Lebenswärme sogar noch nach Tagen.«

Hetzel nahm Janikas Hand, ihre Finger schlossen sich um die seinen. »Ich bin überzeugt, dass wir heil und gesund nach Axistil zurückkommen, und denken Sie nur, wie die guten Leute auf Varsilla staunen würden, wenn sie Sie jetzt sehen könnten, wie Sie über die Steppe der Langen Knochen wandern, in Gesellschaft eines Vagabunden wie mir.«

»Ich glaube auch nicht, dass meine Lebensuhr bereits abgelaufen ist, viel mehr beschäftigt mich die Frage: Wer würde uns so etwas antun?«

»Können Sie es nicht erraten?«

»Nein. Gidion Dirby? Unwahrscheinlich. Der Ubaikh? Es wäre nicht seine Art, einen solchen Plan auszuhecken, und er versteht nichts von Aeromobilen.«

»Bleibt Vv. Byrrhis.«

Janikas Mund klappte auf.

»Weshalb sollte er uns übel wollen? Meinetwegen?«

»Vielleicht.«

»Ich kann es nicht glauben. Und denken Sie daran, der Hemus gehört dem Reisebüro, also Vv. Byrrhis, und er liebt sein Kapital.«

»Zu gegebener Zeit wird alles an den Tag kommen. Bis dahin, falls Sie irgendetwas Essbares entdecken, zögern Sie nicht, mich darauf aufmerksam zu machen.«

»Ich bin schwerlich eine Expertin auf dem

Gebiet. Ich habe gehört, dass so ziemlich alles, was hier wächst, giftig sein soll.«

»Man kann im Notfall zwei Tage ohne Nahrung auskommen. Auch drei oder vier.«

Janika schwieg, und schweigend gingen sie weiter. Hetzel überlegte, dass er die hartnäckigen Reste von Argwohn gegenüber der jungen Frau nun vergessen konnte; sie würde sich kaum durch eigenes Tun einer Tortur dieser Größenordnung ausliefern. Andererseits, falls sie die Komplizin von Vv. Byrrhis war, hatte dieser vielleicht die Gelegenheit ergriffen, zwei Fliegen mit einer Klappe zu schlagen.

Die Sonne kletterte dem Zenith entgegen, fast unmerklich begannen die Gipfel und Grate des Shimkish den Himmel zu beherrschen. Das Gelände wurde unwegsamer: von Steinen und Sand und schwarzem Moos zu Diestelbusch und schwarzem Wachsgras auf flachen Hängen, und danach die in die Ebene hineinragenden Sporen der Bergausläufer.

Nach drei Stunden Klettern erreichten sie den Kamm einer Anhöhe, wo sie rasteten und den Weg zurückblickten, den sie gekommen waren. Janika lehnte sich an Hetzel, er legte den Arm um sie.

»Erschöpft?«

»Das ist ein Thema, über das ich beschlossen habe nicht nachzudenken.«

»Sehr vernünftig. Wir haben schon ein gutes Stück hinter uns gebracht.« Er schaute durch das Fernglas über die Steppe nach Norden. »Ich kann unseren Hemus nicht mehr sehen.«

Janika zeigte auf einen Punkt in der Ferne.

»Schauen Sie dahin. Etwas bewegt sich, aber ich kann nicht erkennen, was es ist.«

»Gomaz. In Marschordnung, gefolgt von vier Fuhrwerken. Sie kommen in etwa auf uns zu, halten sich aber mehr nach Westen.«

»Das werden Kzyk sein«, sagte Janika. »Auf Patrouille oder vielleicht unterwegs zu einem Überfall auf die Ubaikh oder eine der Sept westlich von den Ubaikh – ich habe vergessen, wie sie heißen. Wie viele sehen Sie?«

»Zu viele, um sie zu zählen. Ein paar hundert, würde ich sagen. Wir sollten lieber weitergehen.«

Das erste Stück der zweiten Etappe war leicht, den Hang hinauf, dann über ein längliches Plateau. Dahinter erhob sich das Zentralmassiv des Shimkish, mit dem deutlich auszumachenden Gipfel, der ihnen zur Orientierung dienen sollte.

An einem kleinen Wasserlauf machten sie Halt, um zu trinken, dann setzten sie den Aufstieg fort, nun häufiger von Verschnaufpausen unterbrochen.

»Bergab geht es nachher viel leichter«, tröstete Hetzel. »Und viel schneller.«

»Falls wir es überhaupt bis nach oben schaffen. Ich habe schon meine Zweifel wegen der nächsten zehn Schritte.«

»Gehen wir weiter, bevor unsere Muskeln steif werden. Wie Sie, bin auch ich nicht an spontane Bergpartien gewöhnt.«

Die Sonne wanderte über den Himmel. Am späten Nachmittag arbeiteten sich Hetzel und Janika aus einer von Schlingpflanzen überwucherten Klamm hinaus auf eine Bergwiese, durchflossen von einem Bach. Keuchend, schwitzend, übersät von Kratzern und Insektenstichen, sanken sie auf einen flachen Stein. Kleine, herzförmige Blätter überzogen den Boden wie ein dichter Pelz. Hundert Meter weiter erhob sich ein Wald von Gewächsen, die Hetzel zum größten Teil fremd waren: Blutholzbäume mit dunkelroten Stämmen und dichtem schwarzen Laub, purpurne Baumfarne, riesenhohe Galangal. Eine Viertelmeile westlich lag ein noch dichterer Wald aus Blutholzbäumen. An einigen Stellen war die Wiese zertrampelt, und ein seltsamer Geruch hing in der Luft – ein schaler, süßlicher Dunst, den Hetzel mit organischer Verwesung in Verbindung brachte, obwohl auf den ersten Blick nichts Totes zu entdecken war.

Unterwegs hatten sie von Zeit zu Zeit wilde Tiere gesehen: flinke schwarze Wiesel, nichts als Augen und Pelz und Zähne; ein langgestrecktes, kriechendes Geschöpf wie ein kopfloses Gürteltier, das sich auf hundert Stummelbeinen fortbewegte; weiße, grashüpferähnliche Nager, deren Köpfe eine unangenehme Ähnlichkeit mit den weißen Knochenkammschädeln der Gomaz hatten. Ein träges Reptil hatte mit einem unheimlichen Glimmen von Intelligenz in den halbgeschlossenen Augen zugesehen, wie sie vorbeigingen. In der Klamm hatten sie einen Schwarm fliegender Schlangen aufgestört – blasse, zerbrechliche Kreaturen, die sich – getragen von langen seitlichen Flossensäumen – durch die Luft schlängelten. Aber sie waren weder Ixxen noch Gamins begegnet und nur von Dornen und Insekten attackiert worden. Jetzt entdeckte Hetzel ein Dutzend fliegende Geschöpfe am Himmel, mit quadratischen Schwingen und langen, muskulösen Hälsen – Felsenlurer. Sie hatten sich von einer hohen Klippe in die Luft geschwungen und schwebten tief über dem östlichen Wald. Ausgesprochen unangenehme Kreaturen, dachte Hetzel und stellte fest, dass sie sich kreisend langsam aber sicher der Bergwiese näherten.

Dann wurde Hetzel sich eines eigenartigen, schrillen Geräuschs bewusst, an der oberen Grenze des hörbaren Bereichs undulierend, sich steigernd zu einer komplexen Kadenz, die Hetzel nicht ganz zu erfassen vermochte, doch er wusste sofort, was es zu bedeuten hatte.

»Gomaz«, flüsterte Janika. »Sie kommen hierher!«

Hetzel sprang auf, er drehte sich um die eigene Achse und hielt nach einem Versteck Ausschau. Die Klamm, aus der sie eben herausgeklettert waren, bot sich an, einladender erschien der Felszacken ein paar Meter weiter links, eine Zinne aus verwittertem Basalt, dicht mit Eisenpflanzen bewachsen. Er nahm Janika bei der Hand, sie kraxelten hastig nach oben und warfen sich an der vorderen Kante flach hin.

Im selben Augenblick kamen die Gomaz zwischen den Bäumen des Waldes im Osten zum Vorschein – eine Viererkolonne in x-beinigem Stechschritt. Am Bachufer machten sie Halt, der an- und abschwellende Falsettgesang erstarb. Die Reihen lösten sich auf, die Gomaz stiegen ins Wasser und wateten darin hin und her.

Janika flüsterte Hetzel ins Ohr: »Es sind Ubaikh – ein Kriegstrupp.«

Hetzel schaute zu den Gomaz hinunter. »Woran erkennen Sie, dass es Ubaikh sind?«

»An den Helmen. Da! Sehen Sie den einen, der da an der Seite steht? Ist das nicht der, mit dem Sie gestern gesprochen haben?«

»Kann ich nicht sagen. Für mich sehen sie alle gleich aus.«

»Glauben Sie mir, er ist es. Er hat immer noch den eisernen Halsreif um und trägt das große Schwert auf dem Rücken.«

Die Gomaz stiegen aus dem Wasser und nahmen wieder in Reih und Glied Aufstellung, machten aber keine Anstalten, ihren Marsch fortzusetzen. Oben kreisten die Felsenlurer und belauerten mit nach unten gereckten Hälsen die Vorgänge auf der Bergwiese.

Hetzel wies auf den Blutbaumwald. »Noch mehr Gomaz!«

Ein zweiter Trupp kam in Sicht, auch dieser begleitet von einem charakteristischen, für das menschliche Ohr nur teilweise hörbaren polyphonen Gesang, und gefolgt von einem aus vier Fuhrwerken bestehenden Train. »Kzyk«, flüsterte Janika. »Dieselbe Gruppe, die wir heute Vormittag gesehen haben.«

Die Kzyk marschierten weiter, als wären die Ubaikh unsichtbar. Am Bachufer zerstreuten sie sich, wie es die Ubaikh getan hatten, und stiegen ins Wasser. Die Ubaikh verharrten steif und regungslos auf ihrer Seite, bis endlich die Kzyk ans Westufer zurückkehrten und wieder Aufstellung nahmen; auch sie standen stumm und still.

Einige Minuten vergingen, in denen, soweit es Hetzel erkennen konnte, weder Ubaikh noch Kzyk auch nur einen Muskel regten. Dann löste sich aus den Reihen der Kzyk ein Krieger und trat vor. Er schritt mit eigenartig stelzenden Bewegungen am Ufer auf und ab, hob das angewinkelte Bein hoch, streckte es und setzte den Fuß mit den Zehenspitzen zuerst behutsam auf den Boden.

Aus den Reihen der Ubaikh trat ein Krieger, der in ähnlicher Manier am Ostufer paradierte.

Drei weitere Kzyk kamen nach vorn und nahmen verschiedene bizarre Posen ein, deren Sinn und Zweck Hetzel nicht zu erkennen vermochte. Drei Ubaikh vollführten das gleiche Ritual am Ostufer. »Es muss sich um eine Art Kriegstanz handeln«, flüsterte Hetzel.

»Kriegstanz oder Liebestanz.«

An beiden Ufern des Wasserlaufs – während der weiße Stecknadelkopf der Sonne am dunkelnden grünen Himmel tiefer sank und der Wind durch die Blutholzbäume seufzte – stolzierten und posierten, hüpften und tänzelten die Gomaz-Krieger. Sie begannen zu singen, erst war es ein Raunen, dann klang es wie hohe Flötentöne, die zu einem pulsierenden Heulen anschwollen, bei dem Hetzel eine Gänsehaut nach der anderen über den Körper lief. Janika schauderte und schloss die Augen und schmiegte sich enger an Hetzel.

Der Gesang vibrierte an der Grenze des Unhörbaren und brach ab. Die Stille knisterte vor Spannung. Schreiter und Tänzer kehrten stumm an ihre Plätze zurück.

Das Treffen begann. Krieger sprangen über den Bach, wählten sich einen Gegner. Jeder wich aus, duckte sich und fintierte und war bemüht, mit den jetzt aus den Kiefern ragenden Mandibeln seinen Widerpart beim Genick zu packen.

Hetzel wandte den Blick ab. Das Schauspiel war furchtbar und grandios zugleich; Schreie lustvoller Qual, ekstatisches Geheul malträtierten sein Gehirn. Janika bebte am ganzen Leib, er legte den Arm um sie und bedeckte ihr Gesicht mit Küssen, dann zuckte er bestürzt zurück – war er von eine telepathischen Sturmflut mitgerissen worden? Er machte sich stocksteif und verschloss sein Bewusstsein gegen die Wogen mörderischen erotischen Furors.

Sieger wurden erkennbar – jene, die den Hals ihres Gegners hatten packen können, um entweder einen Nerv zu durchtrennen oder ein Hormon zu injizieren, denn plötzlich wurde der besiegte Krieger willenlos, während der Sieger seinen Laich in dessen Brustkorb pflanzte und die Drüse hinten im Rachen des Wehrlosen verzehrte.

Die Schlacht endete, von der Walstatt erhob sich ein neuer Laut, halb Stöhnen, halb Seufzen. Die Schar der Krieger war etwa um die Hälfte dezimiert; die Kzyk, zu Beginn und auch jetzt noch den Ubaikh zahlenmäßig überlegen, unternahmen dennoch keine Anstalten, die Überlebenden anzugreifen, zu denen, wie Hetzel erfreut bemerkte, auch der Häuptling gehörte, der Zeuge des Attentats im Triskelion geworden war.

Am Himmel kreisten nach wie vor die Felsenlurer, aber einer nach dem anderen verlor das Interesse und kehrte mit langsamen Flügelschlägen zurück zum Ansitz auf den Bergspitzen.

»Wenn der Krieg aus Hass geführt wird«, erklärte Janika, »gibt es bei den Verlierern keine Überlebenden, und die Felsenlurer tragen die Toten weg. Aber hier werden die Kzyk und die Ubaikh Wachen zurücklassen, bis die Jungen schlüpfen.« Sie schaute Hetzel fragend an. »Was wird aus uns? Wie kommen wir von hier weg?«

»Falls es zum Äußersten kommt, habe ich meine Schusswaffe«, sagte Hetzel. »Wir werden die Nacht hier oben verbringen müssen, aber aller Wahrscheinlichkeit nach gäbe es ohnehin keinen besseren Platz.«

Ein, zwei Minuten vergingen; Janika beobachtete Hetzel aus den Augenwinkeln.

»Eben haben Sie mich geküsst.«

»Das habe ich.«

»Dann haben Sie aufgehört.«

»Ich fürchtete, von der Telepathie der Gomaz beeinflusst zu sein. Es erschien mir würdelos. Diesmal ist natürlich keine Telepathie im Spiel.« Hetzel küsste sie erneut.

»Ich bin müde und schmutzig und total erledigt«, sagte Janika. »Bestimmt sehe ich furchtbar aus.«

»Die Schranken konventioneller Höflichkeit scheinen infolge der besonderen Umstände zu bröckeln«, meinte Hetzel. »Was würde man auf Varsilla sagen, wenn man dich jetzt sehen könnte?«

»Ich kann es mir nicht vorstellen ... Ich will es mir nicht vorstellen ...«

Kapitel 11

Die Nacht war lang und trostlos. Hetzel und Janika, in ihre Umhänge gewickelt, schliefen den Schlaf der Erschöpfung. Bei Tagesanbruch erwachten sie frierend und mit steifen Gliedern. Hetzel informierte sich über die Situation bei den Gomaz.

Die Ubaikh kampierten auf ihrer Seite, die Kzyk hatten am gegenüberliegenden Ufer ein ganz ähnliches Lager aufgeschlagen. Als es hell wurde, holten sie ihre Fuhrwerke und entluden Kessel mit Wegzehrung. Die Ubaikh überquerten den Bach und aßen gleichberechtigt mit den Kzyk. Dann kehrten sie zu dem Platz zurück, an dem sie die Nacht zugebracht hatten. Eine Zeitlang wanderten sie über die Wiese und untersuchten die Toten der Schlacht vom Abend zuvor, dann sammelten sie sich zu einer Beratung, die auf telepathischem Weg, unterstützt von Pfiffen und Trillern geführt wurde. Es hatte den Anschein, dass der Ubaikh-Häuptling die Seinen zu größerem Kampfesmut anfeuerte.

Auch die Kzyk hielten Kriegsrat, dann fingen sie an, höhnisch zu den Ubaikh hinüberzupfeifen, die sich darauf indigniert und hochmütig gebärdeten. Der Häuptling begann zu stolzieren, aber kämpferischer als am Abend zuvor. Die gegenseitigen Demonstrationen dienten nicht mehr dazu, sich zu spreizen und zu präsentieren; die Bewegungen der Kontrahenten waren energisch, ihre Gesten feindselig und aggressiv, ebenso wie der einsetzende schrille, abgehackte Gesang. Von den Schroffen herab kamen die Felsenlurer, um mit langen Hälsen die Entwicklung der Vorgänge zu beobachten.

Der Gesang brach ab, die Krieger formierten sich wie zuvor. Hetzel sprang plötzlich auf.

»Sie werden dich sehen!«, zischte Janika.

»Ich kann nicht zulassen, dass dieser Ubaikh getötet wird. Er ist der einzige verlässliche Zeuge. Außerdem gefällt mir der Anblick dieser Fuhrwerke. Komm mit, schnell, bevor die Kampfhandlungen beginnen.«

Sie kletterten an der Rückseite der Felszinne hinunter; Hetzel trat auf die Bergwiese hinaus. »Halt!« Er sprach in den auf höchste Lautstärke gestellten Translator. »Die Schlacht findet nicht statt. Weicht auseinander. Gehorcht mir, denn ich habe Waffen, um euch alle zu töten, so dass ihr zum Fraß für die Felsenlurer werdet.« Hetzel stieß die Hand zum Himmel; ein, zwei, drei Lurer zerbarsten in einer Explosion aus purpurnem Feuer und schwarzem Qualm. Ein paar verkohlte Fragmente regneten zu Boden.

Hetzel zeigte auf den Ubaikh-Häuptling. »Sie werden mich begleiten. Ich bin nicht gesonnen, Ihre wirklichkeitsfremde Arroganz zu tolerieren. Wir werden eines der Fuhrwerke besteigen und fahren damit zur Transportstation der Kzyk. Kzyk, formiert euch zum Abmarsch. Ubaikh, kehrt zurück zu eurer Festung. Beide Seiten dürfen zum Schutz der Gamins Wachen zurücklassen.« Hetzel drehte sich um und gab Janika ein Zeichen. »Komm.«

Die Gomaz hatten der Ansprache regungslos gelauscht. Hetzel winkte dem Häuptling. »Sie kommen mit mir. Durchqueren Sie den Bach und stellen Sie sich zu den Fuhrwerken.«

Der Ubaikh brach in einen Schwall schriller, zorniger Laute aus, die zu übersetzen der Translator nicht in der Lage war. Hetzel trat einen weiteren Schritt vor. »Meine Geduld schwindet. Ubaikh, auseinander! Kehrt zurück in eure Burg. Und Sie« – er zeigte wieder auf den Ubaikh-Häuptling – »kommen Sie herüber, an dieses Ufer!«

Seinen Worten folgte ein aufgebrachtes Pfeifkonzert, ein Kzyk-Häuptling stieß einen ärgerlichen Schrei aus. Der Translator druckte: »Wer bist du, uns befehlen zu wollen?«

»Ich bin ein Fürst der Gaeaner! Ich bin gekommen, um mich über die Probleme der Gomaz zu informieren. Ich brauche diesen Führer der Ubaikh als Zeugen. Ich kann seinen Tod zu diesem Zeitpunkt nicht dulden.«

»Ich wäre nicht getötet worden«, empörte sich der Häuptling. »Ich habe die Absicht, zwei Dutzend Kzyk zu erschlagen und mich über ihren Kadavern zu entleeren.«

»Dieses Unterfangen müssen Sie auf später verschieben«, sagte Hetzel. »In den Wagen, keine Müdigkeit vorschützen!«

Die Ubaikh und die Kzyk starrten sich an, ernüchtert und unentschlossen. Hetzel sagte: »Wer weigert sich, mir zu gehorchen? Er trete vor!«

Weder Ubaikh noch Kzyk rührten sich. Hetzel zielte und verbrannte die Leichen zweier Gefallener zu Asche – einen Ubaikh und einen Kzyk. Ein Aufschrei des Grauens und Entsetzens erhob sich aus den Reihen der Gomaz. »In den Wagen!«, befahl Hetzel.

Widerwillig setzte der Ubaikh-Häuptling sich in Bewegung und tat wie geheißen. Die anderen Ubaikh sammelten sich an einer Seite der Wiese zu einer Gruppe, in der es sichtbar gärte, während die Kzyk sich ohne weiteren Aufenthalt formierten und abmarschierten, in westlicher Richtung. Der Wagen mit Hetzel, Janika und dem Ubaikh rumpelte schwerfällig hinter den anderen her. »Das ist um einiges besser, als auf Schusters Rappen zu reisen«, meinte Hetzel.

»Da stimme ich zu«, sagte Janika.

Der Wagen rollte talwärts, der Ubaikh hockte, in mürrisches Schweigen versunken, auf seinem Platz. Unvermittelt stieß er einen heftigen Schwall zischender Mehrfachsilben aus. Hetzel schaute auf den Translatorausdruck: »Seit die Fremden nach Maz gekommen sind, geschehen große Umwälzungen. In den alten Tagen war das Leben besser.«

»Den Gomaz geht es immer noch sehr gut«, sagte Hetzel. »Wären sie nicht zu einem Eroberungszug aufgebrochen, müssten sie jetzt nicht die Schmach der Vormundschaft erdulden.«

»Leicht gesagt«, lautete die Erwiderung. »Wir kämpfen, weil es unsere Art zu leben ist. Wir tun, was wir tun müssen.«

»Aus demselben Grund setzen wir uns zur Wehr. Ihr könnt dankbar sein, dass wir die Gomaz nicht ausgerottet haben, wofür die Liss plädierten. Wir Gaeaner sind keine kaltblütigen Mörder, deshalb bitte ich Sie um Hilfe bei meinen Bemühungen, den zu finden, der das Attentat im Triskelion verübt hat.«

»Eine belanglose Angelegenheit.«

»Wer war der Täter?«

»Ein Gaeaner.«

»Aber welcher Gaeaner?«

»Ich weiß nicht.«

»Woher wissen Sie dann, dass es ein Gaeaner ist?«

»Ich kann zeigen, was gewesen ist, und dann bin ich meiner Pflicht ledig; mehr braucht nicht gesagt werden.«

Die Kzyk stießen plötzlich aufgeregte Schreie aus. Hetzel erhob sich in dem schaukelnden Wagen, doch er sah nur die Hänge des Shimkish und die steingraue Steppe. Die Kzyk stachelten die Zugwürmer an, die eilig buckelnd vorwärts strebten.

Hetzel sprach eine Frage in den Translator. »Weshalb die plötzliche Unruhe?«

»Sie haben den Plan der Ubaikh durchschaut.«

»Welchen Plan?«

»Wir machten sie glauben, unsere Absicht wäre ein Raubzug in ihrem Gebiet, um die Brünstigsten« – vom Translator rot unterstrichen – »von ihnen hinter uns herzulocken, während unsere Hauptstreitmacht die Burg der Verräter überfällt. Die Kzyk haben nun die Täuschung durchschaut. Sie eilen, um ihre Festung zu verteidigen; dies ist ein Klasse III Krieg, bis zur völligen Vernichtung.«

Die Würmer wurden müde und langsamer, während die Kzyk-Krieger in Laufschritt fielen und, eine Schleppe aus von ihren stampfenden Füßen aufgewirbeltem schwarzen Staub hinter sich herziehend, bald zwischen den Moosbuckeln verschwunden waren, die die Einförmigkeit der Landschaft unterbrachen.

Gegen Mittag hielten die Fuhrwerke in einer Oase – ein Tümpel mit trübem Wasser, umstanden von Fetzenbäumen und ein paar dürren Galangals. Hetzel und Janika sprangen zu Boden und inspizierten das Wasserloch. Hunderte von spitzkralligen Pfotenabdrücken in dem Morast am Ufer verrieten, wo Ixxen am Abend zuvor ihren Durst gelöscht hatten.

Sie gingen um den Teich herum, über dem ein süßlich-fauliger Geruch hing; obwohl durstig, konnten sie sich nicht entschließen, daraus zu trinken. Die Fuhrleute der Kzyk hingegen erlegten sich keinerlei Zurückhaltung auf, sprangen ins Wasser, planschten, tauchten, labten sich ohne Bedenken und rührten dabei noch mehr Schlamm auf. Der Ubaikh-Häuptling tat es ihnen gleich. Hetzel schaute Janika an. »Wie durstig bist du?«

»Nicht so durstig.«

»Ich glaube, ich auch nicht.«

Schließlich fuhren sie weiter, Richtung Nordosten. Das Shimkish Massiv versank, ringsum breitete sich die Ebene, bis sie am Horizont mit dem Himmelsgewölbe verschmolz.

Hetzel ging nach vorn, um sich mit dem Gespannführer zu unterhalten. »Wo liegt die Haltestation der Kzyk?«

»In Sichtweite der Burg.«

»Bringt uns zu dieser Station.«

»Dein Befehl wurde verstanden.«

»Fahren wir die Nacht hindurch?«

»Selbstverständlich, aber langsam. Die Würmer werden ausruhen wollen.«

»Wie lange, bis wir am Ziel sind?«

»Morgen Vormittag. Ich fürchte, wir werden die Schlacht versäumen.«

»Ohne Zweifel wird sich eine andere Gelegenheit finden.«

»Das nehme ich an.«

Hetzel kehrte zu Janika zurück. »Wir schlafen heute Nacht auf dem Wagen. Bestimmt bist du hungrig.«

»Wenn ich daran denke, was auf der Speisekarte steht, gar nicht so sehr.«

»Wenn wir wieder in Axistil sind, werden wir im Beyranion dinieren und alle deine Lieblingsgerichte bestellen.«

»Das wird ein Fest.«

Hetzel musterte den Ubaikh und überlegte, ob man damit rechnen musste, dass er im Dunkeln über sie herfiel, um Hetzel seiner Waffen zu berauben. Aus menschlicher Sicht die naheliegende Verhaltensweise in der gegebenen Situation, einem Gomaz möglicherweise völlig wesensfremd.

Wie auch immer, Wachsamkeit konnte nicht schaden.

Kurz vor Sonnenuntergang erreichte der Wagenzug wieder ein Wasserloch, und diesmal ließen Hetzel und Janika alle Vorsicht fahren und löschten ihren Durst.

Die Sonne sank, der Himmel schmückte sich mit matten Farben – Flieder und Apfelgrün, ein Streifen Purpur, dann folgte die lange, trübe Dämmerung, dann wurde es Nacht. Hetzel zog die Pistole und hielt sie auf den Ubaikh gerichtet, der über Stunden hinweg nicht ein einziges Mal seine Haltung verändert hatte.

Janika döste, dann schlief sie fest ein, erwachte bei Mondaufgang mit einem Ruck und musste sich erst besinnen, wie es kam, dass sie in einem von Würmern gezogenen Fuhrwerk über die Ebene der Langen Knochen rollte. Sie hielt Wache, während Hetzel schlief; er wurde davon geweckt, dass nach einer Stunde die Wagen plötzlich anhielten.

In einiger Entfernung stand im Mondlicht eine Gestalt, riesenhaft, menschenähnlich, sechs Meter groß mit dem weißen Knochenschädel und Chitinpanzer eines Gomaz. Sie stieß ein schnatterndes Wiehern aus und stapfte dann in südlicher Richtung davon.

»Ein Oger!«, flüsterte Janika. »Ich habe von ihnen gehört, aber nie geglaubt, dass ich einmal einen leibhaftig zu Gesicht bekommen würde. Sie gelten als wild und gefährlich.«

Die Wagen fuhren weiter. Der große grüne Mond verwandelte auf seiner Bahn über den Himmel die Ebene in einen Ort unwirklichen Zaubers. Hetzel nickte wieder ein; beim Aufwachen fand er Janika schlafend, ihren Kopf in seinem Schoß, und den Ubaikh gegenüber in derselben Haltung wie zuvor.

Es begann zu tagen, im Osten zeigte sich ein Streifen unterseeischen Farbenspiels, dann stieg die Sonne über eine Kette ferner Berge.

Die Kzyk trieben die Würmer zu schnellerer Gangart an; die Steppe wich Ackerflächen, wo Schoten wuchsen und Strauchobst, dann bogen sie auf eine Schotterstraße ein. Auf einer Anhöhe lag die Burg der Kzyk – eine imposante Festungsanlage mit dem Grundriss eines vierblättrigen Kleeblatts, umgeben von einem Ring schlanker Türme, Letztere durch Wehrgänge in luftiger Höhe mit der Burgmauer verbunden.

Die Streitmacht der Ubaikh war bereits eingetroffen und traf Vorbereitungen für einen Angriff auf die Südwestseite.

Aus dem morgendlichen Dunst ragten vage erkennbar vier hohe Holzgerüste auf, deren Verwendungszweck Hetzel schleierhaft war. Belagerungsmaschinen? Dafür wirkten sie zu zerbrechlich, zu hoch, zu topplastig. Zwischen den Gerüsten und der Burg quirlte und wogte eine Masse Kriegsvolk in komplizierten Manövern, deren Bedeutung für den Uneingeweihten zunächst rätselhaft blieb.

Am Fuß des Berghangs befand sich die Haltestation, ein Gebäude identisch dem bei der Burg der Ubaikh.

Die Fuhrwerke rollten talwärts, nahezu lautlos auf dem moosgepolsterten Untergrund. Die Gespannführer der Kzyk beachteten die feindlichen Truppen nicht, die Ubaikh stellten sich ebenfalls blind – eine vollendete Demonstration der Gomaz-Attitüde transliteriert als *kxish'sh*: hochmütige und geringschätzige Nichtachtung von Umständen, die zur Kenntnis zu nehmen der Gomaz für unter seiner Würde hält.

Hetzel begann die Truppenmanöver zu verstehen, als ganze Kompanien das stelzbeinige Ballett aus unverhohlener Herausforderung und martialischer Sexualität durchexerzierten, dessen Zeuge er und Janika schon auf der Bergwiese geworden waren. Jede Abteilung präsentierte sich auf diese Art, um sich anschließend hinter den anderen wieder zu formieren. Währenddessen bewegten sich die hohen, Gerüste auf Baumstämmen rollend, näher an die Burg heran.

Der Wagen hielt neben der Station, Hetzel, Janika und der Ubaikh sprangen zu Boden, dann fuhr er hinter den anderen her zur Burg hinauf, in kaum fünfzig Metern Entfernung an den exerzierenden Ubaikh-Kriegern vorbei. Jede Partei ignorierte die andere.

An der Vorderseite der Station hing ein Plakat mit den roten und schwarzen Ideogrammen, die die Menschen entwickelt hatten, um sich mit den Gomaz zu verständigen. Janika enträtselte die Bedeutung der Zeichen. »Wir haben Glück – glaube ich. Der Omni hält hier jeden zweiten Tag nachmittags, und wenn ich mich nicht böse verrechnet habe, ist heute ein zweiter Tag. Wie spät haben wir?«

»Ungefähr Mittag.«

»Mir kommt es vor, als wären wir Monate unterwegs gewesen. Ich will nicht sagen, dass ich dieses Abenteuer bereue, aber ich freue mich darauf, in die Zivilisation zurückzukehren. Ich sehne mich nach einem heißen Bad.«

»Ich freue mich, dass wir lebendig zurückkehren«, sagte Hetzel. »Zum Missvergnügen unserer Feinde.«

»Feinde?«

»Wenigstens zwei, und einer davon ist fast mit Sicherheit Vv. Byrrhis oder – wie er sich Gideon

Dirby vorstellte – Banghart. Dann wäre da noch Casimir Wuldfache.«

»Ach ja. Casimir Wuldfache. Woher kennst du ihn eigentlich?«

»Er ist ein Element einer der merkwürdigsten Kriminalgrotesken in der Geschichte der Menschheit. Angesichts von Trillionen und Abertrillionen Individuen im Gaeanischen Bund, wie kann es sein, dass Casimir Wuldfache in zwei aufeinanderfolgenden Fällen eine Rolle spielt? Ich bin gespannt auf eine Unterhaltung mit ihm. … Da fällt mir noch etwas ein. Wenn die Ubaikh die Kzyk vernichten und ihre Burg, dann ist Istagam ebenfalls am Ende – womit meine Verpflichtungen auf Maz erledigt wären.«

»Und du reist ab? Während der arme Dirby im Exhibitorium schmort?«

»Selbstredend würde auch sein Fall vorher geklärt werden müssen … Ich begreife den Zweck dieser hölzernen Türme nicht. Es müssen Belagerungsmaschinen irgendeiner Art sein.«

Die Holzgerüste wurden fünfzig Meter vor den Burgmauern in einem Halbkreis aufgefahren, und jetzt konnte man erkennen, dass sie fast höher waren als die äußeren Wehrtürme. Die exerzierenden Einheiten der Ubaikh formierten sich in Schlachtreihen. Auf den Zinnen standen regungslos die Kzyk.

Janika zog die Schultern hoch. »Ich glaube nicht, dass ich telepathische Fähigkeiten besitze, aber es geschieht etwas, das ich beinahe fühlen kann. Oder hören … Es ist, als ob sie singen oder irgendeine düstere Ode deklamieren.«

»Da klettern die Ubaikh die Gerüste hinauf.«

»Das sind die Flieger. Auf der obersten Plattform werden sie ihre Schwingen anlegen. Die Kzyk warten solange.«

Die Kzyk-Flieger machten den Anfang. Von einem unsichtbaren Gerät über die Zinnen katapultiert, schwang sich eine dunkle Gestalt auf schwarzen Schwingen in die Lüfte. Der Flieger zog die Beine an, stieß sie nach hinten, die Flügel hoben und senkten sich, und er beschrieb einen Bogen, um sich dort, wo der Westwind von der Burgmauer und einer konkaven Rampe nach oben gelenkt wurde, in die Höhe tragen zu lassen.

Ein zweiter Kzyk schnellte in den Himmel und noch einer und noch einer, bis endlich sieben Flieger in dem von der Rampe produzierten Aufwind schwebten.

Einer davon legte nun die Flügel an und stieß auf einen der feindlichen Hauptleute hinab. Aus den Reihen der Ubaikh stieg ein Schrei. Der Hauptmann schaute nach oben und erkannte die Gefahr. Er griff nach einem Speer, stemmte das Ende gegen den Boden und richtete die Spitze auf den Kzyk, der abdrehte, eine günstige Luftströmung einfing und sich wieder emportragen ließ.

Die Flieger der Ubaikh warfen sich von ihren Turmgerüsten in den Aufwind; am Himmel über der Burg entbrannten ein Dutzend kleine Scharmützel; jeder Flieger hackte nach dem Leib oder Kopf seines Gegners, doch niemals nach den zerbrechlichen Flügeln. Gelegentlich wurde ein Paar handgemein und trudelte hauend und stechend Hals über Kopf der Erde entgegen, bis sich im letzten Moment das flatternde, zappelnde Knäuel von Armen und Beinen und Schwingen entwirrte – oder auch nicht.

Ubaikh-Flieger landeten auf den Parapetts, von den Verteidigern erbittert bekämpft, andere setzten sich auf die Wehrbrücken zwischen den äußeren Türmen und der Ringmauer, während die Kzyk sich bemühten, sie in die Tiefe zu stoßen.

Eine Stunde lang tobte die Schlacht; die Kzyk als Verteidiger schlugen die angreifenden Ubaikh zurück, und der Wiesengrund war übersät mit Toten. Der Wind frischte auf, die Flieger segelten und kreisten, schraubten sich empor in große Höhe und stürzten sich dann auf ihre Gegner.

Wolkenfetzen trieben über den Himmel, im Westen zuckten Blitze zwischen schwarzen Wetterköpfen. Die Flieger wurden von den Böen zu Boden gedrückt, und es stiegen keine neuen mehr auf. Die Ubaikh-Krieger erstiegen ihre Gerüste, sprangen auf die Mauerkronen hinüber, schwärmten über die Wehrgänge. Die Kzyk auf den Türmen stemmten sich der Attacke entgegen, stürzten die Belagerungsgerüste um. Überall auf den Mauern wurde gefochten, dann waren alle Ubaikh massakriert und ihre Leichen in die Tiefe geworfen.

Aus einer Wolke fuhr ein Blitzstrahl herab und schlug in die Burg ein, dann ein zweiter, ein dritter – drei rauchende Breschen gähnten im Mauerwerk, und die Kzyk strömten heraus wie aufgestörte Insekten.

Janika stieß einen erstickten Schrei aus. »Was für ein schreckliches Gewitter!«

Hetzel schaute verwundert zu der Wolke hinauf, die die verheerenden Energielanzen zur Erde geschleudert hatte. Aus den Augenwinkeln nahm er eine Bewegung wahr, er wandte den Kopf und sah ein schwarzes Aeromobil über dem Kamm eines Berges auftauchen. Es spie ein Projektil in die Wolke, kippte über die Seitenflosse ab und zog davon.

Im Innern der Wolke erblühte ein orangeroter Glutball, aus dem sich taumelnd wie ein vom Himmel geschossener Vogel eine schwarze Flugkapsel löste, verformt und verbrannt. Die Bauart war Hetzel fremd, er schaute Janika an.

»Das Patrouillenboot der Liss.«

Im Innern des Liss-Bootes aktivierten sich die Notfallroutinen, der Sturz wurde abgefangen, das Boot schwenkte nach Westen ab. Aus dem Bug schoss ein weiterer grellweißer Feuerstrahl und hüllte das Aeromobil ein, das hinter dem Berg in einem Funkenregen niederging. Das Lissboot torkelte westwärts davon, machte einen Satz, hing bewegungslos in der Luft, stellte sich senkrecht, raste mit dem Heck voran der Erde entgegen und grub sich in den Berghang.

Währenddessen hatten die Ubaikh und Kzyk sich erneut ineinander verbissen, und die nun entbrennende Schlacht hatte nichts mehr von Ritterlichkeit oder gegenseitigem Respekt. Aus den Toren der Burg strömten Hunderte von Kzyk, den Ubaikh zahlenmäßig um das Doppelte überlegen, und diese wichen zurück.

»Da kommt der Omni von Axistil«, sagte Janika mit schwacher Stimme.

Der Transporter senkte sich auf den Landekreis

hinab. Zwei Kzyk stiegen aus und musterten die verwüstete Burg mit kritischem Blick.

Hetzel, Janika und der Ubaikh-Häuptling stiegen in den Omni. Hetzel sprach kurz mit dem Piloten. Der Omni stieg auf und glitt im Tiefflug über den Bergkamm hinweg. Das Aeromobil lag als rauchender Trümmerhaufen am Fuß des Vorgebirges. Hetzel und der Pilot sprangen zu Boden, um sich das Wrack aus der Nähe zu betrachten. In dem Käfig aus tordiertem Metall entdeckten sie einen Toten: zusammengekrümmt und verkohlt, aber trotzdem noch erkennbar – ein Mann, dem Hetzel nie von Angesicht zu Angesicht begegnet war, den er aber nichtsdestoweniger sehr gut kannte. »So viel zu Casimir Wuldfache«, sagte er. »Gestorben für Istagam.«

Kapitel 12

Der Omni folgte der Küste des Eiskalten Ozeans, schwenkte dann nach Südwesten und flog durch die Nacht, während Hetzel und Janika dösten und der Ubaikh ihnen statuengleich in kerzengrader Haltung gegenübersaß. Bei Tagesanbruch landete der Omni an der Haltestation von Axistil. Die Mitreisenden – vier fremde Gomaz – stiegen aus, dann der Ubaikh-Häuptling, zuletzt Hetzel und Janika, beide steif vor Erschöpfung.

»Die Zivilisation hat uns wieder«, sagte Hetzel. »Axistil mag am Ende von Nirgendwo liegen, aber im Moment kommt es mir vor wie trautes Heim, Glück allein. Kommst du mit ins Beyranion zum Frühstück? Dein alter Freund Gidion Dirby wird auch dort sein.«

Janika verzog das Gesicht. »Ich habe keine Lust auf eine Begegnung mit Gidion Dirby. Die Roseland Residence liegt gleich da drüben. Ich werde erst ein heißes Bad nehmen, dann meinen Job im Reisebüro kündigen und mich dann für den Rest des Tages ins Bett legen. Ich hoffe, Zaressa hat nicht das ganze heiße Wasser aufgebraucht.«

»Dann also auf heute Abend im Beyranion.«

»Ich freue mich. Und vielen Dank für einen wundervollen Ausflug.«

Hetzel schaute ihr nach, bis sie in den Boulevard der Verirrten Seelen einbog. Der Ubaikh stampfte mehrmals auf und zischte erbost; er bot ein beeindruckendes Bild mit seinem fünfzackigen Eisenhelm, dem mit Eisennägeln beschlagenen Panzerhemd und dem schwarzen Eisenschwert.

Hetzel sprach in den Translator. »Der heutige Tag sollte das Ende dieser unschönen Affäre sehen, zu unser aller Freude, nur nicht der des Attentäters.«

Der Ubaikh antwortete, der Translator druckte: »Die Fremdlinge sind überängstlich. Sie fürchten den Tod und ermangeln des Patriotismus'.« Das Wort ›Patriotismus‹ erschien in Rot und war unterstrichen, um Approximation anzuzeigen. »Weshalb so viel Aufregung wegen ein paar Tötungen, besonders, da die Getöteten nicht deiner eigenen Art angehören?«

»Die Situation ist komplizierter als Sie ahnen«, sagte Hetzel. »Wie auch immer, Ihre Rolle in der Angelegenheit wird bald beendet sein, und es steht Ihnen dann frei, in Ihre Burg zurückzukehren.«

»Je früher, desto besser. Gehen wir ans Werk.«

»Wir müssen noch ein oder zwei Stunden warten.«

»Ein weiteres Beispiel für die Leichtfertigkeit der Gaeaner. Die ganze Nacht hindurch fliegen wir mit großer Geschwindigkeit durch die Luft, um nach Axistil zu gelangen, und nun zauderst du. Was die Gomaz tun wollen, tun sie ohne Umschweife und sofort.«

»Verzögerungen sind manchmal unvermeidlich. Ich werde Sie mitnehmen in das berühmte Beyranion Hotel, eine luxuriöse Burg der Gaeaner, wo ich beabsichtige, Ihnen ein Geschenk oder zwei zu überreichen.« Er setzte sich in Bewegung; der Ubaikh schnaubte verärgert und folgte ihm dann, eisenklirrend und so entschlossenen Schrittes, dass Hetzel Böses ahnend herumfuhr. Doch er fasste sich gleich wieder und ging voraus zum Beyranion, wo – zu seiner Erleichterung – noch alles schlief.

Widerstrebend und mit Äußerungen des Widerwillens betrat der Ubaikh Hetzels Suite. Gidion Dirby war nirgends zu sehen, was Hetzel nicht sonderlich überraschte. In seinem gegenwärtigen Gemütszustand musste Dirby als unberechenbar gelten.

Hetzel deutete auf das Sofa. »Nehmen Sie auf diesem Möbelstück Platz. Ich habe beschlossen, Ihnen einige Geschenke zu überreichen, als Entschädigung für Ihre Ungelegenheiten.«

Seinem Gepäck entnahm er eine Handlampe und ein Kampfmesser mit Proteumklinge. Er erklärte die Bedienung der Lampe und sprach bezüglich des Messers eine Warnung aus. »Beachten Sie beim Umgang damit die gebotene Vorsicht. Die Klinge ist unsichtbar, sie geht durch alles hindurch, was sie berührt. Sie können Ihr Eisenschwert damit durchschneiden, als wäre es eine Weidenrute.«

Der Ubaikh stieß zischelnde Laute aus. Hetzel las: »Dies ist ein Akt der Beschwichtigung, der mit Befriedigung zur Kenntnis genommen wird.«

Gomaz für ›Danke‹, dachte Hetzel. Er sagte: »Ich habe jetzt vor, zu baden und meine Kleider zu wechseln. Anschließend werden wir, so bald es möglich ist, die bewusste Angelegenheit zum Abschluss bringen.«

»Ich bestehe darauf, ohne Aufenthalt diesen Ort zu verlassen.«

»Ich sorge dafür, dass dem Rechnung getragen wird. Ruhen Sie sich aus. Bitte probieren Sie das Messer nicht an dem Mobiliar in diesen Räumen aus. Möchten Sie ein Bilderbuch zu Ihrer Unterhaltung?«

»Negativ.«

Hetzel, sauber und in frischen Kleidern, kehrte in das Wohnzimmer zurück. Der Ubaikh hatte sich allem Anschein nach die ganze Zeit nicht bewegt. Hetzel fragte: »Brauchen Sie Nahrung oder etwas zu trinken?«

»Negativ.«

Hetzel sank in einen Sessel. Das heiße Wasser hatte eine einschläfernde Wirkung, die Augen wollten ihm zufallen. Er schaute auf die Uhr. Wenigstens eine Stunde noch, bis man damit rechnen konnte, dass Sir Estevan sich in seinem Büro einfand. Er sprach in den Translator: »Aus welchem Grund haben die Ubaikh einen Hass-Krieg gegen die Kzyk entfesselt?«

»Die Kzyk haben sich mit den Gaeanern verbündet. Sie haben in eine würdelose Zusammenarbeit eingewilligt als Gegenleistung für die Belieferung mit ›Menschendingen‹« – Letzteres rot gekennzeichnet als Paraphrase für einen nicht übersetzbaren Begriff – »und die Gaeaner lehren sie, Energiewaffen zu bauen. In fünf Jahren werden Kzyk in übermächtigen Horden Maz bevölkern, ihre Gamins werden Schusswaffen tragen und fliegen wie die Felsenlurer und unsere Jungen töten. Die Kzyk werden die Welt beherrschen, außer die Ubaikh vernichten sie jetzt, entweder allein oder im Verein mit anderen loyalen Sept.«

»Und was sind diese ›Menschendinge‹?«

»Der Worte mit dem gaeanischen Feind sind genug gewechselt. Ich werde nun schweigen.«

Hetzel lehnte sich zurück. Wo steckte Gidion Dirby? Falls die Liss oder die Olefract von dem Verdacht wussten, den man gegen ihn hegte – und laut Sir Estevan waren sie über alles informiert, was sowohl im Triskelion als auch im Beyranion vor sich ging –, dann musste Gidion Dirby damit rechnen, dass ihm in Dogtown etwas Unangenehmes widerfuhr. Oder sogar im Beyranion selbst, das keineswegs gefeit war gegen Eindringlinge, wie Hetzel aus eigener Erfahrung bezeugen konnte. Möglicherweise war Dirby mit Gas betäubt und weggeschleppt worden, um niemals wieder aufzutauchen.

Das Telefon läutete. Hetzel fuhr aus dem Sessel. Er drückte Tasten, und Janika schaute ihn aus dem Monitor an. Ihr Gesicht war kreidebleich vor Erschöpfung und Entsetzen, ihre Stimme klang erstickt. »Vv. Byrrhis ist tot! Man hat bei ihm eingebrochen!«

»Woher rufst du an?«

»Aus dem Reisebüro.«

»Was wolltest du da?«

»Ich bin hingegangen, um zu kündigen, ich will Axistil verlassen. Das Geld ist mir egal, und Vv. Byrrhis liegt tot auf dem Boden.« Ihre Stimme kletterte um eine zitternde Oktave höher.

Hetzel überlegte einen Moment. »Wie wurde er getötet?«

»Ich weiß es nicht.«

»Woher weißt du, dass Einbrecher dafür verantwortlich sind?«

»Der Safe ist offen, und seine Brieftasche liegt auf dem Boden.«

»Und alles Geld ist weg?«

»Alles, soweit ich sehen kann. Was soll ich nur tun?«

»Ich rate dir, den Marshal von Dogtown zu unterrichten. Andere Möglichkeiten hast du nicht.«

»Ich möchte nicht darin verwickelt werden. Ich will keine Fragen beantworten. Ich will einfach nur weglaufen und von hier verschwinden.«

»Der alte Mann in dem Souvenirshop hat dich unzweifelhaft kommen sehen, und wenn du das Verbrechen nicht meldest, wird man annehmen, du hättest etwas damit zu tun. Ruf den Marshal und sag ihm, wie es gewesen ist. Du hast nichts zu verbergen.«

»Das stimmt. Also gut. Aber ich wünschte, du wärst hier und würdest mich vertreten, statt Gidion Dirby.«

»Ich werde den Fall Dirby heute noch abschließen und auch den Fall Istagam, wenigstens hoffe ich es. Dann kann ich dir meine ungeteilte Aufmerksamkeit widmen.«

»Falls ich nicht im Gefängnis von Dogtown lande.«

»Ich gebe dir Bescheid, sobald ich im Triskelion fertig bin. Wenn ich dich zu Hause oder in der Agentur nicht erreiche, versuche ich es im Gefängnis. Ruf jetzt den Marshal an.«

Janika nickte ergeben, und der Schirm wurde dunkel. Als Hetzel sich umdrehte, sah er Gidion

Dirby ins Zimmer kommen. Er blieb an der Tür stehen und schaute verwundert von Hetzel zu dem Ubaikh. »Ein neuer Klient?«

Hetzel gab kein Antwort. Dirby trat weiter ins Zimmer. Hetzel fand, dass er einen fiebrigen, aufgewühlten Eindruck machte, bis zum Bersten geschwellt von nicht deutbaren Emotionen. Stolz? Triumph? Hetzel fragte gallig: »Wie viel haben Sie ihm gestohlen?«

Dirby prallte ein wenig zurück, als wäre er gegen eine unsichtbare Mauer gelaufen. Er bemühte sich um Nonchalance. »Wem soll ich etwas gestohlen haben?«

»Byrrhis.«

Dirbys Kinnlade fiel herab. Dann verzog er den Mund zu einem schmallippigen Lächeln. »Sie meinen Banghart.«

»Wie auch immer.«

»Besorgt wegen Ihres Honorars?«

»Nicht im Geringsten.«

»Vielleicht sollten Sie besorgt sein. Sie haben nicht viel geleistet.«

»Finden Sie? Erstens, ich habe Ihnen zugehört. Zweitens, ich habe Aeolus Shult daran gehindert, Sie an Captain Baw auszuliefern. Drittens, ich habe einen Augenzeugen des Attentats ausfindig gemacht.« Hetzel deutete mit einer Kopfbewegung auf den Ubaikh. »Wenn Sie unschuldig sind, wird er es bezeugen. Und jetzt frage ich noch einmal: Wie viel haben Sie Byrrhis – oder Banghart – gestohlen?«

»Das geht Sie im Grunde überhaupt nichts an«, antwortete Dirby. »Was immer ich genommen habe, er schuldet es mir.«

»Zweitausend SAE sind das ausstehende Gehalt der Angestellten aus dem Reisebüro. Eintausend sind mein Honorar. Der Rest des Geldes interessiert mich nicht.«

Dirbys Miene verdüsterte sich. »Der Rest ist kaum noch der Rede wert. Was springt für mich bei der Sache heraus? Vergessen Sie nicht, ich habe auch berechtigte Ansprüche!«

»Muss ich Sie daran erinnern«, sagte Hetzel, »dass es sich bei diesen ›berechtigten Ansprüchen‹ um den erhofften Gewinn aus Ihrem Schmuggelunternehmen handelt? Und dass Sie eben erst einen Mann ermordet haben, um sich in den Besitz seines Geldes zu bringen?«

»Ich habe niemanden ermordet«, schnappte Dirby. »Ich bin die Straße entlangspaziert, ich schaute in das Fenster des Reisebüros, und da war Banghart, in voller Lebensgröße. Ich ging hinein und ein Wort gab das andere. Er griff nach seiner Pistole, ich ging ihm an die Gurgel. Ich blieb Sieger und nahm mir das Geld, das er bei sich hatte.«

Hetzel wartete.

Dirby sagte widerwillig: »Es waren etwas mehr als fünftausend.«

Hetzel wartete.

Zähneknirschend zog Dirby seine Brieftasche heraus. Er zählte Geldscheine ab und warf sie auf den Tisch.

»Da sind dreitausend. Bezahlen Sie die Frau, der Rest ist Ihr Honorar.«

»Vielen Dank«, sagte Hetzel. »Inzwischen dürfte Sir Estevan sich im Triskelion eingefunden haben, und wir werden es uns nun angelegen sein lassen, Klarheit in die Umstände des Attentats zu bringen.«

Hetzel ging zum Telefon und stellte eine Verbindung her. Der Monitor schmückte sich mit dem Blütenblattgesichtchen von Zaressa Lurling. Hetzel hörte von Gidion Dirby einen halblaut hervorgestoßenen erstaunten Ausruf.

»Verbinden Sie mich bitte mit Sir Estevan.«

Zaressas Miene erstarrte zu einer Maske professioneller Verbindlichkeit. »Sir Estevan ist beschäftigt. Er kann Sie heute nicht empfangen.«

»Richten Sie ihm aus, Vv. Hetzel möchte ihn sprechen. Sagen Sie ihm, der Ubaikh, der Zeuge des Attentats war, hat eingewilligt, dazu eine Aussage zu machen.«

Zaressas Mund bebte unschlüssig. »Ich habe Anweisung, Sir Estevan nicht zu stören. Weshalb besprechen Sie die Sache nicht etwas später mit Captain Baw?«

»Junge Frau«, sagte Hetzel, »ich rufe auf Sir Estevans ausdrücklichen Wunsch an! Verbinden Sie mich auf der Stelle!«

»Ich darf ihn nicht stören. Er hat eine Besprechung mit Captain Baw.«

»Sie werden ihn stören müssen, weil ich nämlich so gut wie auf dem Weg zum Triskelion bin, mit Gidion Dirby und dem Ubaikh. In fünf Minuten sind wir da, und seien Sie versichert, Sir Estevan erwartet uns ungeduldig.«

Hetzel deaktivierte mit einer heftigen Bewegung den Schirm und schnob aufgebracht durch die Nase. »Noch nie habe ich solche Sturheit erlebt! Ist sie eine Maschine? Ob Sir Estevan sie schlägt, wenn sie einen Fehler macht? Hat sie den

Ehrgeiz, Sir Estevan gegen die Realitäten des Lebens abzuschirmen? Ist sie schlicht und ergreifend dumm?«

»Ich habe das Mädchen früher schon einmal gesehen«, meldete sich Gidion Dirby mit gepresster Stimme. »Einige Male während meiner Gefangenschaft wachte ich auf und sah eine Frau auf Händen und Knien durchs Zimmer krabbeln. Das war sie.«

»Wirklich?«, fragte Hetzel. »Sind Sie ganz sicher? Das Mädchen trug einen Domino, dachte ich, hätten Sie gesagt.«

»Ich erkenne sie trotzdem wieder.«

Hetzel seufzte verärgert. »Die Verwicklungen sollten weniger werden, nicht mehr.«

»Es ist nicht notwendigerweise eine Verwicklung.«

»Vielleicht nicht. Immerhin wurde Sir Estevan im Flur seiner Privatvilla gefilmt, unzweifelhaft von Byrrhis. ... Wie dem auch sei, befassen wir uns erst mit der Klärung unseres vordringlichen Problems.«

Dirby rieb sich nachdenklich das Kinn. »Vielleicht sollte ich hier warten, bis alles erledigt ist. Ich bin nicht erpicht auf ein Zusammentreffen mit Captain Baw.«

»Wenn Sie unschuldig sind, haben Sie nichts zu befürchten.«

»Oh, ich bin unschuldig, keine Sorge.«

»Dann müssen Sie mitkommen. Ich möchte, dass alles genauso ist, wie zu dem fraglichen Zeitpunkt.«

»Sie beabsichtigen eine Rekonstruktion des Tathergangs.«

»Eine Rekonstruktion des Tathergangs, ganz recht.«

Dirby zuckte die Schultern. »Wie Sie meinen. Wenn Captain Baw mich ins Exhibitorium sperrt, müssen Sie zusehen, wie Sie mich wieder herauspauken.« Er ging zur Tür. Hetzel sprang ihm nach, hielt ihn mit einem Arm fest, fuhr mit der freien Hand in Dirbys Tasche und förderte eine Pistole zu Tage. Wutentbrannt riss Dirby sich los. Er machte Anstalten, sich auf Hetzel zu stürzen, doch ein Blick in dessen Gesicht mit dem arroganten, nach unten gebogenen Mund und den kalten grauen Augen, und auf die lässig schussbereit gehaltene Waffe, brachten ihn zur Besinnung.

Hetzel sagte höflich: »Ich möchte lediglich sicherstellen, dass ich derjenige bin, der die Situation in der Hand hat, nicht Sie. Gehen wir.«

Kapitel 13

Die drei marschierten über die weite grausilberne Plaza. Die Sonne stand am grünen Himmel im Mittag, die Luft wirkte klarer als gewöhnlich und die exzentrische Architektur des Triskelion kam in vollem Ausmaß zur Geltung.

Vvs. Felius und Vv. Kylo hatten Dienst an der gaeanischen Rezeption. Als Vvs. Felius Gidion Dirbys und des Ubaikh ansichtig wurde, beugte sie sich mit hervorquellenden Augen und bibberndem Kinn nach hinten.

Hetzel verfügte sich geradewegs in Sir Estevans Büro. Vvs. Felius rief ihm aufgebracht hinterher, aber Hetzel achtete nicht darauf.

Sir Estevan befand sich in seinem Vorzimmer; er stand neben Zaressas Schreibtisch, seine Hand lag auf ihrer Schulter. Zaressas Wangen waren gerötet, ihre Augen schwammen in Tränen. Sir Estevan schien sich als ihr Tröster und Beschützer zu verstehen; er schaute Hetzel mit kaltem Blick entgegen.

»Ich kann Ihr schroffes Verhalten meiner Sekretärin gegenüber nicht gutheißen.«

»Sie hat die ihr widerfahrene Kränkung stark übertrieben«, sagte Hetzel. »Ich habe lediglich darauf bestanden, mit Ihnen zu sprechen. Hier bringe ich Ihnen den Ubaikh, der Zeuge des Attentats war, und dies ist Gidion Dirby, der ebenfalls anwesend war. Wir dürfen hoffen, dass es uns gelingen wird herauszufinden, was sich tatsächlich abgespielt hat.«

Sir Estevan zeigte sich daran wenig interessiert. »Um ganz offen zu sein, die Angelegenheit langweilt mich. Soweit es mich angeht, möge sie dem Vergessen anheimfallen.«

Gidion Dirby lachte wild und krächzend auf. »Ich bin nicht gesonnen, die Sache ruhen zu lassen! Sie haben mich zum Schuldigen erklärt und Ihren uniformierten Hanswurst losgeschickt, um mich zu verhaften. Hören wir uns an, was der Zeuge aussagt.«

Sir Estevan musterte Dirby mit ausdrucksloser Miene von oben bis unten, dann wandte er sich an Hetzel. »Ich habe soeben die Nachricht erhalten, dass Vv. Byrrhis ermordet wurde. Was wissen Sie darüber?«

»Ich bin ein Effektuator«, antwortete Hetzel. »Wenn Sie wünschen, dass ich Nachforschungen anstelle, wäre ich unter Umständen in der Lage, Ihnen zu helfen, abhängig vom Honorar. Vv. Dirby hat mich beauftragt, die Fakten des Triskelion-Attentats ans Licht zu bringen, und nur daran bin ich momentan interessiert. Ich schlage vor, dass Sie Captain Baw hereinrufen. Wir können dann in den Ratssaal treten und dem Ubaikh Gelegenheit geben, den Urheber der Schüsse zu bezeichnen.«

Sir Estevan quittierte Hetzels Worte mit einem stoischen Schulterzucken. »Ich lege keinen Wert darauf, an einer solchen Demonstration teilzunehmen. Die Liss und die Olefract sind die betroffenen Parteien – führen Sie dort Ihre Komödie vor.«

»Wenn das so ist«, rief Dirby, »weshalb haben Sie Captain Baw geschickt, um mich festzunehmen?«

»Diese Aktion hat Captain Baw auf eigene Verantwortung durchgeführt.«

»Wie ich die Situation verstehe«, sagte Hetzel, »wurden die Triarchen der Liss und der Olefract ermordet, weil auf der Tagesordnung eine Beschwerde gegen Istagam stand, die bei ihnen auf offene Ohren gestoßen wäre. In Anbetracht des bösen Streichs, den man Gidion Dirby gespielt hat, und Ihres offensichtlichen Desinteresses an einer Aufklärung des Vorfalls, denke ich, hat Gidion Dirby gute Gründe, Klage einzureichen. Falls Sie auch weiterhin eine Zusammenarbeit verweigern, erwecken Sie den Eindruck, dass Sie versuchen, Istagam zu schützen – und vermutlich, weil Sie davon profitieren.«

Sir Estevan winkte ab. »Falsch, ganz falsch. Wie ich Ihnen gegenüber wahrscheinlich schon einmal erwähnt habe, handelt es sich bei Istagam um ein Unternehmen altruistischer Natur, gegründet von Vv. Byrrhis. Die Gomaz leisten produktive Arbeit, statt sich gegenseitig umzubringen, im Gegenzug lehrt man sie die Grundlagen der Zivilisation. Profite Istagams finanzierten die prachtvollen Touristen-Lodges. Weder ich noch Vv. Byrrhis haben Veranlassung, uns zu schämen.«

Dirby sagte frech: »Seien Sie sich dessen nicht allzu sicher. Wer hat mir den Nachttopf über den Kopf geschüttet? Glauben Sie, ich hätte das vergessen? Nie im Leben! Geben Sie mir die Gelegenheit, und ich erweise Ihnen die gleiche Wohltat!«

Sir Estevan schnaubte in frostiger Belustigung. »Ich rate Ihnen, Ihre Zunge im Zaum zu halten.

Sie befinden sich auf dem Territorium der Triarchie; ich habe die Macht, Sie ohne weiteres den Liss oder den Olefract auszuliefern, dann können Sie dort Ihre Unverschämtheiten vom Stapel lassen.«

»Das wäre eine Überschreitung Ihrer Befugnisse«, stellte Hetzel klar. »Entweder haben Sie einen juristisch haltbaren Grund, gegen Gidion Dirby vorzugehen, oder Sie haben keinen solchen Grund. Haben Sie keinen Grund, haben Sie auch nicht das Recht, Gidion Dirby strafrechtlich zu verfolgen.«

»Zum Mindesten«, antwortete Sir Estevan, »haben wir Gaeaner durch diese peinliche Affäre einen ruinösen Gesichtsverlust erlitten. Und ich habe Anlass zu glauben, dass Dirby einen Mordanschlag auf mich unternommen hat.«

»Das ist reine Spekulation.«

»Captain Baw war Zeuge des Vorfalls.«

»Angenommen, nur diskussionshalber, Captain Baw hätte selbst die Triarchen erschossen. Dann würde er natürlich dafür sorgen, dass Gidion Dirby wie der Schuldige aussieht, stimmen Sie mir zu?«

»Lächerlich. Weshalb sollte Baw die Triarchen ermorden?«

»Dieselbe Frage gilt für Gidion Dirby. Weshalb sollte er die Triarchen ermorden?«

»Das vermag ich nicht zu sagen. Vielleicht ist er geisteskrank.«

»Dann wollen Sie einen nicht zurechnungsfähigen Mann verhaften und an die Liss und Olefract ausliefern?«

Sir Estevan ließ Anzeichen von Überdruss

erkennen. »Kriminelles Verhalten ist eine Art mentaler Fehlfunktion. Nach gaeanischem Recht werden Kriminelle vor Gericht gestellt, ergo gelten geistig gestörte Personen als schuldfähig. Wie verrückt ist Dirby? Ich habe keine Ahnung. Momentan sieht er ganz normal aus.«

»Wie Captain Baw. Wie Sie selbst. Und auch der Ubaikh hier scheint bei klarem Verstand zu sein.«

»Was genau wollen Sie damit ausdrücken?«

»Dass Sie vermeiden sollten, voreilige Schlüsse zu ziehen. Haben Sie mit Dirby gesprochen? Haben Sie sich angehört, was er zu sagen hat?«

»Nein, wozu auch? An den Fakten gibt es nichts zu rütteln.«

»Vv. Dirby«, sagte Hetzel, »seien Sie so gut, vor Sir Estevan zu wiederholen, was Sie mir erzählt haben.«

Dirby schüttelte störrisch den Kopf. »Soll er mich verhaften. Ich erzähle meine Geschichte vor Gericht und sehe zu, wie er sich windet.«

»Wenn Sie nicht reden, tue ich's.«

»Wie Sie wollen. Mir ist es gleich.«

Hetzel sagte: »Ich werde also schildern, was Gidion Dirby auf Maz erlebt hat, so genau, wie meine Erinnerung es zulässt.« Er lieferte einen kurzen Abriss von Dirbys Abenteuern. »Daraus geht eindeutig hervor, dass Dirby ein Opfer ist und nicht ein Verbrecher, und wir müssen die Frage neu stellen: Wer ist der wirkliche Attentäter? Es wäre ein Zeitaufwand von vielleicht zehn Minuten nötig, um die Antwort zu finden, und ich halte es für wichtig, dass der Fall aufgeklärt wird.«

»Wichtig für wen?«, fragte Sir Estevan kühl. »Wie gesagt, ich fühle mich nicht betroffen.«

»Aber ich fühle mich sehr wohl betroffen!«, fauchte Dirby. »Nach allem, was ich weiß, könnten Sie selbst der Mörder sein. Ich werde den gaeanischen Marshal anfordern und ihm die Fakten übergeben.«

Sir Estevan warf mit fatalistischer Gebärde die Arme in die Luft. »Nun gut, bringen wir die Sache zu Ende.« Er trat ins Foyer hinaus und winkte Captain Baw, der sich finsteren Blicks mit Vvs. Felius unterhielt. Zusammen marschierten sie in den Sitzungssaal; Sir Estevan begab sich zum Stuhl des gaeanischen Triarchen. »Captain Baw, bitte sorgen Sie dafür, dass alle Anwesenden sich an den Plätzen befinden, die sie auch an dem fraglichen Tag innehatten.«

»Zu Befehl. Der Ubaikh stand dort. Du da drüben, komm her, stell dich hierhin, sei ein braver Junge! Ich war gerade mit Dirby durch den Seiteneingang gekommen. Er wartete ungefähr hier, während ich den Saal durchquerte. Ich befand mich ungefähr an dieser Stelle, als ich das Geräusch von Schüssen hörte.« Er wandte sich an Sir Estevan. »Stimmt das in etwa mit Ihrer Erinnerung überein, Sir?«

»Ja.« Sir Estevan machte einen entmutigten, niedergeschlagenen Eindruck. »Ziemlich genau.«

»Ziemlich genau«, bestätigte auch Dirby.

Hetzel sprach durch den Translator mit dem Ubaikh. »Dies ist annähernd die Situation, als die Schüsse abgefeuert wurden. Stimmen Sie zu?«

Auf dem Ausdruck stand: »Ich stimme zu.«

»Gut. Also – wer hat die Schüsse abgefeuert?«

Hetzel las, was der Translator druckte. »Er sagt, er weiß es nicht.«

»Er weiß es nicht? Sie haben doch behauptet, er wäre ein Augenzeuge!«

Hetzel wandte sich an den Ubaikh. »Erklären Sie bitte Ihre Antwort. Sie haben die Schüsse gehört, Sie haben gesehen, woher sie kamen – aber Sie sind nicht in der Lage, das Individuum zu bezeichnen, das sie abgefeuert hat?«

»Die Schüsse kamen von dort.« Der Ubaikh wies auf die Tür zu Sir Estevans Privatbüro. »Die Tür ging auf, die Schüsse fielen, die Tür ging zu. Nun habe ich gesagt, was ich weiß, und ich kehre zurück in das Land der Ubaikh.« Er verließ den Saal.

Dirby stieß einen Ruf rachsüchtiger Freude aus. Er machte Miene, sich auf Captain Baw zu stürzen, aber Hetzel stellte sich ihm in den Weg. »Sie sind nun reingewaschen«, sagte er. »Sie können sich wieder frei bewegen. Warum gehen Sie nicht zurück nach Thrope und gönnen sich eine Weile Ruhe? Sie haben eine belastende Erfahrung hinter sich.«

Dirby grinste. »Das kann man mit Fug und Recht behaupten, und wissen Sie was? Ich werde Ihren Vorschlag befolgen.« Nach einem letzten vernichtenden Blick auf Sir Estevan machte er auf dem Absatz kehrt und marschierte hinaus.

»Und nun – aus reiner Neugier – wer befand sich in Ihrem Büro?«

»Als ich hinausging, war das Büro leer.«

»In dem Fall müsste man Zaressa Lurling als Täterin in Betracht ziehen.«

»Unmöglich! Können Sie sich vorstellen, wie

sie eine Waffe auf jemanden richtet und abfeuert?«

Hetzel zuckte die Schultern. »Es sind schon merkwürdigere Dinge passiert. Sie hatten keinen Verdacht in dieser Richtung?«

Sir Estevan antwortete nicht, er hielt den Blick auf die Tür zu seinem Büro gerichtet. »Ich nehme an, nun bleibt uns nichts anderes übrig, als die Angelegenheit bis zum bitteren Ende zu verfolgen.« Er ging zur Tür und schob sie auf. Zaressa Lurling war nirgends zu sehen, hinter ihrem Schreibtisch saß Vvs. Felius. »Zaressa ist krank geworden«, erklärte sie. »Sie hat mich gebeten, sie zu vertreten, und ist nach Hause gegangen.«

Sir Estevan stand da wie zu Stein geworden. Hetzel fragte: »Vvs. Felius, erinnern Sie sich an die Ereignisse unmittelbar vor dem Attentat?«

»Gewiss.«

»Sahen Sie Vv. Byrrhis oder jemand anderen das Büro von Sir Estevan betreten?«

»Niemanden. Niemand kam, außer Sie selbst und dieser Dirby.«

»Ich danke Ihnen. Ich glaube nicht, dass Sie noch länger bleiben müssen.«

Vvs. Felius musterte Hetzel mit hochgezogenen Augenbrauen und richtete den Blick auf Sir Estevan. »Brauchen Sie mich noch, Sir?«

»Nein, vielen Dank, Vvs. Felius. Sie können gehen.«

Vvs. Felius verließ hocherhobenen Hauptes den Raum, Sir Estevan sank kraftlos auf einen Stuhl.

»Ziehen wir Bilanz … Entweder war es Zaressa selbst, die die Schüsse abfeuerte, oder sie hat den

Täter durch Ihren Privateingang hereingelassen. Was ihre Motive angeht, kann man nur vermuten. In jedem Fall war sie die Komplizin von entweder Wuldfache oder Byrrhis. Wer es war, ist nicht mehr von Bedeutung, da beide tot sind. Mein Verdacht richtet sich auf Wuldfache, und ich nehme an, Zaressa war ihm verfallen.«

Sir Estevan stöhnte auf. »Ja, ohne Zweifel. Ich gebe zu, ich hatte sie in Verdacht – und ich war nicht erpicht darauf, diesen Verdacht bestätigt zu sehen.«

»Anscheinend war Zaressa Lurling für Sie mehr als nur eine Sekretärin.«

»Das geht Sie nichts an.«

»Ich gebe Ihnen Recht, es ist nicht wichtig. Byrrhis war der Urheber der ganzen Affäre. Er erkannte, was für ein enormer Profit mit Istagam zu machen war, selbst in einer verhältnismäßig kurzen Zeitspanne. Gleichzeitig war ihm bewusst, dass er mit Widerstand rechnen musste – von Ihnen, von den Triarchen der Liss und Olefract, oder von allen drei Seiten, und er traf entsprechende Vorkehrungen. Er lockte Dirby nach Maz. Damit Dirby als Attentäter glaubwürdig erschien, brauchte er ein Motiv, deshalb die ausgeklügelten Machinationen, denen man ihn aussetzte und die Byrrhis zweifelsohne amüsant fand. Er wurde unterstützt von Casimir Wuldfache, dessen Eskapaden eine Geschichte für sich sind.

In der alten Kanitze-Burg wurde Dirby konditioniert und sein Verstand mit einem ganzen Reigen verrückter Narrenpossen bombardiert. Aber Dirby war nicht verrückt und würde bei der ersten sich bietenden Gelegenheit hoch und heilig schwören, was er erlebt hatte, sei real gewesen. Doch je mehr er beteuerte, alles habe sich genauso abgespielt, desto größer die Zweifel an seinem Geisteszustand; jeder Xenologe würde ihn für hyperparanoid erklären. Besser noch, ein möglicherweise durchgeführter Gedankenscan würde bestätigen, dass Dirby fantasierte, da man letztendlich nur subjektive Authentizität zu ermitteln vermag.

Also: Byrrhis hatte einen raffinierten, komplizierten, aber flexiblen Plan entwickelt. Falls Beschwerden über Istagam kommen, wird man die Triarchen der Liss und Olefract aus dem Weg räumen und Istagam ein weiteres Jahr Galgenfrist verschaffen, mit Glück sogar mehr, und Sir Estevan wird zu einem Helden, der um Haaresbreite dem Tod durch die Hand eines geistesgestörten Vagabunden entronnen ist.

Ach ja, Sir Estevan – was macht man mit ihm? Er muss ebenfalls dazu gebracht werden, die Aktivitäten Istagams zu ignorieren. Sir Estevan ist ein stolzer und starrsinniger Mann – wie könnte man ihn beeinflussen? Erpressung. Man hat Bedingungen geschaffen, die geeignet sind, Sir Estevan als ruchlos, niederträchtig und albern erscheinen zu lassen. Falls er bockt oder aufmuckt, wird Byrrhis aus dem sicheren Dogtown heraus oder auch von einer Dependance auf einem anderen Planeten die Umstände das Attentat betreffend öffentlich machen und coram publico behaupten, Sir Estevan wäre sein Helfershelfer gewesen. Dirbys Halluzinationen werden als wirkliche Erlebnisse bestätigt. Sie, Sir

Estevan, haben dem Unglücklichen diese absurden Streiche gespielt, Sie haben Dirby den Nachttopf über den Kopf geschüttet und Sie werden im gesamten Gaeanischen Bund zu einer verachteten und lächerlichen Figur, Würde und Ansehen auf ewig dahin. Das vor Augen, sind Sie nicht in der Position, Vv. Byrrhis' Pläne zu gefährden.«

Einen Moment lang blieb Sir Estevans Gesicht ausdruckslos, eine Maske – klassisch geschnittene Züge umrahmt von goldenem Gelock, das Kinn markant und willensstark. Was hinter dieser Maske vorging, konnte Hetzel nur raten. Möglicherweise verfügte Sir Estevan über einen scharfen, facettenreichen Verstand, ebenso gut konnte er dumm sein und kleingeistig.

»Bemerkenswert«, äußerte Sir Estevan endlich kalt. »Aber ich bin nicht so abhängig von der öffentlichen Meinung, wie Sie annehmen. Zweitens, unser Wissen hat seine Faszination für die Kzyk verloren. Sie sind nicht interessiert an Orthographie und doppelter Buchführung, sie wollen Waffen und Pulsoren und Maschinen, um die Burgen ihrer Gegner dem Erdboden gleichzumachen, damit aber wagte Byrrhis trotz all seiner Geschäftstüchtigkeit nicht, sie zu beliefern.«

»Byrrhis war bereit, eine ebenso heißbegehrte Ware zu liefern«, sagte Hetzel. »Sexualhormon – *chir*. Er brachte eine Ladung Chemikalien nach Maz, die zur Zeit in der Kanitze-Burg lagert, falls ich mich nicht sehr irre. Die Kzyk würden unermüdlich für diesen Lohn arbeiten, *chir* ist für sie die größte Kostbarkeit. Byrrhis hat eine derart große Menge des Stoffes importiert, dass ich annehme, er wollte eine ganze Kette von Istagams quer über sämtliche Kontinente errichten. Ein Jahr reger Tätigkeit, oder zwei, und Vv. Byrrhis konnte sich als außerordentlich reicher Mann vom Geschäft zurückziehen.«

Sir Estevan wandte sich ab. »Ich will nichts mehr hören.«

»Nur um meine Neugier zu befriedigen – was werden Sie wegen Zaressa Lurling unternehmen?«

»Ich werde sie auffordern, Maz mit dem nächsten Schiff zu verlassen und nie zurückzukehren. Es wurde kein Verbrechen an einem Bürger Gaeas begangen, deshalb kann ich nicht mehr tun, selbst wenn ich wollte.«

Kapitel 14

Hetzel ging über die schimmernde graue Plaza zurück zum Hotel. Er hatte seine Aufträge ausgeführt und ein angemessenes Honorar zu erwarten, aber die Umstände verschafften ihm kein Gefühl der Befriedigung. Zum hundertsten Mal versank er ins Sinnen über den ethischen Aspekt seines Berufs. Würden Habgier, Hass, Lust und Grausamkeit aus dem menschlichen Charakter ausgemerzt, gäbe es wenig Arbeit für Effektuatoren. Maz war alles andere als eine heile Welt, er würde froh sein, sie achtern versinken zu sehen.

Im Speisesaal des Hotels nahm er ein frühes Mittagessen ein, ging dann hinauf in seine Suite und telefonierte mit dem Raumhafen. Die *Zanthine*, ein Klipper der Argo Navis Line, sollte am nächsten Tag Axistil verlassen; Hetzel erledigte die Formalitäten für die Platzreservierung.

Er schenkte sich einen Fruchtlikör ein – Baltranck – und fügte einen Spritzer Soda hinzu. Dirby, stellte er fest, hatte während seines erzwungenen Aufenthalts den Inhalt der Flasche wacker dezimiert. Nun, warum nicht? Ein unsympathischer Patron, dieser Dirby, den seine Fährnisse nichts gelehrt hatten, nicht Weisheit, nicht Toleranz, nicht Großzügigkeit: die gewöhnliche Ordnung der Dinge eben. Schicksalsschläge adelten nicht unbedingt den Charakter; aus Beschwernissen erstand nur selten Seelengröße. Summa summarum konnte man Dirby als ein durchschnittliches menschliches Wesen betrachten.

Hetzel kam zu der Erkenntnis, dass er Dirby nichts Böses wünschte. Casimir Wuldfache und Byrrhis? Der Gedanke an sie löste keine Empfindungen aus, weder positive noch negative. Er fühlte sich ausgebrannt. Seit der Konfrontation im Triskelion hatte er nichts anderes getan, als vor sich hingebrütet. Die Erklärung lag auf der Hand: körperliche und nervliche Erschöpfung nach den Abenteuern in der Black Cliff Inn, in den Shimkish Mountains, auf der Ebene der Langen Knochen. Während er dasaß und in kleinen Schlucken den Likör trank, erschienen ihm die zurückliegenden Ereignisse gespinstgleich und unwirklich, Träume.

Ein Läuten an der Tür kündigte einen Besucher an. Hetzel eilte auf Zehenspitzen zum Buffet, nahm die Waffe zur Hand und schaute prüfend zu den Fenstern. Besuch im Kielwasser gelöster Fälle war häufig unliebsamer Natur. Er schlich mit dem Rücken zur Wand und auf alles gefasst zur Tür, berührte das Sichtpaneel und sah vor sich das Gesicht von Sir Estevan Tristo.

Hetzel öffnete, Sir Estevan kam langsam ins Zimmer. Er bot, fand Hetzel, einen für ihn höchst untypischen und verhärmten Anblick. Sein Teint hatte die Farbe von Kitt, sein blondes Haar wirkte kraftlos und stumpf. Ohne eine Aufforderung abzuwarten, ließ er sich auf einen Sessel fallen. Hetzel füllte einen zweiten Kelch mit Baltranck und Soda und reichte ihn dem Gast.

»Vielen Dank.« Sir Estevan ließ die Flüssigkeit im Glas kreisen und beobachtete das Spiel der Lichtreflexe. Er hob den Blick und schaute Hetzel an. »Sie fragen sich, weshalb ich hier bin.«

»Nein. Sie haben das Bedürfnis mit mir zu reden.«

Sir Estevan lächelte matt und probierte den Drink. »Ganz recht. Wie von Ihnen bereits vermutet, hatte ich ein besonderes Interesse an Zaressa, und jetzt fühle ich mich wie am Boden zerstört. Das Leben erscheint mir trostlos, ausgesprochen trostlos.«

»Das kann ich nachfühlen. Zaressa war ein ausnehmend charmantes Geschöpf.«

Sir Estevan stellte das Glas auf den Tisch. »Byrrhis traf sie in Twisselbane auf Tamar, scheinbar in ziemlich schäbigen Verhältnissen. Er schickte sie her und empfahl mir, sie einzustellen. Ich war hingerissen; ich versetzte Vvs. Felius an den Empfang im Foyer und gab Zaressa den Posten als Privatsekretärin, und sie machte sich schnell unentbehrlich. Während der ganzen Zeit steckte sie natürlich mit dem unsäglichen Byrrhis unter einer Decke.« Sir Estevan nahm einen großen Schluck. »Aber jetzt, armes Ding, verzeihe ich ihr alles; sie bezahlt einen hohen Preis für ihre Verfehlungen.«

»Ach ja? Ich dachte, Sie hätten ihr lediglich nahegelegt, Maz zu verlassen.«

»Das habe ich getan, und das war ihre Absicht. Ich weiß nicht, ob ich Ihnen gegenüber erwähnt habe, dass sowohl die Liss als auch die Olefract belauschen können, was in meinem Büro vorgeht. Als wir erfuhren, dass Zaressa mit dem Attentat zu tun hatte, wussten sie es auch. Zaressa ging in ihre Wohnung, um zu packen. Sie wurde von zwei Männern ergriffen, zu einem Fahrzeug geschleppt und den Liss übergeben;

ihre Zimmergenossin setzte mich davon in Kenntnis. Ich protestierte auf das Schärfste, doch vergebens. Sie wurde in einem Liss-Schiff von hier weggebracht. Sie wird nie wieder ein anderes menschliches Wesen sehen, solange ihr zu leben beschieden ist.«

Hetzel verzog das Gesicht. Die beiden Männer saßen sich stumm gegenüber und starrten auf das Wechselspiel von Licht und Farbe in ihren Gläsern.

Sir Estevan war gegangen. Hetzel überließ sich eine Zeitlang seinen Gedanken, dann rief er in der Roseland Residence an. Janika war nicht in ihrem Zimmer. Hetzel fragte sich, wo sie hingegangen sein mochte.

Fünf Minuten später stand sie vor seiner Tür. Ihre Augen waren rot, das Gesicht vom Weinen geschwollen. »Hast du gehört, was mit Zaressa geschehen ist?«

Hetzel nahm sie in die Arme und streichelte ihr über das Haar. »Sir Estevan hat es mir erzählt.«

»Ich will weg von hier, und ich will diesen Planeten niemals mehr betreten.«

»Morgen startet ein Klipper; ich habe einen Platz für dich reserviert.«

»Recht schönen Dank. Wohin bringt er uns?«

»Wohin möchtest du?«

»Ich weiß nicht. Irgendwohin.«

»Das lässt sich einrichten.« Hetzel hob die Flasche hoch, die einst Baltranck enthalten hatte und nun leer war. »Lust auf einen Aperitif? Wir können draußen im Garten sitzen und uns vom Kellner etwas Erfrischendes kredenzen lassen.«

»Das hört sich gut an. Ich will mir nur schnell das Gesicht waschen. Bestimmt sehe ich furchtbar aus, aber wenn ich an Zaressa denke, muss ich einfach weinen.«

Sie saßen an einem Tisch, von dem aus sie beobachten konnten, wie das glitzernde Staubkorn der Sonne sich dem Horizont entgegensenkte. Auf der gegenüberliegenden Seite der Plaza verschwammen die kühnen Umrisse des Triskelion in der tiefer werdenden Dämmerung.

»Maz ist eine schreckliche Welt«, sagte Janika. »Ich werde nie vergessen, was ich hier erlebt habe, ich werde nie wieder vergnügt und unbeschwert sein können. Wenn ich mir vorstelle – genauso gut hätte ich es sein können, statt Zaressa! Wie leicht hätte ich tun können, was sie getan hat. Woher sollte sie wissen, dass Casimir Wuldfache vorhatte, die Triarchen zu ermorden?«

»Aha – also nicht Vv. Byrrhis war der Mörder.«

Janika lachte geringschätzig. »Er wäre nie und nimmer das Risiko eingegangen. Und ihm hätte Zaressa nie die Tür geöffnet, aber für Casimir Wuldfache hätte sie alles getan. Schon in Twisselbane war sie verrückt nach ihm. Er wollte lieber mich, ich konnte ihn nicht ausstehen, und folglich hassten mich beide – Casimir und Zaressa.«

»Tatsächlich ist Casimir Wuldfache verantwortlich für meine Anwesenheit hier.«

»Wirklich?«

»Erst hielt ich es für einen Zufall, aber jetzt …«

Schritte näherten sich; Gidion Dirby spazierte

den Pfad entlang. Er schnappte verdutzt nach Luft, blieb stehen wie vom Donner gerührt und starrte Janika mit weit aufgerissenen Augen an. »Was tust du denn hier?«

Kapitel 15

Wie beim ersten Mal empfing Sir Ivon Hacaway Hetzel auf der Gartenterrasse von Harth Manor. Hetzel hatte bereits durchs Telefon in kurzer Form Bericht erstattet und Sir Ivons Benehmen war um einiges leutseliger als bei ihrem ersten Zusammentreffen.

Hetzel schilderte seine Aktionen en detail und überreichte seine Spesenabrechnung, die Sir Ivon mit einer Miene amüsierter Betroffenheit studierte. »Meine Güte, Sie lassen sich nichts abgehen.«

»Ich sah keinen Grund zu knausern«, sagte Hetzel. »Ich leiste erstklassige Arbeit unter erstklassigen Bedingungen. Es bleibt nur ein einziger Punkt zu besprechen – der Bonus, den Sie für den Fall einer endgültigen Beseitigung des Problems in Aussicht gestellt hatten. Istagam existiert nicht mehr, und nichts könnte endgültiger sein als das.«

Sir Ivons Miene bewölkte sich. »Ich sehe die Notwendigkeit einer zusätzlichen Vergütung in keiner Weise gerechtfertigt.«

»Wie Sie meinen. Ich kann eine etwas bescheidenere Summe verdienen, wenn ich einen Artikel für das Micronics Handelsblatt schreibe und darin die Möglichkeiten für ein neues, besser organisiertes Istagam aufzeige. Schließlich war und ist es nicht illegal, die Arbeitskraft der Gomaz zu nutzen, und *chir* ist billig.«

Sie Ivon zückte resigniert seufzend sein Scheckbuch. »Eintausend SAE sind ausreichend, und ich werde es mir angelegen sein lassen, dafür zu sorgen, dass *chir* zur Konterbande erklärt wird.«

»Zweitausend wären besser geeignet, Ihre Wertschätzung auszudrücken. Je nun, einigen wir uns auf fünfzehnhundert, und ich glaube, dass Sir Estevan Tristo bereits ein Handelsembargo gegen *chir* ausgesprochen hat. Dennoch …«

Sir Ivon schrieb verdrossen den Scheck aus. Hetzel äußerte seinen Dank, wünschte Sir Ivon gute Gesundheit und verabschiedete sich. Er ging um das Haus herum zum Vordereingang, läutete, und als der Bediente öffnete, verlangte er Lady Bonvenuta zu sprechen. Er wurde in die Bibliothek geführt. Als Lady Bonvenuta kurz darauf hereinkam, blieb sie bei Hetzels Anblick stehen und hob die Augenbrauen. »Ja?«

»Ich bin Miro Hetzel, der die Ehre hatte, für eine Ihrer Freundinnen, eine gewisse Madame X, in einer kleinen, vertraulichen Angelegenheit tätig zu sein.«

Lady Bonvenuta benetzte die Lippen mit der Zungenspitze. »Ich fürchte, ich weiß von keiner Madame X.«

»Sie äußerte den Wunsch, einen Gentleman mit Namen Casimir Wuldfache zu finden, und ich freue mich, in der Lage zu sein, über seinen Aufenthaltsort Auskunft zu geben.«

»In der Tat?« Ihre Stimme klang frostiger denn je.

»Erstens muss ich Sie davon in Kenntnis setzen, dass besagter Casimir Wuldfache Madame X und ihre Freundschaft zu Ihnen missbraucht hat, um private Papiere aus dem Besitz von Sir Ivon zu entwenden. Es muss ein Schock für Sie sein, das zu erfahren.«

»Aber ja. Natürlich. Andererseits … Nun, ich glaube, ich kenne die Madame X, von der Sie sprechen. Sie wird erfahren wollen, wo Casimir Wuldfache zu finden ist.«

»Die Information ist mir im Zuge einer anderen Effektuation zugefallen, und ich verlange keine Bezahlung, zumal ich Ihnen die betrübliche Mitteilung machen muss, dass Wuldfache tot ist.«

»Tot!« Lady Bonvenutas Lider flatterten, sie umklammerte mit juwelengeschmückten Fingern eine Sessellehne.

»Mausetot. Ich habe mit eigenen Augen seine Leiche gesehen, das war auf der Ebene der Langen Knochen, nördlich von Axistil auf dem Planeten Maz, wo er geschäftlich engagiert war. Darf ich Ihnen eine Frage stellen?«

»Das sind bestürzende Neuigkeiten! Wie lautet Ihre Frage?«

»Nur eine Bagatelle. Haben Sie mich Sir Ivon empfohlen oder hat er Ihnen gegenüber erwähnt, ich sei ein zuverlässiger und erfolgreicher Effektuator?«

»Ich hörte, wie er mit einem seiner Freunde über Sie sprach, und gab die Empfehlung weiter an Madame X.«

»Ich danke Ihnen«, sagte Hetzel. »Die Kette der Ereignisse ist nun vollständig. Mein Kompliment an Madame X, und ich hoffe, die Nachricht Vv. Wuldfache betreffend wird sie nicht allzu sehr betrüben.«

»Ich glaube kaum. Es handelte sich um eine geschäftliche Angelegenheit. Ich werde ihr noch in dieser Minute Bescheid geben. Guten Tag, Vv. Hetzel.«

»Guten Tag, Lady Bonvenuta. Es war ein Vergnügen, Ihre Bekanntschaft zu machen.«

ZWEITER TEIL

Die Nächste bitte!

Kapitel 1

Gelandet in Cassander, auf dem Planeten Thesse, nahm Hetzel Quartier im Hotel der Welten. Dabei bediente er sich eines falschen Namens. Nach einem Bad und einer Mahlzeit setzte er sich an den Kommunikator und beantragte einen Kanal, der ihm umgehend zugeteilt wurde, codiert und abhörsicher.

Er gab eine Zahlenfolge ein, sprach ein Kennwort, und auf dem Schirm erschien sein persönliches Emblem: ein Totenschädel kombiniert mit dem Baum des Lebens, der aus den Augenhöhlen wuchs. Seine eigene Stimme meldete sich: »Büro von Miro Hetzel, Effektuator.«

»Geben Sie mir einen Ihrer Leute, irgendeinen, der sich gerade im Büro aufhält«, sagte Miro, obwohl er genau wusste, das fragliche Büro bestand lediglich aus einigen Schaltkreisen im Cassander Communication Centre.

»Das Büro ist unbesetzt«, antwortete denn auch die vertraute Stimme. »Miro Hetzel ist momentan nicht erreichbar. Bitte hinterlassen Sie eine Nachricht.«

»Zwo-sechs, zwo-sechs, Miro Hetzel hier. Abfrage Nachrichtenspeicher.«

Durch Kennwort und Stimmanalyse von seiner Identität überzeugt, spielte das Sekretariatssystem die seit Hetzels Abreise von Cassander aufgelaufenen Nachrichten ab.

Vieles war belanglos: zwei Drohungen, drei Warnungen, vier Geldforderungen. Einige Nachrichten, mit gehetzter oder verstellter Stimme gesprochen oder in abgehackten, scheinbar unsinnigen Sätzen, bildeten eine eigene Kategorie. Hetzel lauschte ihnen mit größter Aufmerksamkeit; sie enthielten brisante Informationen in einem nur für Eingeweihte verständlichen Argot, diesmal aber nichts von besonderem Interesse.

Die restlichen Anrufer, sieben an der Zahl, wünschten Hetzels Dienste in Anspruch zu nehmen. Keiner äußerte sich zu den näheren Umständen seiner Bredouille. Drei bedienten sich der Phrase: ›Geld spielt keine Rolle‹, beziehungsweise: ›Kosten sind nebensächlich, ich will Ergebnisse sehen!‹

Hetzel nahm an, dass etliche der Hilfesuchenden von einem Erpresser befreit zu werden wünschten, ein Gebiet, auf welchem er in der Vergangenheit einige Lorbeeren hatte sammeln können. Andere Anfragen waren nicht so ohne weiteres einzuordnen. Sämtlichen übermittelte das Sekretariatssystem, nachdem es alle verwertbaren Informationen herausgefiltert hatte, die gleiche Erwiderung: »Miro Hetzel befindet sich zur Zeit nicht auf diesem Planeten. Sollten Sie innerhalb von drei Tagen keinen Rückruf erhalten, empfehlen wir Ihnen den Extran Effectuation Service, unübertroffen an Integrität und Kompetenz.«

Die letzte Nachricht im Speicher des Systems war fast auf die Minute genau vor drei Tagen eingegangen, und diese war es auch, die Hetzels größtes Interesse erregte. Er spielte sie ein zweites Mal ab: »Sie kennen mich nicht, mein Name ist Clent – Conwit Clent. Meine Adresse lautet Villa Dandyl, Tangent Road, Junius. Ich sehe mich mit einem höchst unangenehmen Problem konfrontiert – wenigstens für mich ist es unangenehm. Ihnen mag es lächerlich vorkommen. Ich wende mich überhaupt nur deshalb an Sie, weil die bewusste Angelegenheit mit einem gewissen Faurence Dacre zu tun hat, und im Zusammenhang mit diesem taucht Ihr Name auf. Nur am Rande, möchte ich betonen. Ich wiederhole, die Angelegenheit ist von größter Wichtigkeit, und Kosten, innerhalb vertretbarer Grenzen, sind kein Thema. Ich kenne Ihre Reputation und hoffe, es lässt sich einrichten, dass Sie sich so bald wie möglich mit mir in Verbindung setzen.«

Hetzel zögerte nicht und telefonierte mit Conwit Clent in der Villa Dandyl in dem idyllisch gelegenen Nobelvorort Junius.

Fast sofort erschien das Gesicht von Conwit Clent auf dem Schirm – ein Gesicht, wie dazu gemacht, Optimismus und Großzügigkeit auszustrahlen, geprägt von einer wohlgeformten, wenn auch fleischigen Nase und einem kantigen, energischen Kinn, und umrahmt von lockigen blonden Haaren. Jetzt wirkte es eingefallen und verkniffen, der rosige Teint hatte einen kränklichen grauen Schimmer.

Hetzel stellte sich vor. »Ich bedaure, dass Sie so lange warten mussten, aber ich bin erst seit einer Stunde wieder im Lande.«

Clent schien erleichtert aufzuatmen, die Anspannung in seinen Zügen löste sich. »Wunderbar! Können Sie zu mir kommen? Oder wäre es Ihnen lieber, wenn wir uns in der Stadt treffen?«

»Langsam, langsam. Wie wäre es, wenn Sie mich erst etwas genauer ins Bild setzten?«

Clent räusperte sich und warf einen besorgten Blick über die Schulter. Er antwortete mit gesenkter Stimme: »Es fällt mir schwer, darüber zu sprechen, an jedem Ort und zu jeder Zeit. Sie erinnern sich an Faurence Dacre?«

»Gewiss.«

»Wussten Sie, dass er Chirurg geworden ist?«

»Ich habe seit der Schulzeit nichts mehr von ihm gesehen oder gehört.«

»Dann ist nicht anzunehmen, dass Sie seinen derzeitigen Aufenthaltsort kennen?«

»Die Annahme ist richtig.«

Clent seufzte resigniert, nicht so sehr wegen Hetzels Antwort, sondern als ob gewisse eigene Befürchtungen sich nun bestätigt hätten. »Wenn Sie zur Villa herauskommen, werde ich Ihnen den ganzen Sachverhalt erklären und Sie werden verstehen, weshalb ich mich an Sie gewendet habe.«

»Nun gut«, sagte Hetzel. »Ich mache mich sofort auf den Weg. Eins möchte ich vorausschicken, und zwar, dass ich meine Honorare subjektiv kalkuliere und dass ich eine Vorauszahlung verlange, deren Höhe ausreicht, fürs Erste die im Zuge der Ermittlungen anfallenden Spesen zu decken.«

Clent schien an diesem Punkt nicht interessiert zu sein. »Was das angeht, werden wir keine Schwierigkeiten haben, uns zu einigen.«

Sobald der Schirm wieder frei war, programmierte Hetzel eine Verbindung zu Extran Effectuations, denen er in freundschaftlicher Kollegialität verbunden war, und erhielt die gewünschten biografischen Daten.

Conwit Clent wurde beschrieben als ein unauffälliger junger Mann, vermögend, guter Charakter, ein passionierter Segler, ein Sammler – Dilettant – von Sternensteinen* und seit neuestem Aficionado der raffinierten Twair Cuisine, die sich zur Zeit großer Beliebtheit erfreute. Erst vor kurzem hatte er die wunderschöne Perdhra Olruff geheiratet, Tochter einer Familie, die ebenso reich war wie die seine. In seinem bisherigen Dasein gab es weder Skandale noch vertuschte Fehltritte oder auch nur Jugendtorheiten. Clent, so schien es, hatte ein tadelloses, abgesichertes, unbedrohtes Leben gelebt. Die Fotografie zeigte einen sichtbar vor Gesundheit strotzenden jungen Mann mit einem Schopf blonder Locken und einem Zug angeborener guter Laune um den Mund: ein Conwit Clent ähnlich dem, dessen Bekanntschaft Hetzel eben gemacht hatte, und doch auf undefinierbare Weise anders. Perdhra Olruff war ohne Zweifel ein Geschöpf von besonderem Liebreiz: grazil, dunkelhaarig, mit einem unschuldig fragenden Blick, als ob sie in allen Dingen die verborgenen Wahrheiten zu ergründen suchte. Für sie bestand das Leben – anders als für ihren Gatten – vielleicht nicht nur aus eitel Sonnenschein.

Als Nächstes fragte er nach Informationen Faurence Dacre betreffend, erhielt aber nur wenig Material. Dr. Dacre war erst vor zwei Jahren nach Cassander gekommen, hatte sich aber binnen kürzester Zeit einen Ruf als brillanter, innovativer

*Kristalle, die gelegentlich in der Schlacke toter Sterne gefunden werden.

Chirurg erworben. Hetzel lächelte grimmig. Exakt das Image, das Faurence Dacre sich gewünscht haben würde. Und alles in allem, was sprach dagegen? Faurence Dacres Talente, Selbstsicherheit und intellektuelle Fähigkeiten waren ideale Voraussetzungen für eine solche Karriere.

Sein Dossier enthielt keine dunklen Punkte. In seinen zwei kurzen Jahren auf Cassander war er zu einem Liebling der Gesellschaft geworden, und es galt als chic, sich von ihm behandeln zu lassen. Er bewegte sich mehr oder weniger in denselben Kreisen wie Clent – unvermeidbar, dass ihre Wege sich irgendwann kreuzten.

Hetzel erhob sich vom Kommunikator und wechselte seine Kleidung gegen einen legeren Straßenanzug in Dunkelblau und Grau. Im Hotelfoyer drückte er den Knopf an der Depart-Röhre. Die Türen glitten auseinander. Hetzel betrat die Kapsel, die Türen gingen zu. Hetzel sprach die Zielangabe in das Mikrofon: »Villa Dandyl, Tangent Road, Junis.« Die Kapsel fiel nach unten, berechnete die Route und schoss davon.

Über die Schirme an den Wänden huschten mehr oder weniger exakte Bilder der vorbeifliegenden Landschaft: Cassander-Mitte in schwarzem Stahl und Glas, dann der Grüngürtel, dann die verstreuten kleinen Vororte in den Rauchwäldern, dann die weiten, dichten Argents, blühenden Quains, zyanfarbenen Mimosen und Kardamomsträucher der Magnetic Hills, anschließend das Junis Valley, bis hinauf zu den Luxusvillen von Junis Town.

Hetzel nutzte, angeregt durch den unerwartet aus den Nebeln der Vergangenheit aufgetauchten Namen ›Faurence Dacre‹, die Fahrzeit zu einer Rückschau auf sein bisheriges Leben. Es waren mehr Jahre als er sich eingestehen mochte. Von der Erde war er seinerzeit mit seiner Familie erst nach Alpheratz VI gereist, wo sein Vater, ein Diplomingenieur, am Bau des großen Tri-Ocean Kanals mitarbeitete, dann nach Neroli, wo seine Mutter in einem Barking Desert Windsturm ums Leben kam. Es folgte eine kummervolle Irrfahrt, an deren Stationen er sich kaum noch erinnerte. Auf Thesse schließlich wurde sein Vater Leiter des Trembling Mountain Maintenance Systems und dort, an der Trembling Waters Academy, hatte der junge Miro Hetzel eine ordentliche Schulbildung erhalten.

Miro Hetzel war ein außergewöhnlicher Junge gewesen, stark, schnell und intelligent. Ohne eigenbrötlerisch zu sein oder schüchtern, besaß er ein eher introvertiertes Wesen und schloss nur schwer Freundschaft. Von seinem Vater hatte er Selbstgenügsamkeit mitbekommen und die praktische Veranlagung – jedenfalls nach eigener Auslegung; die Mutter, eine Gälin von der Isle of Skye, hatte in das Wesen des jungen Miro eine Neigung für das Ungewöhnliche und Geheimnisvolle eingewoben. Beide Einflüsse, statt im Widerstreit miteinander zu liegen, liefen in seinem Charakter parallel und befruchteten sich gegenseitig – so Miros Überzeugung.

Ohne Schwierigkeiten bewältigte Miro das anspruchsvolle Curriculum der Akademie, und die Jahre vergingen angenehm. Während seines letzten Semesters kam ein neuer Junge an die Schule: Faurence Dacre, beheimatet auf dem Planeten Cambiasq, wo, erzählte er, sein Vater, Lord Icelyn Dacre, eine große Insel besaß und über tausend Seelen herrschte.

Faurence Dacre war ohne Zweifel ein bemerkenswerter junger Mann, hübsch wie der Prinz der Dunkelheit, mit Haar wie schimmernde schwarze Seide und Augen wie von einer seitlichen Lichtquelle beschienene Topase. Groß, athletisch, behände und von ausgeprägtem Ehrgeiz beflügelt, erbrachte er zwangsläufig glänzende Leistungen in den sportlichen Disziplinen. In der Trembling Waters Academy, wo fast alle Studenten sich auf dem einen oder anderen Gebiet hervortaten, erregte er damit kein sonderliches Aufsehen und strengte sich folglich noch mehr an, mit einer kompromisslosen Verbissenheit, die, nach der Meinung vieler, übertrieben und fehl am Platze war.

Die Anforderungen in den akademischen Fächern bewältigte Faurence Dacre mit geringschätziger Leichtigkeit, als wäre der Unterrichtsstoff ein Kinderspiel, und wieder versagte man ihm die gebührende Bewunderung für seine Fähigkeiten. Tatsächlich war sein einziger Freund Miro Hetzel, dessen tolerantes Naturell ihm erlaubte, Faurence Dacres Marotten amüsant zu finden.

Hin und wieder empfahl er Faurence mehr Bescheidenheit, Freundlichkeit und Zurückhaltung, ein Ansinnen, das jener verachtungsvoll zurückwies. »Pah, das ist Memmengewäsch! Die Leute sehen dich so, wie du selbst dich siehst; der

Hund, der sich duckt, wird getreten, und zu Recht!«

Miro Hetzel sah keinen Grund, das Thema weiter zu verfolgen. Man konnte Faurences Ansichten eine gewisse Logik nicht absprechen, und schließlich, wurde die Schule nicht oft genug als soziales Versuchslabor beschrieben oder als Welt im Kleinen, wo jeder Mensch lernte, seine Persönlichkeit zu vervollkommnen? Doch ob Faurence Dacre lernen würde, an sich zu arbeiten? Die Wertschätzung seiner Mitmenschen, besonders an einem Ort wie Trembling Waters, konnte man nicht erzwingen oder befehlen; Miro wusste nicht, woraus sie erwuchs oder ob man gut daran tat, es herausfinden zu wollen.

Faurence und Miro traten beide in den Schachclub ein. Bei einem Turnier konnte Miro Faurence ohne große Mühe schlagen. Als Miro ›Schachmatt‹ sagte, hob Faurence seine Topasaugen und fixierte ihn eine lange, lange Minute. Dann machte er eine Handbewegung, fast, als wollte er das Brett vom Tisch fegen.

»Mehr Glück beim nächsten Mal«, sagte Miro heiter.

»Beim Schachspielen ist nicht Glück der ausschlaggebende Faktor.«

»Ach, ich weiß nicht. Manchmal kann eine klug ausgetüftelte Strategie durch einen dummen Zug des Gegners zunichte gemacht werden. Wäre das nicht Glück?«

»Ja. Aber ich kann mich nicht erinnern, dass du irgendwelche dummen Züge gemacht hättest.«

»Das will ich auch nicht hoffen. Ich habe gespielt, um zu gewinnen.«

»Auch ich habe gespielt, um zu gewinnen.« Sie schlenderten über den Campus. Auf Faurences Gesicht spiegelten sich wechselnde Gemütszustände: von Ratlosigkeit über Enttäuschung zu grimmiger, eiskalter Ruhe.

Sie setzten sich ins Gras unter die knorrigen Äste eines Kopfunterbaums. »Also«, sagte Faurence, »du brauchst nur noch Cloy Ruthe zu schlagen, um die Meisterschaft zu gewinnen.«

Miro, einen Grashalm zwischen den Zähnen, nickte gleichmütig.

»Ich kann es nicht begreifen«, murmelte Faurence. »Die Dinge haben nicht den Verlauf genommen, den sie sollten.«

Miro schickte sich an, etwas zu sagen, stattdessen lachte er, staunend, ungläubig. »Wirklich, du kannst den Lauf der Welt nicht allein durch Wollen ändern!«

»Da bin ich ganz anderer Meinung, obwohl ich meine Philosophie in Begriffe fasse, die etwas schwer zu vermitteln sind. Die These ist folgende: Ich muss der Beste sein, weil ich der Beste bin. Die Gleichung wirkt imperativ in beide Richtungen und bildet die Basisprämisse meiner Existenz. X bedingt zwangsläufig Y; Y bedingt zwangsläufig X. Das System erzeugt, wie jedes andere, Nebenlinien und Vektoren. Der Beste erhält das Optimum: Er gewinnt Macht, um seine Wünsche zu erfüllen, um seine Feinde zu demütigen, um von den Segnungen des Reichtums Gebrauch zu machen. Wenn mir eine Diskrepanz in der Gleichung begegnet oder ein Fehler, dann muss ich eine Änderung oder eine Klarstellung vornehmen – nicht an der Gleichung, die als Axiom absolute Gültigkeit hat, sondern bei der Anpassung der Bedingungen an die Variablen der Existenz.«

»Deine Prämisse könnte fehlerhaft sein«, äußerte Miro träge, »woraufhin das ganze Konstrukt zusammenbricht. Schließlich erstellen andere Menschen ihre eigenen Gleichungen.«

Faurence schüttelte entschieden den Kopf. »Ich bin anderer Überzeugung. Die Welt gehört mir, ich muss nur lernen, die Gleichung optimal zu nutzen. Die Schachpartie heute hast du gewonnen, was unmöglich gewesen wäre, hätte ich die Gleichung richtig angewendet!«

Miro, belustigt von Faurences Philosophie, musste wieder lachen. »Der einzige Weg, ein Schachspiel zu gewinnen, ist der, besser Schach zu spielen. Bei hundert Partien würde ich dich fünfundneunzigmal schlagen, außer, du änderst deinen Stil. Weißt du warum? Du spielst zu impulsiv und baust darauf, den Gegner durch schieren Elan vom Brett zu fegen.«

Faurence sagte kalt: »Das stimmt nicht. Ich bin der überlegene Spieler; du kannst mich nicht besiegen, außer durch Zufall.«

Miro zuckte die Schultern. »Wie du meinst. Mir liegt nichts an dem Wort ›Bester‹. Mein Gegner bin ich selbst, nicht du.«

»Nun gut. Du erkennst meine Überlegenheit an.«

»Aber keineswegs. Solche Urteile, sofern sie denn nötig sind, werden von anderen gefällt. Aber das Thema ist absurd, sprechen wir über etwas anderes.«

»Nein. Das Thema ist nicht absurd. Ich kann dich schlagen, und ich werde es beweisen.« Faurence brachte ein Taschenschach zum Vorschein und stellte es ins Gras. »Spielen wir noch eine Partie. Wähle.« Er streckte die geschlossenen Hände aus.

Miro betrachtete die aufgestellten Figuren. Zwei schwarze Bauern fehlten. Versuchte Faurence ihn hinters Licht zu führen? Miro nahm einen weißen Bauern und sagte: »Diesmal sollst du wählen.« Er streckte ihm seinerseits die Hände hin.

Nach kurzem Zögern berührte Faurence eine Hand, bekam die weiße Figur und die Partie begann. Wie zuvor spielte Faurence mit fanatischer Konzentration, die leuchtenden Topasaugen unverwandt auf das Brett geheftet. Vielleicht hatte er Miros Kritik an seiner Spielweise verinnerlicht, denn er zwang sich zu größerer Vorsicht, auch wenn es ihm sichtlich schwer fiel.

Miro, kaum fähig, seine Belustigung zu verbergen, konstruierte eine Falle, wohl wissend, Faurence würde ihr nicht widerstehen können, und tatsächlich schob Faurence seinen Turm weit über das Brett, um Miros Läufer zu lähmen. Miro rückte einen Bauern und der Turm war bewegungsunfähig. Faurence studierte die Aufstellung, dann gähnte er und reckte sich. Er ließ den Blick über den Campus wandern. »Da geht der alte Szantho zu seinem allwöchentlichen Sprung in den Teich. Was für ein ausgefallenes Badekostüm er trägt!«

Miro folgte unwillkürlich seinem Blick, dann

schaute er wieder auf das Brett. Faurences Hand verdeckte die kritische Konstellation, er rückte einen Läufer. »Schach.« Der Turm war gerettet.

Aha!, dachte Miro. Die Gleichung kontrolliert nicht nur den Kosmos, sondern auch die Regeln des Schachspiels. Er würde sich nicht wieder ablenken lassen.

Zwei Züge später erkannte Miro die Gelegenheit für ein eigenes kühnes Manöver – schnurstracks durch das vor Faurences Schummelei von dem Läufer beherrschte Territorium. Mit völlig ausdrucksloser Miene bewegte Miro seine Figur. Faurence deckte, Miro zog nach. »Schach.« Und nach dem nächsten Zug: »Schachmatt!«

Faurence verwahrte das Brett sorgsam wieder in der Tasche. »Komm«, sagte er plötzlich, »lass uns ringen.«

Miro schüttelte den Kopf. »Der Tag ist zu warm für körperliche Anstrengungen. Und was hätten wir davon? Wenn ich gewinne, verletze ich dein Selbstwertgefühl. Wenn du gewinnst, bestätigt es dich in deinem Mystizismus, was dir gar nicht zuträglich wäre.«

»Dennoch, ringen wirst du. Sei bereit!« Faurence attackierte, und Miro, mit einem widerwilligen Seufzer, war gezwungen, sich zu verteidigen. Beide Männer waren ungefähr gleich groß, gleich schnell und beweglich. Faurence rang mit der Wildheit eines Fanatikers und mit dem doppelten Kraftaufwand Miros, der sich darauf beschränkte, die Griffe abzuwehren, bis Faurence für einen Moment die Balance verlor. Sofort war er über ihm, warf ihn mühelos auf den Boden, kniete neben seinem Oberkörper und drückte seine Schultern nach unten. »Gern geschehen«, sagte Miro vergnügt. »Am besten tüftelst du noch etwas an deiner Gleichung herum, sie funktioniert nicht richtig.« Er stand auf. »Nun aber genug von diesem Unsinn, es wird langweilig.«

Faurence erhob sich langsam. Aus der Hocke stürzte er sich ohne Vorwarnung auf Miro und stieß ihn gegen den Stamm des Kopfunterbaums. Miro taumelte benommen über die Wiese, Faurence sprang ihm auf den Rücken und warf ihn zu Boden. Vor Miros Augen drehten sich rote Kreise. Aus weiter Ferne hörte er Faurences Stimme: »Sieht du, wie sehr du dich geirrt hast? Verstehst du jetzt?« Und er gab Miro einen Tritt in den Nacken.

Kapitel 2

Die Kapsel entließ Hetzel in einen unterirdischen Empfangsraum. Der Boden war gefliest – Arabesken in Weiß und Blau –, an der hinteren Wand rieselte Wasser aus dem Maul eines Greifen in ein großes Becken, die Nische dahinter war mit einer Landschaft ausgemalt. Gegenüber führte eine Tür ins Innere der Villa.

Eine Stimme fragte: »Ihr Name bitte?«

»Miro Hetzel.«

Eine halbe Minute verging, während Hetzels Signalement geprüft wurde.

Dann sagte die Stimme: »Willkommen. Bitte treten Sie ein.«

Die Tür glitt zur Seite. Hetzel trat auf eine Plattform und wurde ins Parterre hinaufgehoben. Conwit Clent erwartete ihn: ein Mann, zwei Fingerbreit größer als Hetzel und zwanzig Pfund schwerer, bekleidet mit einem legeren grünen Anzug und dunkelgrünen Sandalen. Seine Haltung wirkte müde und sein Teint, wie Hetzel schon auf dem Bildschirm bemerkt hatte, war fahl wie der eines Magenkranken. Hetzel hatte Mühe, den sorglosen blonden Sonnyboy aus früheren Jahren wiederzuerkennen.

Clents Begrüßung war herzlich. »Ich danke Ihnen für Ihr schnelles Kommen, Xtl* Hetzel, ich bin froh, Sie zu sehen.«

»Ich hoffe nur, ich kann Ihnen helfen«, erwi-

*Xtl (ausgesprochen ›kstull‹) – auf Cassander gebräuchliche höfliche Anrede, abstammend von dem Wort *stletto*, ›Piratenkapitän‹.

derte Hetzel. »Bedenken Sie, bis jetzt weiß ich noch nicht einmal, was Sie von mir wollen.«

Clent stieß ein seltsames, nervöses Lachen aus. »Ich könnte es Ihnen in einem Wort erklären – oder vielmehr in zwei –, aber Sie würden mich für verrückt halten. Gehen wir ins Arbeitszimmer. Meine Frau ist zu Besuch bei Freunden, sodass wir ungestört sein werden.« Er führte Hetzel durch einen breiten und hohen Korridor, dekoriert mit hängenden Farnen und Mottenblumen, in einen Raum, der in dem charmanten Stil ›Alt-Lusitanisch‹ eingerichtet war.

Er drückte Hetzel in einen Sessel aus Leder und Holz, schenkte Likör ein und nahm selbst auf einem Sofa Platz. Er trank und lehnte sich dann mit einer Miene grimmiger Entschlossenheit zurück.

»Erst habe ich mich an Dobor Effectuations gewandt und sie gebeten, Faurence Dacre aufzuspüren. Sie taten ihr Bestes, aber das war nicht gut genug. Bei Recherchen in Faurence Dacres Vergangenheit stellte sich heraus, dass Sie sein Klassenkamerad gewesen sind, und Xtl Dobor äußerte sofort die Empfehlung, dass ich mich an Sie wende. Ich glaube, er war verärgert, dass ich ihn nicht vollständig ins Vertrauen gezogen hatte.«

»Viel eher, weil er keine Anhaltspunkte hatte oder weil seine Leute alle beschäftigt waren. Wo genau liegt denn das Problem?«

Clent begann mit monotoner, tonloser Stimme seinen Fall zu schildern. »Ich bin ein vermögender und prominenter Mann. Während meiner Jugend beschäftigte ich mich auf die Art, die man erwartet: Reisen, Sport, und ich besitze eine fünfzig Fuß lange Ketsch, mit der ich zwischen den Shadow Islands segle oder manchmal über den Floriant bis zu den Hesperids. Ziemlich lange blieb ich Junggeselle, obwohl ich durchaus Gefallen an weiblicher Gesellschaft finde. Ich hatte die eine oder andere Liebelei, dachte aber nie an Heirat, bis ich im Haus meines Freundes Perdhra Olruff kennen lernte.« Er lachte beschämt. »Ich wusste sofort, dass ich nie wieder ohne sie sein wollte – ein Wunsch, der sich nicht sogleich erfüllen ließ, weil sie in Begleitung des brillanten und berühmten Chirurgen Faurence Dacre gekommen war, der sich überaus verliebt gebärdete.

Am nächsten Tag trafen wir uns zum Mittagessen. Ich fragte, ob Faurence Dacre ihr etwas bedeutete, und sie antwortete – nicht ausweichend, aber sagen wir, zurückhaltend. Um es kurz zu machen, ich erfuhr, dass Dr. Dacre ähnliche Absichten hatte wie ich und dass er sie schon seit längerem beharrlich und zielstrebig umwarb. Sie konnte nicht anders, als ihn ernsthaft in Betracht ziehen, immerhin war er angesehen und klug und auch so etwas wie eine Berühmtheit. Nichtsdestoweniger, aus Gründen, die nur ihr bekannt sind, gab sie mir den Vorzug. Vielleicht mache ich den Eindruck, dass mit mir leichter auszukommen ist. Nach angemessener Zeit trafen wir Hochzeitsvorbereitungen.

Perdhra setzte Dr. Dacre so rücksichtsvoll wie möglich von ihrer Entscheidung in Kenntnis. Er gab sich mit Anstand geschlagen, und die Sache schien erledigt zu sein. Am nächsten Tag jedoch setzte er sich per Kommunikator mit mir in Verbindung und stellte ein höchst erstaunliches Ansinnen an mich: Ich solle meine Aufmerksamkeiten gegenüber Perdhra einstellen und mich ihr nie wieder nähern; als Grund gab er an, er habe sie für sich selbst erwählt, wodurch Entwicklungen in eine andere Richtung ausgeschlossen seien. Als ich wieder Worte fand, forderte ich ihn auf, zum Teufel zu gehen. Er gab zur Antwort, dies sei meine erste, letzte und einzige Warnung, und wenn ich seiner Aufforderung nicht Folge leiste, müsse ich die Konsequenzen tragen.«

Clent machte eine Pause, trank einen Schluck und lehnte sich zurück. »Er machte mir Angst, ich gebe es zu. Perdhra gegenüber schwieg ich, und natürlich dachte ich nicht einen Augenblick daran, sie aufzugeben, aber ich schlug vor, dass wir sofort heiraten sollten, hier in der Villa Dandyl, statt im Bargherac Tempel, wie ursprünglich geplant. Perdhra war einverstanden, wir luden ein paar Verwandte und einige Freunde ein und feierten Hochzeit im engsten Kreis. Unmittelbar nach der Trauung flogen wir nach Port Sant, wo meine Ketsch liegt; wir hatten uns vorgenommen, einen Monat auf Kreuzfahrt zu gehen: Mirage Islands, Tinghal und, falls die Handelswinde günstig waren, Geraniol.

Wir trafen in Port Sant ein, und ich musste feststellen, dass in die Ketsch eingebrochen worden war. Die Diebe hatten den Peilsensor mitgehen lassen, eine Kleinigkeit, alles andere schien in Ordnung zu sein. Ich ließ Perdhra an Bord zurück und machte mich auf den Weg zum Schiffsausrüster ungefähr hundert Meter weiter unten am Pier.

Ich kam nie an. Ich weiß nicht, was passiert ist. Im District Hospital kam ich wieder zu mir, eingetragen unter einem falschen Namen. Und Perdhra? Wie war es ihr ergangen? Hatte man sie entführt? Erpresst? Mit Liebesschwüren bedrängt? Nichts dergleichen. Sie erhielt nur eine Nachricht, mir wäre ein Unfall zugestoßen, die Kreuzfahrt müsse verschoben werden, und ich würde mich so bald wie möglich mit ihr in Verbindung setzen.

Ich werde mich nicht über ihre Reaktion auslassen. Natürlich war sie verwirrt. Sie kehrte nach Cassander zurück und versuchte herauszufinden, was mir zugestoßen sein könnte, jedoch ohne den geringsten Erfolg.

Als ich in dem Krankenhaus erwachte, sagte man mir, ich wäre vier Tage ohne Bewusstsein gewesen. Ich fühlte mich – seltsam. Ich kann das Gefühl nicht näher beschreiben, aber ich wusste, man hatte sich an mir zu schaffen gemacht.«

Clents Mund verzerrte sich zu einem undeutbaren, sarkastischen Grinsen. »Nun, wozu um den heißen Brei herumreden. Nach Hause zurückgekehrt, nahm ich an meinem Körper eine Bestandsaufnahme vor, so gut es einem selbst möglich ist, und entdeckte eine Narbe an meinem Skrotum. Ich rief sofort einen Arzt. Er untersuchte mich und bestätigte meinen Verdacht. Man hatte meine Keimdrüsen manipuliert. Der Arzt nahm eine Chromosomenanalyse vor. Die Hoden waren Transplantate. Man hatte ausgezeichnete Arbeit geleistet, alles funktionierte einwandfrei, keinerlei Abstoßungssymptome. Ich war Conwit Clent, kein Zweifel, aber die männlichen

Hormone waren die eines anderen Mannes. Das Sperma war aktiv, aber es war nicht mein Sperma: Kinder, die ich zeugte, wären nicht mein eigen Fleisch und Blut. Ich wusste natürlich, wer mir das angetan hatte, aber das nützte mir nichts. Von wem stammten die Hoden? Wo waren meine eigenen?

Entweder hatte Faurence Dacre seine eigenen Testikel verpflanzt oder aus kleinen Teilen seiner eigenen Testikel Kopien gezüchtet oder irgendein widerwärtiges Individuum als Spender missbraucht, was ich für das Wahrscheinlichste halte. Das war's, jetzt wissen Sie alles.« Und Conwit Clent zeigte wieder sein gequältes, schiefes Grinsen.

Hetzel hielt sein Glas schräg und beobachtete das Spiel der Lichtreflexe. »Und was erwarten Sie von mir?«

»Erstens, und das muss ich wohl nicht eigens betonen, will ich die mir geraubten Organe wiederhaben. Perdhra und ich wollen beide eine Familie gründen, was mir unter den derzeitigen Umständen nicht möglich ist. Ich möchte hinzufügen, dass die Vorstellung von den Hormonen eines Fremden, die durch meinen Körper kreisen, unglaublich widerwärtig ist.

Zweitens, ich will, dass Faurence Dacre bestraft wird. Nach dem Gesetz oder gegen das Gesetz, auf die eine oder andere Weise, ich will, dass er seine Taten büßt.«

»Verständlich. Weiß Ihre Frau, was passiert ist?«

Clent schüttelte den Kopf. »Ich kann mich nicht überwinden, es ihr zu sagen. Der Arzt hat ihr erklärt, ich hätte eine ungewöhnliche Herzkrankheit, nicht lebensbedrohlich, solange ich körperliche Anstrengungen vermeide, und dass ich Medikamente einnehme, um die Gefahr einer Überanstrengung auszuschalten. Sie macht sich Sorgen, aber sie zeigt sich mir gegenüber nach wie vor heiter und liebevoll. Ich kann mich wirklich glücklich schätzen, eine solche Frau zu haben.«

»Hat Dacre sich mit einem von Ihnen in Verbindung gesetzt?«

»Mit mir nicht, und ich bin ziemlich sicher, auch mit Perdhra nicht.«

»Was hat Dobor berichtet?«

»Sehr wenig. Dacres Aufenthaltsort ist unbekannt, nach Auskunft seines Büros hat er für unbestimmte Zeit den Planeten verlassen, offenbar nicht ungewöhnlich für ihn.« Clent trat an ein Bogenfenster und schaute bedrückt auf den Garten hinaus. »Sie verstehen jetzt wohl, weshalb der Kostenfaktor mir nicht so wichtig ist.« Er drehte sich um. »Übernehmen Sie den Fall?«

»Keine Frage.«

Clent murmelte etwas vor sich hin, kehrte zum Sofa zurück und schenkte die Gläser wieder voll.

Hetzel sagte: »Sie werden verstehen, dass ich keine Erfolgsgarantie gebe. Ich kann Ihnen nicht einmal große Hoffnungen machen.«

»Ich weiß. Ich bin mir dessen bewusst.«

»Es gibt eine Bedingung, die Sie akzeptieren müssen. Sie sind ein Mann, der gewöhnt ist, seinen Willen durchzusetzen, doch in einer Angelegenheit wie dieser wäre es fatal, wenn ich gegen Sie arbeiten muss.«

»Richtig.«

»Ich bestehe darauf, dass ich allein das Sagen habe. Sie unternehmen nichts ohne meine Zustimmung. Alles andere führt nur zu Reibereien und Enttäuschungen.«

Clents Einverständnis erfolgte etwas mürrisch. »Ich nehme an, das ist vernünftig. Wie steht es mit Ihrem Honorar?«

»Ich verlange eintausend SAE Spesengeld auf die Hand, über dessen Verwendung ich Ihnen Rechenschaft ablegen werde. Meine abschließende Liquidation richtet sich danach, was ich erreiche, welche Risiken ich eingehe, wie lange ich an dem Fall arbeite. Zum jetzigen Zeitpunkt kann ich Ihnen keine Summe nennen.«

Wortlos öffnete Clent ein Kabinett, nahm ein Bündel Banknoten heraus und warf es Hetzel zu. »Eintausend SAE. Nein, ich brauche keine Quittung.«

Kapitel 3

Im Hotel der Welten setzte Hetzel sich mit Eban Dobor in Verbindung, dem Seniorpartner von Dobor Investigations.

»Ah, Hetzel«, sagte das runde, freundliche Gesicht auf dem Schirm. »Ich bin nicht überrascht, von Ihnen zu hören.«

»Ich komme eben von der Villa Dandyl zurück. Vielen Dank für Ihre Empfehlung.«

»Keine Ursache. Es war die naheliegende Entscheidung.«

»Trotzdem vielen Dank. Wie sind Sie auf Trembling Waters gekommen?«

»Wir haben uns unter dem Vorwand, biografische Daten für ein Fachjournal zu sammeln, in Dacres Bekanntenkreis umgehört. Er ist vor etwa zwei Jahren nach Cassander gekommen, und über seine Vergangenheit ist nichts in Erfahrung zu bringen. Er spricht nie darüber, ausgenommen diese eine beiläufige Erwähnung der Trembling Waters Academy gegenüber einer Begleiterin. Wenn das Thema angeschnitten wird, weicht er aus oder verschanzt sich hinter Floskeln wie: ›Ach ja, aber das war damals und heute ist die Gegenwart!‹ oder ›Langweilig, öde, trivial, jede einzelne Minute; sprechen wir von etwas anderem.‹ Er hat sämtliche Angestellte in seinem Büro ausgezahlt und entlassen, bis auf eine Telefonistin, und die weiß bestimmt nichts.«

»Wie steht es mit seiner ärztlichen Approbation?«

»Hilft uns nicht weiter. Die Regierung erkennt

keine Diplome oder Akkreditierungen an, die im Bund vertretenen Standards sind zu unterschiedlich. Die Ärztekammer von Cassander führt eine zehntägige Prüfung durch und erteilt Zulassungen einzig auf dieser Basis. Die Ergebnisse werden veröffentlicht. Faurence Dacre erreichte 98,2 Punkte von möglichen hundert – eine kleine Sensation.

Der Sekretär der Kammer hat komisch gegrinst und den Kopf geschüttelt, als ich ihn darauf ansprach. Ich fragte ihn: ›Kommt es vor, dass jemand mogelt?‹ Er sagte: ›Sie würden staunen über die Moral dieser Männer, die erwarten, dass wir ihnen unser Leben und unsere Gesundheit anvertrauen!‹

›Und diese sensationellen 98,2 Punkte?‹

›Es steht mir nicht zu, mich darüber zu äußern. Wenn ein Kandidat die Prüfungskommission zu überzeugen vermag, wer bin ich, ihm die Approbation zu verweigern? Er ist ein gerissener Hund, dieser Dr. Dacre, so viel steht fest.‹

Ziehen Sie also Ihre eigenen Schlüsse. Bei seinen Kollegen war er nicht beliebt, obwohl keiner verraten wollte, weshalb nicht. Wahrscheinlich ist etwas Neid im Spiel, wegen Dr. Dacres kometenhaftem Aufstieg.«

»Irgendwelche Affären amouröser Art?«

»Jede Menge, aber nichts Ernstes, bis er Perdhra Olruff kennen lernte. Danach hat man sie überall zusammen gesehen, ein ausnehmend schönes Paar, wird erzählt.«

»Wo ging er hin, nachdem er die Akademie verlassen hatte?«

»Nicht in Erfahrung zu bringen. Ich habe es im

Archiv der Ehemaligen von Trembling Waters versucht. ›Alle Informationen sind geheim und werden treulich bewahrt!‹, diese Antwort gab mir der alte Dominie Cheasling. Man fürchtet, zum Ziel krimineller Aktivitäten zu werden, weil man vieler reicher Leute Kind in Obhut hat. Ich durfte aber einen Blick in das Jahrbuch werfen. Faurence Dacres außerschulische Adresse war die Calzie Empire Inn hier in Cassander. Eine Sackgasse, die Gästeregister werden nur drei Jahre lang aufbewahrt, und niemand erinnert sich an ihn oder seine Familie. Es gibt keine Dacres auf Thesse. Soweit der Inhalt der Akte, jetzt wissen Sie so viel wie wir.«

»Tja, ich werde dort anfangen müssen, wo Ihre Leute aufgehört haben.«

»Aha. Und wo wäre das?«

»In Trembling Waters.«

Kapitel 4

Jahre waren gekommen und gegangen, hoffnungsvoll begonnene Lebenswege hatten den Schwung verloren oder ins Abseits geführt, aber die Trembling Waters Academy hatte sich kaum verändert. Hetzel bemerkte ein neues Bootshaus an einer Seite der Tanjaree Cove, die Kopfunterbäume hatten sich weiter ausgebreitet, die Büros, Labors, Klassenzimmer, Arbeitsräume und Schlafsäle aus Grünstein kamen ihm kleiner vor, verschlafener und staubiger unter den ausladenden Palladischen Ulmen, Letztere importiert von dem fernen Planeten Dashbourne, wo vor vierhundert Jahren Dominie Kasus, Gründer der Akademie, das Lebenslicht erblickt hatte.

Davon abgesehen war noch alles so wie in seiner Erinnerung. Er landete sein gemietetes Flugmobil auf der Besucherplattform, stieg aus und schlenderte zur Kasus Hall.

Es war Nachmittag, zu früh für das, was er vorhatte. Er setzte sich auf eine Bank neben dem Quadrangel und beobachtete das schulische Treiben, so ähnlich und doch ganz anders als vor zwanzig Jahren. Wie offen, wie morgenfrisch diese jungen Gesichter! Wie merkwürdig, sich vorzustellen, dass er einst selbst eins von diesen noch zu beschreibenden Blättern gewesen war. Obwohl er nicht zu nostalgischer Verklärung neigte, verspürte er einen Anflug von Melancholie.

Ein Gongschlag. Hetzel schaute auf die Uhr. Die Angestellten – vorausgesetzt, die tägliche

Routine war noch dieselbe, und weshalb sollte sie nicht! – würden jetzt ihre Kubikel verlassen, und Kasus Hall war dann bis zum nächsten Morgen das alleinige Reich von Cholly, dem Pedell. Oder von seinem Nachfolger. Oder von dem Nachfolger seines Nachfolgers.

Hetzel wartete noch eine weitere halbe Stunde, bevor er sich auf den Weg zur Kasus Hall machte. Er stieg die Treppe hinauf und trat in das Vestibül, wo es noch genauso roch wie damals. Linkerhand befand sich ein großer Raum, genannt Büro des Archivars, der aber außerdem noch einer Vielzahl anderer Zwecke diente. Wie erwartet, traf Hetzel dort Cholly an, um ein paar Grade gebeugter, ein wenig konvexer die Leibeswölbung und um die Hälfte dezimiert der stolze Haarschopf, aber im Großen und Ganzen noch derselbe. Manche Institutionen entwickelten sich zu einem Dauerzustand, dachte Hetzel.

Cholly hob den Blick von seiner Arbeit. »Tut mir leid, Sir, die Büros sind schon geschlossen.«

»Wie unangenehm!« Hetzel gab sich enttäuscht. »Dann bin ich den ganzen Weg von Cassander umsonst gekommen.«

»Bedaure, Sir. Falls es wirklich dringend ist, können Sie sich an Dominie Cheasling wenden, auch wenn er's Ihnen nicht danken wird.«

Hetzel tat so, als müsse er überlegen. »Vielleicht ließe sich das vermeiden, falls Sie bereit wären, mir zu helfen. Natürlich zahle ich für die Mühe, und wir brauchten den Dominie nicht zu belästigen.«

Cholly fragte listig: »Worum geht es denn, Sir?«

»Ich bin Rechtsanwalt, und ich versuche einen der Ehemaligen dieser Lehranstalt ausfindig zu machen, dem eine Erbschaft zugefallen ist. Um sie auszahlen zu können, brauche ich seine Adresse, die in der Registratur da hinten zu finden sein sollte.«

Cholly lachte meckernd. »Keine Chance, Sir. Dominie Cheasling würde das nicht dulden. Wir haben hier zu viele Söhne von reichen Leuten und natürlich immer Angst vor Entführungen oder so etwas.«

»Im Zusammenhang mit einem Namen aus den Akten von Anno Dazumal?«, spottete Hetzel. »Kaum anzunehmen.«

»Sie kennen Dominie Cheasling nicht, Sir. Er macht keine halben Sachen.« Cholly entdeckte offenbar keine Ähnlichkeit zwischen diesem grauäugigen Mann mit dem weichen schwarzen Haar und dem ehemaligen Schüler Miro Hetzel.

Hetzel zog seine Brieftasche und klopfte damit nachdenklich auf den Tresen. »Dann trifft es sich ja, dass ich so spät gekommen bin.« Er zog eine Banknote heraus. »Vielleicht erlauben Sie mir, kurz nach hinten zu gehen und die benötigte Information herauszusuchen. Weshalb den alten Herrn aus seiner wohlverdienten Feierabendruhe reißen?«

Cholly beäugte den Schein mit vorgeschobener Unterlippe. »Woher wissen Sie, dass Sie da hinten finden können, was Sie suchen?«

»Wo denn sonst?«

»Mmf. Dominie Cheasling wird mir bei lebendigem Leib die Haut abziehen …« Er musterte den Schein begehrlich. »Wäre es Ihnen auch das Doppelte wert?«

»Bevor ich riskiere, vergebens gekommen zu sein.« Hetzel zog noch einmal fünf SAE heraus.

»Also gut, warten Sie einen Moment«, sagte Cholly, plötzlich voller Tatendrang. »Ich schließe die Eingangstür ab und hänge die Kette vor, dann kann man uns nicht überraschen.«

Als er wiederkam, machte er eine verschwörerische Handbewegung. »Was auch geschieht, mein Name darf keinesfalls erwähnt werden.«

»Das garantiere ich«, sagte Hetzel, und Cholly gab den Durchgang frei.

Hetzel trat hinter den Tresen, begab sich geradewegs zum Schrank mit den Aufnahmeunterlagen, zog eine Schublade auf und suchte die Diskette seines letzten Semesters in Trembling Waters heraus.

»Sie finden sich erstaunlich gut zurecht«, bemerkte Cholly misstrauisch. »Wie kommt das?«

»Diese Ablagesysteme in öffentlichen Institutionen sind alle gleich«, erklärte Hetzel geistesabwesend. »Lassen Sie mich sehen – aha, das Lesegerät.« Er schob die Diskette ein und las den Index, der über den Schirm wanderte. Cholly machte einen langen Hals, aber Hetzel bedeutete ihm, Abstand zu halten. »Je weniger Sie wissen, desto besser, für den Fall, dass Dominie Cheasling je Verdacht schöpfen sollte.«

Cholly wich nervös ein paar Schritte zurück. »Dann beeilen Sie sich, ich kann die Tür nicht den ganzen Abend verschlossen halten.«

Hetzel ordnete die Einträge. Wie von Eban Dobor bereits ermittelt, hatte Faurence Dacre als Wohnstatt außerhalb der Schule die Caelzie

Empire Inn, Cassander angegeben. Hetzel ignorierte den Eintrag und konzentrierte sich auf Dacres ursprüngliche Anmeldung.

»Jemand kommt die Treppe herauf!«, brummte Cholly. »Sie können nicht länger bleiben!«

»Einen Moment noch.« Mit seinem Stylus notierte Hetzel die Adresse:

Gandardie House, Willanella,
Diestl; Derd Province, Semplat
Wittenmond

Und darüber schrieb er einen Namen, die Unterschrift auf dem Anmeldeformular:

Vela, Lady Keurboom.

Kapitel 5

Hetzel stellte eine Verbindung zu Clent her und sagte ohne Einleitung: »Ich vermute, dass Dacre den Planeten verlassen hat.«

»Was bringt Sie zu der Annahme?«, fragte Clent. Der Auftrieb, den Hetzels Zusage ihm gegeben hatte, war abgeflaut, er machte wieder einen deprimierten, mutlosen Eindruck.

»Die Addition mehrerer Details, die für sich genommen nicht viel aussagen. Ihre Heirat mit der Frau, die er für sich selbst beanspruchte, muss seinen Stolz gekränkt und ihm Cassander gründlich verleidet haben. Außerdem weiß er, dass Sie nach ihm suchen, auch wenn er sich deswegen bestimmt keine großen Sorgen macht; Sie sind für ihn jetzt nur mehr ein Gegenstand der Verachtung.«

Clents Kehle entrang sich ein dumpfer, heiserer Laut.

»Des Weiteren scheint er der Gewohnheit zu frönen, immer wieder einmal für eine Zeitlang spurlos zu verschwinden, was nahe legt, dass er irgendwo noch einen anderen Wohnsitz unterhält oder einen Stützpunkt – allerdings handelt es sich nur um eine Vermutung. Dennoch, alles in allem gibt es Grund zu der Annahme, dass er Thesse verlassen hat. Jedenfalls bin ich zu diesem Schluss gekommen.«

»Aber mit welchem Ziel?«, fragte Clent hohl. »Jeden Tag starten vom Raumhafen Cassander zwanzig Schiffe, in jeder Richtung liegen tausend Welten. Er ist dort draußen ungefähr so leicht zu finden wie ein ganz bestimmter Tropfen Wasser in einem Ozean.«

»In gewissem Sinn haben Sie Recht. Andererseits, niemand kann sich bewegen, ohne Spuren zu hinterlassen. Die übliche Methode besteht darin, dass man zum Raumhafen geht und herauszufinden versucht, mit welchem Schiff jemand weggeflogen ist – allerdings ein ziemlich hoffnungsloses Unterfangen, falls der Betreffende sich bemüht hat, seine Fährte zu verwischen.

Die Alternative sieht so aus, dass man den Blick in die Vergangenheit richtet, in die Zeit, als er noch nicht Versteck spielen musste, und herausfindet, an welchen Orten er sich am liebsten aufhielt und wohin er möglicherweise zurückkehren würde, und das ist die Methode, die ich beschlossen habe anzuwenden.«

»Ich fürchte, da komme ich nicht mit«, brummte Clent.

»Wir können in seinem Leben entweder zurückgehen oder vorwärts«, erklärte Hetzel. »Vorwärts muss ich mich auf gut Glück weitertasten, ohne Spuren, ohne Hinweise. Rückwärts habe ich wenigstens einen Ansatzpunkt: Namen und Adresse seiner Mutter.«

Clent war aufrichtig überrascht. »Wie sind Sie daran gekommen?«

Ähnlich dem Magier, der das Kaninchen aus dem Hut zaubert, zog Hetzel es vor, seine Methoden geheim zu halten, damit seine Tricks umso mehr Bewunderung erregten, deshalb antwortete er höflich: »Ich habe es mir zur Regel gemacht, niemals meine Informationsquellen preiszugeben. Sie werden meine Gründe verstehen.«

Clent, der gar nichts verstand, antwortete ratlos: »Ja, selbstverständlich.«

»Ich selbst werde mich nach Wittenmond begeben, um mit Dacres Mutter zu sprechen. Doch wir werden auch das Naheliegende nicht außer Acht lassen. Ein zweiter Mann wird versuchen, Dacres Stationen nach dem Verlassen von Cassander zu verfolgen, auch wenn ich bezweifle, dass ihm mehr Erfolg beschieden sein wird als Eban Dobor.«

Clent fragte mit bedrückter Stimme: »Wann werde ich von Ihnen hören?«

»Selbstredend werde ich Sie so gut wie möglich auf dem Laufenden halten, aber erwarten Sie keine Neuigkeiten, bis ich mich melde.«

Clent nickte. »Sollte Ihnen das Geld ausgehen, zögern Sie nicht, mehr zu fordern. Alles, was ich will, sind – nun – Ergebnisse.«

»Ich werde mein Bestes tun.«

Kapitel 6

Rund um das gewaltige gelbe Himmelsfeuer Jingkens' Star kreisten mehrere Dutzend Planeten, allesamt vermessen von Gieter Jingkens, einem fidelen Freibeuter der Great Expansions. Drei davon, die so genannten Planetenschwestern, waren identisch in Größe, Masse, Dichte, Atmosphäre, Klima, der Wasser- und Landverteilung, auch Flora und Fauna hatten sich auf allen zu annähernd der gleichen Vielfalt entwickelt. Diese außergewöhnlichen Bedingungen waren der Aufmerksamkeit der gaeanischen Wissenschaftler nicht entgangen; die Übereinstimmungen, Analogien und Abweichungen hatten Material für zigtausend Monographien geliefert, und ein ganz neuer Evolutionsplan entstand auf der Basis der ›Jingkens Parallelismen‹.

Die Planetenschwestern Wittenmond, Gietersmond und Skalkemond wurden von drei Epoden der Reformierten Antignomischen Kredentisten besiedelt, und die unterschiedlichen Entwicklungen dieser Gruppen bildeten ein faszinierendes Studiengebiet für Sozialanthropologen.

Auf Wittenmond zum Beispiel entstand ein prosperierender Merkantilismus, man trieb einen schwunghaften Handel mit allen Welten des Gaeanischen Bundes. Bewusst oder unbewusst dehnten die Einwohner das Prinzip der Maßgenauigkeit und der Qualitätsspezifikation auf alle Bereiche des täglichen Lebens aus, bis hin zu den geringsten Kleinigkeiten. Jede Abstufung von Luxus war etikettiert und in eine Wertskala eingeordnet; Privilegien, Freizeit, Besitz, Kleidung und so weiter – alles musste dem gesellschaftlichen Status angepasst sein. Musik, Architektur, Küche, sogar Gartenbau und Landschaftsgestaltung: für alles gab es eine Stufenleiter basierend auf Ästhetik und Schicklichkeit.

Das hierarchische System war keineswegs starr, das Auf und Ab durch die Klassen beschäftigte das Denken eines jeden Witt. Deshalb erregten die bestehenden Verhältnisse nicht etwa den Widerstand der Bevölkerung, sondern wurden allgemein gut geheißen; die gradierte Gesellschaft, statt die Menschen einander zu entfremden oder in solipsistischen Zellen zu isolieren, weckte in jedem Individuum ein ausgeprägtes Bewusstsein für seinen Nächsten; jeder Witt, ob nun ganz oben oder ganz unten auf der Leiter angesiedelt, genoss, wenn nichts anderes, seine Teilnahme an dem Gesellschaftsspiel und setzte seinen Stolz darein, die komplizierten Regeln zu beherrschen. Der gebildete Witt, auf die sozialen Ungerechtigkeiten des Lebens auf Wittenmond angesprochen, pflegte darauf hinzuweisen, dass die gleichen Ungerechtigkeiten überall existierten, doch auf Wittenmond habe man sie geordnet und in ein Schema gefasst.

Besucher von anderen Welten verwunderten sich oft über die tausenderlei statusrelevanten Kleinigkeiten, mit denen das Dasein der Witt überfrachtet zu sein schien, ohne zu bedenken, dass die Normen einen verlässlichen Orientierungsrahmen boten, während ihre eigene, nur scheinbar übersichtlichere Gesellschaft von einem unter der Oberfläche wirkenden Chaos

unwägbarer Interdependenzen beherrscht wurde, sich manifestierend in Mehrdeutigkeiten, Anspielungen, Implikationen, veränderlichen Launen und Nuancen; Symbolen, die Über- bzw. Unterlegenheit signalisierten oder nur vortäuschten; Statusabstufungen, definiert durch subtile kleine Fingerhakeleien und deshalb Quell erheblich größerer Frustrationen als die rein sachlichen Zuordnungen der Witts, und zuletzt erschien jede Gesellschaft in den Augen der anderen wie ein undurchdringlicher Kuddelmuddel.

Diestl auf Wittenmond präsentierte sich Hetzel als Stadt von beträchtlichem Charme, erbaut auf Terrassen an den Hängen der Ausläufer Mount Flouderklaf. Der Lemon River, von den Ebenen im Norden kommend, strömte durch das Industriegebiet und dann im Bogen weiter zum Irruptor Ocean, zwanzig Meilen durch eine wellige Landschaft mit Wäldern und Parks und den herrschaftlichen Besitzungen von Angehörigen der Kaufherrenaristokratie.

Der Raumhafen bedeckte eine Quadratmeile teuersten Baugrunds nur eine Viertelmeile nördlich des Finanzbezirks; die Kommerzienten von Diestl verstanden den Wert von Bequemlichkeit. Hetzel ließ sich von einem Gleitweg zum Traveler's Hotel befördern, getreu seinem Prinzip, sich stets vor allem anderen einer komfortablen Unterkunft zu versichern. In einem angenehmen, obschon etwas steril wirkenden Zimmer studierte er den Stadtführer und erfuhr, dass Diestl aufgeteilt war in dreiundsiebzig Bezirke, jeder ein

Reich für sich, mit akkurat spezifizierten Charakteristika, die der Führer getreulich auflistete und Hetzel also davon in Kenntnis setzte, dass Willanella aus Residenzen der mittleren Nobilität bestand, jeweils gelegen auf einem Grundstück von nicht weniger als 1,2 Morgen, mit einem Schätzwert nicht unter zweihunderttausend SAE und in Stand gehalten von einer mindestens sechsköpfigen Dienerschaft. Der Stadtführer versicherte ihm auch, dass Vela, Lady Keurboom, nach wie vor Gangardie House in Willanella bewohnte, und nannte ihre Adresse sowie die Mitglieder ihres Haushalts, bestehend aus ihr selbst, Lord Lazar Keurboom, einem Butler, einer Köchin, einem Obergärtner und sechs Lakaien, nebst den Kommunikationscodes für jeden Einzelnen. Keine Person, hinter der sich Faurence Dacre hätte verbergen können, erschien auf der Liste.

Hetzel, noch ohne Idee, wie er vorgehen sollte, mietete einen Flitzer, der ihn pronto westwärts nach Willanella expedierte und auf einer Terrasse fünfzig Meter entfernt von Gangardie House absetzte.

Ein paar Schritte weiter hatte er von einer Böschung einen exzellenten Ausblick auf das Gebäude, welches aller Wahrscheinlichkeit nach Faurence Dacre während seiner Jugendjahre beherbergt hatte. Hetzel hatte eine Vergrößerungsbrille aufgesetzt und studierte die reichverzierte Fassade, ohne daraus allerdings brauchbare Aufschlüsse zu gewinnen. Eine Bewegung erregte seine Aufmerksamkeit. Den Gartenweg entlang kam eine dunkelhaarige Frau in einem weißen

Gewand, das beim Gehen über den Boden schleppte. Sie war groß und konnte mit einigem Wohlwollen noch als vollschlank gelten, trotz der prallen Wangen und der Fettpolster unter dem Kinn. Wie dem auch sei, aus ihrem Auge blitzte edles Feuer, und ihre Züge bewahrten den Abglanz einer exotischen Schönheit, leider längst entschwunden.

Hetzel beobachtete, wie sie sich mit Inbrunst der Aufgabe widmete, ein Blumenbouquet zusammenzustellen. Mit welcher Begeisterung stürzte sie sich auf die erwählte Blüte! Mit welcher Verachtung strafte sie die welke Nachbarin! Mit welcher Aufwallung gerechten Abscheus zermalmte sie unter dem weißen Pantoffel eine schädliche Kerfe!

Hetzel nahm die Brille ab. Die Frau war leicht erregbar und gefühlsbetont; ein Fremder, der aus heiterem Himmel auftauchte und sich nach dem Verbleib ihres Sohnes erkundigte, würde ihr Misstrauen erregen.

Er stieg von der Böschung hinunter und spazierte an Gangardie House vorbei zu der Villa gegenüber, wo ein älterer Mann in abgetragenen Kleidern damit beschäftigt war, ein Rosenbäumchen zu beschneiden. Hetzel begutachtete die Technik des alten Herrn. Eine Bemerkung über die strotzende Dichte der Hecke, den Duft der Blumen – und eine Unterhaltung war in Gang gebracht. Hetzel stellte sich als einen wohlhabenden Adelsspross von der Alten Erde vor, unter Umständen am Erwerb einer Immobilie interessiert.

»Unwahrscheinlich, dass Sie hier in Willanella

fündig werden«, meinte sein neuer Bekannter. »Wir sind hier alle ziemlich fest verwurzelt.«

»Das mag sein. Trotzdem, ich habe von einem eleganten Herrenhaus gehört, das möglicherweise bald auf dem Markt angeboten werden soll. Ich frage mich, ob es sich um das da drüben handeln könnte, schräg gegenüber.«

»Hoho! Gangardie House? Keine Chance, nicht die geringste. Das ist der Besitz der Keurbooms, die Familie ist schon seit einer Ewigkeit hier ansässig.«

»›Keurboom‹ sagen Sie? Ich kenne den Namen. Hat die Familie nicht einen berühmten Sohn – Wissenschaftler oder Arzt oder etwas in der Art?«

»Erwähnen Sie das nicht Sir Lazar gegenüber. Sie meinen wahrscheinlich Lady Keurbooms Sohn aus erster Ehe. Ich habe läuten gehört, dass er es endlich zu etwas gebracht haben soll, aber erst, nachdem er von zu Hause weggegangen war. Er und Sir Lazar konnten einfach nicht miteinander auskommen.«

»Nicht ungewöhnlich in Anbetracht der Situation. Hat er nie den Versuch unternommen, sich mit dem alten Mann auszusöhnen?«

»Meines Wissens nicht. Aber ich habe den Jungen seit Jahren nicht mehr gesehen.«

Kapitel 7

Hetzel erfuhr bei seinen Erkundigungen hier und dort in Diestl, dass die Keurbooms im Verlagswesen sehr erfolgreich gewesen waren und dass Lazar, Lord Keurboom, nun von den Zinsen seiner Investitionen lebte. Seine erste Frau hatte ihm keine Kinder geboren; nach der Scheidung ehelichte Sir Lazar eine Ausländerin, eine gewisse Vela Woxonoy von Todnie, die mit einer Theatergruppe nach Diestl gekommen war, begleitet von ihrem unmündigen Sohn.

Keurboom, inzwischen Halbinvalide, teilte seine Zeit zwischen seinem Heim und seinem Club. Hetzel sagte sich, der beste Ort, um an Sir Lazar heranzutreten, wäre dieser Club, wo jener Gefahr lief, dass man ihm die Weigerung, einen fremden Herrn zu empfangen, der höflich um eine Unterredung ersuchte, als einigermaßen exzentrisch ankreidete.

Dementsprechend betrat Hetzel zu einer passenden Stunde den Apollonian Club und fragte an, ob Lord Keurboom bereit sei, ihm einige Minuten seiner Zeit zu widmen.

Sir Lazar ließ ihn fast eine Viertelstunde warten, dann betrat er übellaunig den kleinen Salon, in dem Hetzel Platz genommen hatte. Er musterte den Besucher von der Tür aus und wurde seinerseits gemustert: ein kräftiger Mann mit stämmigen Beinen, nicht sehr groß, blasser Teint, schütteres sandfarbenes Haar und ein enorm vorspringender Oberkiefer, der in krassem Gegensatz zu seinen übrigen, wenig bemerkenswerten Zügen stand. »Nun, was gibt's?«, fragte er mit einer schnarrenden, heiseren Stimme. »Sie sind Miro Hetzel?«

»Ganz recht.«

»In welcher Angelegenheit wollen Sie mich sprechen?«

»Ich möchte weder Ihre Zeit verschwenden noch die meine, Sir Lazar. Mir liegt daran, den gegenwärtigen Aufenthaltsort Ihres Stiefsohns Faurence Dacre in Erfahrung zu bringen.«

Keurbooms Heiserkeit wurde zu einem pfeifenden Zischeln; Hetzel fragte sich, ob der Mann nicht vielleicht mittels einer Synthivox sprach. »Schweigen Sie mir von diesem Subjekt. Ich will darüber nicht sprechen und nichts darüber hören!«

Hetzel nickte verstehend. »Dann haben Sie keine guten Erinnerungen an Dr. Dacre?«

»Dr. Dacre, pah!« Keurbooms Lippen arbeiteten, in den Mundwinkeln sammelte sich Speichel. Er rang nach Worten und brachte endlich heraus: »Das Gespräch ist beendet, Sir. Ich habe Ihnen nichts mehr zu sagen!«

Hetzel hob den Zeigefinger. »Erlauben Sie mir, mein Interesse zu erklären. Faurence Dacre hat sich in Cassander auf Thesse flagranter Irregularitäten schuldig gemacht. Ich will ihn finden, damit er zur Rechenschaft gezogen werden kann. Ich versichere Ihnen, unser Gespräch ist absolut vertraulich, Ihr Name wird in diesem Zusammenhang niemals erwähnt werden.«

Keurboom sank langsam in einen Sessel. »Ich weiß nicht, wo er ist. Wenn ich es wüsste …«

»Aber vielleicht sind Sie in der Lage, mir Anhaltspunkte zu geben, Hinweise, die mir helfen, ihn aufzuspüren. Zum Beispiel ...«

Keurboom hob die Hand. »Was ich sage, bleibt unter uns, ist das klar? Niemand darf davon erfahren, auch Lady Vela nicht.«

»Ich akzeptiere Ihre Bedingung.«

»Nun denn, was wollen Sie wissen?«

»Alles, was Sie mir sagen können.«

Keurboom erzählte eine unzusammenhängende Geschichte, gespickt mit Wutausbrüchen, die ihm fast die Sprache raubten. »Ich habe versucht, für den Jungen das Beste zu tun. Man konnte nicht übersehen, dass seine Mutter ihn verwöhnte und ihm Flausen in den Kopf setzte. Trotz ihres Lamentierens schickte ich ihn nach Thesse, auf eine erstklassige Schule, die Trembling Waters Academy. Nun, es ging ein oder zwei Semester gut, dann wurde er relegiert und kam wieder nach Hause, zur Freude seiner Mutter. Eine Zeitlang verhielt er sich ruhig, er las Bücher über Mystizismus: Schund und dummes Zeug! Seine Mutter verlangte von mir, ihn gewähren zu lassen, angeblich bereitete er sich auf eine Karriere als Psychologe vor. Dann sah man ihn nicht mehr so oft über seinen Büchern, und ich wurde misstrauisch. Schließlich fand ich ihn im Gartenschuppen – sein ›Laboratorium‹! Er war mit Experimenten beschäftigt, o ja, an der Tochter des Gärtners! Er hatte sie hypnotisiert, unter Drogen gesetzt und ihr alle möglichen tückischen Streiche gespielt.

Ich ertappte ihn in flagranti crimine und warf

ihn aus dem Haus. Seine Mutter war entsetzt und suchte nach Entschuldigungen, aber diesmal blieb ich hart, Faurence musste seine Koffer packen. Für mich ist er gestorben.

Für einen Monat oder zwei schlüpfte er bei seiner Tante unter, dann steckte seine Mutter ihn in die Technische Hochschule in Narghuys auf Gietersmond. Von mir erwartete man selbstverständlich, dass ich die Rechnungen bezahlte. Soweit ich weiß, hat er den medizinischen Studiengang belegt und wie es scheint mit summa cum laude abgeschlossen. Seine Mutter vermeidet es, mit mir über ihn zu sprechen, und ich glaube, sie versucht, ihn aus ihren Gedanken zu tilgen.« Sir Lazar zog mit der flachen Hand einen symbolischen Schlussstrich durch die Luft. »Das ist alles, was ich Ihnen über Faurence Dacre sagen kann, wie er sich zu nennen beliebt.«

»Sollte er sich nicht Dacre nennen?«

»Eine Frage des Prinzips. Meine Frau und ihr erster Mann waren ohne offizielle Billigung zusammen. Das Gesetz auf Wittenmond schreibt vor, dass die Nachkommen aus einer solchen Beziehung den Namen der Mutter tragen. Faurence missachtet dieses Gesetz wie auch den Wunsch seiner Mutter, er lehnt sowohl ›Keurboom‹ als auch ›Woxonoy‹ ab und zieht es vor, sich nach seinem leiblichen Vater zu nennen, dem verantwortungslosen ...«

Kapitel 8

Zwei Stunden nach seinem Gespräch mit Lord Keurboom ging Hetzel an Bord des Passagierschiffs *Sobranad*, bestimmt nach Gietersmond. In Narghuys angekommen, zu nächtlicher Stunde, begab er sich auf kürzestem Weg zum Cosmolux Hotel hinter dem Prater Huss Square und versicherte sich einer angemessenen Unterkunft. Das getan, setzte er sich auf dem Platz in ein Straßencafé, halb verborgen von den Waren der die ganze Nacht hindurch geöffneten Blumenhändler. Der Ober brachte ihm eine Karaffe heimischen Weins und ein Menü mit brutzelnden Würstchen. Dann und wann, dachte Hetzel, waren die Begleitumstände seines Berufs wirklich nicht zu verachten.

Unabhängig davon kam er zu dem Schluss, dass Gietersmond Wittenmond vorzuziehen sei. Die Luft wirkte prickelnder, der Himmel spannte sich höher und weiter, man hatte den Eindruck, dass der Wind freier wehte. Hetzel dachte über mögliche Unterschiede in den beiden Atmosphären nach. Ein höherer Sauerstoffgehalt? Abweichungen in der Verteilung der übrigen Gase? Mehr oder weniger CO_2 oder Ozon oder Distickstoffmonoxid, oder seltenere, flüchtigere Stoffe? Variationen dieser Art bewirkten subtile psychologische Verschiebungen, die sich im Lauf der Zeit natürlich akkumulierten.

Die Seele eines Volkes spiegelt sich in seiner Architektur: so ein Aphorismus des greisen Weisen Unspiek, Baron Bodissey. Hetzel fand ihn zutreffend. Man konnte die Bauwerke von Narghuys beim besten Willen nicht streng oder schlicht oder karg nennen, trotzdem wirkten sie weniger elaboriert als das, was er auf Diestl gesehen hatte. Die Witts huldigten der Vielfältigkeit auf Kosten der Integration: keine Kuvenlinie korrespondierte mit der anderen, keine Textur fand sich ein zweites Mal, wenn menschliche Phantasie etwas anderes ersinnen konnte; *variatio delectat* triumphierte über Homogenität.

Die Bevölkerung von Narghuys erreichte mit fast den gleichen Mitteln einen überraschend anderen Effekt. Die Bauten projizierten in ihrer Ornamentik weniger Selbstzweck und mehr Stil, Kurvenlinien waren weniger opulent, und immer wieder verbanden logische Übergänge verschiedene Elemente eines Gebäudes. Die Unterschiede in der Architektur spiegelten die unterschiedlichen Neigungen der beiden Völker. Die Witts trieben Handel, die Giets waren Ingenieure, Designer, Handwerker. Die Witts verkauften Waren, die Giets verkauften Know-how. Die technischen Hochschulen der Giets waren im ganzen Bund berühmt, ihre Werkstätten und Labors produzierten einen dauernden Strom innovativer Produkte, nicht unbedingt alle von praktischem Wert, welche die Witts mit Freuden auf den Markt brachten.*

* Auf Skalkenmond, dem dritten und äußersten der so genannten Planetenschwestern, befanden sich die großen Bankhäuser und Finanzinstitute, Akademien für Mathematik, Kosmologie, projektive Spekulation sowie Konservatorien und Institute für Ästhetik, Musiktheorie und -kritik.
Verglichen mit der Baukunst der Schwesterwelten, wirkte die

Gleich nach dem Frühstück verfügte Hetzel sich zur Akademie der Medizinischen Wissenschaften von Narghuys. Eine direkte Vorgehensweise, so hatte er festgestellt, erbrachte gelegentlich eine ebenso große Ausbeute an Informationen wie eine Woche diskreter Nachforschungen. Er begab sich stracks zum Informationsschalter und wendete sich an die Sekretärin: eine attraktive junge Dame in einer dunkelblauen Uniform mit Weiß.

»Ich interessiere mich für die Karriere von Dr. Faurence Dacre, der hier studiert hat«, sagte er. »An wen könnte ich mich in dieser Sache wenden, vielleicht an Sie?«

Die junge Dame lächelte, Hetzels offenkundige Bewunderung schien sie nicht zu genieren. »Buchstabieren Sie bitte den Namen.« Sie machte sich an Tasten, Knöpfen und Wählscheiben zu schaffen, aber der Monitorschirm blieb leer. Sie schüttelte den Kopf. »Keine Daten. Andere Leute haben sich auch schon nach ihm erkundigt, sehe ich hier.«

»Vielleicht benutzte er den Namen Woxonoy, Faurence Woxonoy.«

»›Faurence Woxonoy‹?« Sie widmete sich wieder der Tastatur. »Er hat acht Jahre hier studiert, das ist jetzt zwölf Jahre her.«

»Und wohin ist er von hier aus gegangen?«

Architektur von Skalkenmond karg und streng. Die skalks, weil intensiver mit Abstraktion befasst als Witts und Giets, litten unter einer größeren Bandbreite mentaler Störungen. Sie waren besessen von einem Bedürfnis nach Sicherheit und hatten ein erstaunliches System zur Flächenüberwachung entwickelt, das Verbrechen und Gewalt auf ein Minimum reduzierte.

»Das kann ich Ihnen nicht sagen, die Angaben sind hier nicht enthalten. Wenden Sie sich am besten an seinen alten Professor.«

»Gern. Wer ist das?«

Die Sekretärin suchte in ihrer Datei. »Dr. Aartemus. Ich fürchte, er ist bis heute Nachmittag beschäftigt.«

»Vielleicht können Sie einen Termin für mich ausmachen. Mein Name ist Miro Hetzel.«

»Natürlich, Sir. Soll ich sagen, im Zusammenhang mit Dr. Faurence Woxonoy?«

»Wenn Sie es für richtig halten.«

Zur verabredeten Stunde betrat Hetzel das Studierzimmer von Dr. Aartemus und stand einem dünnen grauen Mann gegenüber, ziemlich klein, mit einer bleichen, breiten Stirn unter borstigem grauem Stoppelhaar. Seine Miene erschien Hetzel weise, wohlwollend und sardonisch zugleich; als er sich erhob, sah Hetzel, dass er gehbehindert war.

»Arzt, heile dich selbst!«, deklamierte Dr. Aartemus. »Glücklicherweise ist der Arzt heutzutage in der Lage, dem Gebot zu folgen – sofern es sein Wunsch ist. Es ist nicht mein Wunsch. Ich lasse mich tragen von unermüdlichem Metall, welches immun ist gegen die Beschwerden des Fleisches. Ich fürchte weder Senkfuß noch eingewachsene Zehennägel, nicht Fußpilz, Hornhaut, Hühneraugen oder irgendeine der unzähligen Malaisen unserer natürlichen Gehwerkzeuge. Ich bin kein selbstsüchtiger Mensch; wenn Sie möchten, amputiere ich Ihnen auf der Stelle beide Beine.«

Hetzel schüttelte lächelnd den Kopf. »Ich gehöre nicht zu denen, die jede Modetorheit mitmachen müssen.«

»Wie Sie wollen. Wenn ich recht verstehe, haben Sie eine Frage an mich?«

»Das stimmt. Es geht um einen gewissen Faurence Woxonoy, der sich inzwischen Dr. Faurence Dacre nennt. Ich möchte ihn finden.«

»Nicht nur Sie«, meinte Dr. Aartemus. »Im Lauf der Jahre haben mich etliche Anfragen erreicht.« Er lehnte sich in seinem Stuhl zurück. »Wir haben strikte Regeln, schon aus Selbstschutz legen wir großen Wert auf Diskretion. Nie empfehlen wir einen unserer Absolventen, dienen andererseits bereitwillig mit Informationen über jene, die das Abschlussexamen nicht bestanden haben. Bei Faurence Woxonoy, oder Dacre, falls Ihnen das lieber ist, liegen die Dinge anders. Er war ein brillanter Student, mit einem wirklich innovativen Verstand, dennoch, er versagte bei einigen Prüfungen und erhielt nicht sein Diplom.«

»Allerhand! Aber er praktiziert als Arzt, offen und unverhohlen, ist das rechtens?«

»Es ist realistisch. Im Gaeanischen Bund sind unzählige Gemeinschaften vereint, jede mit ihren eigenen Bewertungsstandards. Ein Absolvent der Podmarsh School of Medicine in SekSek auf Wicker dürfte hier nicht einmal einen Schluckauf behandeln. Andererseits, auch wenn Faurence Dacre hier in Narghuys das Klassenziel nicht erreicht hat, ist er doch mehr als qualifiziert, überall sonst im Bund seine ärztliche Kunst auszuüben.«

»Was das angeht, weshalb hat er das Examen nicht bestanden?«

»Offen gesagt, er hat geschummelt. Ausschlaggebend für meine – besser gesagt, für unsere – Entscheidung, ihn nicht bestehen zu lassen, waren charakterliche Mängel, weniger Zweifel an seinen Fähigkeiten. Er hatte es nicht nötig zu schummeln. Er fühlte sich lediglich durch einige Bemerkungen von mir gekränkt und beschloss, den Beweis zu führen, dass er in meiner Klasse bestehen konnte, ohne irgendeine der von mir gestellten Aufgaben zu erfüllen. Ich behielt ihn während des ganzen Semesters im Auge, schließlich bin ich nicht von gestern. Ich wartete ab, weil ich wusste, eine schlechte Note, ein leichter Tadel würden keinen Eindruck auf ihn machen.

Er ging bei seinen Tricksereien äußerst schlau zu Werke. Doch ich bin schlauer – und erfahrener.

Am letzten Tag hielt ich eine Ansprache vor der Klasse, die übrigens eine sehr gute Klasse war; nur fünf Studenten hatte ich zurückstellen müssen, um ihnen Gelegenheit zu geben, Wissenslücken zu schließen. ›Ich gratuliere Ihnen‹, sagte ich. ›Sie alle haben ausgezeichnete Arbeit geleistet – alle, bis auf einen. Dieser eine ist Faurence Woxonoy, der, aus Gründen, die er selbst am besten kennt, jede Gelegenheit genutzt hat, um sich, ohne etwas zu leisten, durch das Semester zu mogeln.‹ Anschließend zeigte ich auf dem Demonstrationsschirm die verschiedenen Vorfälle, die ich aufgezeichnet hatte. Die Klasse amüsierte sich prächtig. Nach der Hälfte der Vorführung stand Woxonoy auf und verließ den Raum.«

Hetzel brummte. »Was ist dann aus ihm geworden?«

»Darüber habe ich keine genauen Informationen. Ich hörte, er solle sich in den Southern Torpeltines niedergelassen haben, in einem Ort namens Masmodo.« Dr. Aartemus betätigte den Schalter der Sprechanlage. »Wer ist Inhaber der Praxis in Masmodo, auf Jamus Amaha?«

Eine Stimme antwortete: »Dr. Leuvil, jetzt im Ruhestand. Der nächste praktizierende Arzt dürfte in Kroust sitzen.«

»Vielen Dank.« Dr. Aartemus wandte sich wieder an Hetzel. »Jamus Amaha ist die urwüchsigste Region des Planeten, kaum von der Zivilisation beleckt, um die Wahrheit zu sagen.«

Hetzel überlegte einen Moment. »Vielleicht, Sir, könnten Sie mir den Gefallen tun, Dr. Leuvil anzurufen und sich nach Dr. Dacre zu erkundigen.«

Dr. Aartemus blickte zur Decke, dann zuckte er die Schultern. Er drückte die Tasten an seinem Kommunikator, konnte ihm aber nur einige abgehackte, knisternde Geräusche entlocken. Endlich erschien der Kopf einer Frau auf dem Bildschirm. »Masmodo, Vermittlung.«

»Ich versuche, Dr. Leuvil zu erreichen. Leider ohne Erfolg.«

»Dr. Leuvil befindet sich im Ruhestand, er geht nicht mehr an den Kommunikator. Versuchen Sie es bei Dr. Winke auf Doubtful Island.«

»Einen Moment. Können Sie Dr. Leuvil eine Nachricht übermitteln? Bitte richten Sie ihm aus,

Dr. Aartemus aus Narghuys möchte ihn dringend sprechen.«

Die Frau aus der Vermittlung gab widerwillig zu, das ließe sich ermöglichen. »Einen Moment Geduld bitte.«

Fünf Minuten später knisterte und flackerte der Schirm, inmitten von sich langsam ausdehnenden Strahlenkränzen erschien das Gesicht einer blonden jungen Frau in einer lappigen, nachlässig gebügelten Krankenschwestertracht. Ihr Gesicht war rund und pausbackig hübsch, jedoch mit einem xanthippigen Zug um Augen und Mund.

»Wer ruft an? Doktor wer?«

»Dr. Aartemus, von der Medizinischen Akademie in Narghuys. Ich würde gern mit Dr. Leuvil sprechen.«

»Erwartet er Ihren Anruf?«

»Eigentlich nicht, aber ...«

»Sind Sie ein alter Freund?«

»Eigentlich nicht, aber ...«

»Dann ist Dr. Leuvil nicht für Sie zu sprechen.«

»Das wäre überaus unhöflich von ihm! Ich bin ein Kollege – weder der Gerichtsvollzieher noch ein Fürsorgepatient!«

»Ich bedaure, Doktor! Meine Anweisungen lassen an Eindeutigkeit nichts zu wünschen übrig.«

»Nun gut. Seien Sie wenigstens so freundlich und fragen Sie Dr. Leuvil, ob er weiß, wo Dr. Faurence Dacre sich momentan aufhält, oder Dr. Woxonoy, wie er sich auch genannt haben könnte.«

Die Krankenschwester stieß ein geziertes kleines Lachen aus. »Ich kann Ihnen versichern, dass er weder mit Ihnen noch mit sonst jemandem über Dr. Dacre sprechen wird.«

»Kennen Sie Dr. Dacre?«

»Allerdings.«

»Können Sie mir Auskunft darüber geben, wo er derzeit zu finden ist?«

Die Schwester schüttelte den Kopf. »Ich habe nicht die geringste Ahnung.«

»Vielen Dank für Ihre Hilfe.« Dr. Aartemus trennte die Verbindung und schwang mit dem Stuhl zu Hetzel herum. »Da haben Sie's. Mehr kann ich für Sie nicht tun.«

»Dr. Aartemus, ich danke Ihnen für Ihre Mühe.«

Kapitel 9

Von Narghuys nach Masmodo auf Jamus Amaha zu gelangen, war erheblich umständlicher als von Diestl nach Narghuys. Hetzel fuhr mit einem Luftschiff südwärts nach Jonder an der Quelle des Great Fish River, dort stieg er um auf einen regionalen Etappenhüpfer, der in jedem kleinen Weiler entlang des Malabar Littoril anhielt und ihn schließlich in Cape Jaun absetzt. Von dort ging es per Meeresgleiter nach Paunt auf Kletterer Island.

In westlicher Richtung bis zum Horizont und weit darüber hinaus erstreckten sich die Torpeltines, eine Reihe felsiger Buckel und Pfeiler, jeder eingefasst von etwas Strand und einigen hundert Metern Gangee, Spruggee, Magentatee, Cardemilbüschen und Kokospalmen, Letztere über diverse Stationen von der Alten Erde hierher gelangt. Nur wenige der Eilande waren von Menschen besiedelt. Ungefähr die Hälfte hatte man zum Reservat für die einheimischen Flamboyards erklärt, andere boten keinerlei Anreiz, sich darauf niederzulassen, weil die Gewässer ringsum von Meerschrecken, Kampfaalen, Knochenbrechern und Geweihfischen wimmelten, während die Strände verseucht waren mit Surrdiburr, Schwertfliegen, Korkenzieherzecken und Springitzeln.

In Paunt mietete Hetzel ein Aeromobil und flog fünfhundert Meilen, der Kette der Torpeltines folgend, nach Jamus Amaha. In Masmodo, dem größten Ort der Insel, gab es ein Hotel, drei

Tavernen, etliche Läden und Warenhäuser, ein Ambulatorium, mehrere Verwaltungsbüros, eine Bootswerft und eine Anzahl verstreut liegender Privathäuser. An den baufällig und morsch wirkenden Anlegestegen im Hafen dümpelten Fischerboote. Riesige schwarze Niesholzbäume beschatteten die Straßen und säumten den Kai.

Hetzel landete sein Mobil hinter dem Postamt und mietete sich ein Zimmer im Great Western Hotel. Es war früher Nachmittag; Jingkens' Star am purpurblauen Himmel schien gleißend auf die sandigen Wege, kochte einen ranzigen Geruch aus den papierdünnen Niesholzblättern, glitzerte und flimmerte auf den Kämmen der trägen Dünung, die unter die Anlegestege rollte.

Von der Veranda des Hotels überblickte Hetzel die lange Hauptstraße: vom Kai bis zu den Verwaltungsgebäuden gegenüber, den Hang hinauf zum Ambulatorium und Dr. Leuvils Bungalow auf der anderen Seite.

Nach zehn Minuten gedanklicher Tätigkeit ging Hetzel zum Kai hinunter. Ein paar Männer waren damit beschäftigt, ihre Netze und Ausrüstung in Stand zu setzen, andere hockten untätig da und schauten auf den Hafen hinaus.

Unansehnliches Völkchen, urteilte Hetzel: klein, vierschrötig, krummbeinig, mit niedriger Stirn, mächtigen Kiefern, vorspringender Nase, lang herabhängenden Ohrläppchen. Es waren Arsih, deren Vorfahren nach der Flucht aus der Strafanstalt auf Sanctissimus Island Unterschlupf in den Urwäldern von Jamus Amaha gefunden hatten. Im Lauf jahrhundertelanger Isolation hatten sich die Arsih zu einer rassischen Singularität entwickelt.*

Hetzel spazierte auf einem der klapprigen Anlegestege zu Dongg's Tavern am hinteren Ende hinaus. Das Innere war kühl und geräumig, das Flechtwerk der Wände aus Wasserbinsen streute das Licht von Jingkens' Star als Tupfenmuster auf den Bretterboden.

Drei Arsih, bekleidet mit lose geschlungenem Lendenschurz und spitzen Hüten mit gerollter Krempe, hockten zusammen und tranken Bier aus großen Humpen. Sie nahmen Hetzels Eintritt zur Kenntnis, indem sie über die Schulter zu ihm hinschauten, spöttische Geringschätzung im Blick, dann wandten sie sich wieder ab und setzten ihre mit gutturaler Stimme geführte Unterhaltung fort.

*Der legendäre Starmenter Yane Cargus schloss mit den ausschließlich männlichen Flüchtlingen einen Handel. Er verpflichtete sich, ihnen einhundert junge Frauen zu liefern, für den Preis von fünfhundert roten Sarcenels, das sind edelsteinartige Objekte aus dem Sensorium eines Flamboyards.
Cargus überfiel das Konvent des Göttlichen Prismas in Blenny auf Lutus und verschleppte zweihundertdreißig Novizinnen. Seine Abnehmer stellte er vor die Wahl, entweder tausend Sarcenels zu zahlen oder auf die Ware zu verzichten, und betonte den großzügigen Mengenrabatt. Die Flüchtlinge gaben ihrerseits zu bedenken, Sarcenels wären rar, die Flamboyards setzten sich gegen den Versuch, sie ihnen zu rauben, entschieden zur Wehr, für achtundsechzig Männer wären zweihundertdreißig Frauen um mehr als das Doppelte zu viel und – am allerwichtigsten – die Frauen gehörten dem unansehnlichen, grobschlächtigen Volk der Getticks an und entsprächen ganz und gar nicht dem, was man erwartet hatte.
In der Auseinandersetzung, die daraufhin entbrannte, empfing Yane Cargus vierunddreißig Wunden von Niesholzspeeren, überlebte jedoch wie durch ein Wunder. Die Flüchtlinge gelangten, ohne etwas bezahlen zu müssen, in den Besitz von zweihundertdreißig Frauen, und die Rasse der Arsih nahm ihren Anfang.

Hetzel nahm Platz und gleich darauf trat die Bedienung an seinen Tisch: eine junge blonde Frau, breithüftig, üppig gerundet, das Gesicht nicht so sehr steinern als vielmehr undurchdringlich.

»Ja? Was darf ich Ihnen bringen?«

»Etwas Kühles und Leichtes. Was können Sie empfehlen?«

»Wir machen einen erfrischenden Punsch aus Rum, Cabinche, Tartlipsaft und Limonade.«

»Genau richtig.«

Die gravitätisch kredenzte grünlich-gelbe Mixtur schmeckte Hetzel angenehm säuerlich. »Wirklich sehr erfrischend«, bemerkte er zu der Bedienung.

Sie dankte mit einem steifen Nicken. Ihr Gesicht war rund wie das von Dr. Leuvils Krankenschwester, vor nicht allzu langer Zeit mochte sie sogar recht hübsch gewesen sein.

Hetzel fragte: »Ist es auf Masmodo immer so warm?«

»Fast das ganze Jahr über, außer während der Regenzeit.«

Die Krankenschwester, fand Hetzel, war entschieden attraktiver als die Bedienung, deren wogende Griffigkeit nahe daran war, sich in schieres Fett zu verwandeln, selbst unter Berücksichtigung eines Altersunterschieds von etwa fünf Jahren. »Sind Sie von hier gebürtig?«

Die Bedienung schenkte ihm nur ein galliges Lächeln und wandte sich ab, um einen neu gekommenen Gast nach seinen Wünschen zu fragen. Hetzel schlürfte nachdenklich seinen Punsch und bestellte nach einer Weile noch einmal das Gleiche. »Und nehmen Sie sich auch einen.«

»Danke, ich trinke nicht.«

Der Rumpunsch wurde gebracht. Hetzel fragte: »Was gibt es hier für Möglichkeiten, wenn man sich amüsieren will?«

»Hier sitzen, trinken, den Wellen lauschen. Manchmal erzählen die Arsih schauerliche Geschichten oder bringen sich gegenseitig um. Damit hat es sich mehr oder weniger.«

»Wenigstens ist ein Hospital in der Nähe, sollte man krank werden. Wer ist der Arzt?«

»Der Herr Doktor hat sich zur Ruhe gesetzt, er praktiziert nicht mehr.«

»Ach nein? Ich dachte, ich hätte eine Krankenschwester ins Haus gehen sehen. Wenn ich nachdenke, sie hatte eine gewisse Ähnlichkeit mit Ihnen.«

»Krankenschwester?« Die Bedienung hob die fast unsichtbaren Augenbrauen über Hetzels Mangel an Beobachtungsgabe. »Sie ist keine Krankenschwester. Sie kümmert sich nur um alles. Pflegt ihren Vater, würden Sie vermutlich sagen. Finden Sie wirklich, dass sie mir ähnlich sieht?« Letzteres war eine verachtungsvolle Herausforderung.

»Eigentlich nicht, außer dass sie auch blond ist. Sie haben Charakter und Stil, wenn ich das sagen darf.«

»Hmf. Verschwendet, hier am Ende der Welt.«

»Weshalb nehmen Sie nicht auch ein Glas Punsch?«

»Ich vertrage das Zeug nicht. Ein Schluck, und ich bekomme Ausschlag am ganzen Körper.«

»Das können wir natürlich nicht riskieren!«, sagte Hetzel mit Nachdruck. »Übrigens, als ich einen Blick in das Einwohnerverzeichnis von Masmodo geworfen habe, ist mir der Name eines zweiten Arztes aufgefallen. Es war vielleicht ein altes Verzeichnis …?« Hetzel schaute die Bedienung fragend an.

»Muss es wohl gewesen sein.« Sie ging weg.

Hetzel kehrte auf die Hotelveranda zurück, setzte seine Makrobrille auf und beobachtete das Ambulatorium. Irgendwann nachmittags trat die Krankenschwester oder Pflegerin, oder was immer sie war, auf den Vorbau hinaus, um mit einem fliegenden Gemischtwarenhändler zu verhandeln. Eine halbe Stunde später schlurfte ein alter Mann heraus und ließ sich im Schatten eines Sonnenschirms nieder. Unter einem knickspitzigen Arsih-Hut erkannte Hetzel strähnige graue Locken, einen fahlen Teint, eine lange, überhängende Nase. Einmal schaute er genau in ein Paar milchiger grauer Augen. Dr. Leuvil – wenn er es denn war – ließ den Blick hierhin und dorthin über das vor ihm ausgebreitete Panorama wandern. Vermutlich war seine Sehkraft stark gemindert.

Hetzel nahm die Makrobrille ab, stieg von der Veranda und schlenderte zum Haus des Doktors hinauf. Leuvil würde ihn entweder empfangen oder nicht, er konnte sein Glück also ebenso gut auf direktem Wege versuchen.

Der Doktor wollte Hetzel nicht empfangen. Als er ihn herankommen sah, stand er auf, schüttelte ungehalten den Kopf und tappte zurück ins Haus. Auf Hetzels Läuten öffnete sich eine kleine

Klappe, und die Pflegerin schaute heraus. »Dr. Leuvil befindet sich im Ruhestand; die Praxis ist geschlossen.«

»Ich bin kein Patient. Ich habe nur einige Fragen seinen ehemaligen Partner betreffend, Dr. Dacre.«

»Dr. Leuvil ist für niemanden zu sprechen.«

»Richten Sie ihm meine Bitte aus. Ich warte.«

Die Pflegerin schloss die Klappe, nach wenigen Minuten kehrte sie zurück. »Er hat nicht den Wunsch, über Dr. Dacre zu sprechen.«

»Sagen Sie ihm, Dr. Dacre hat sich in Schwierigkeiten gebracht, und er, Dr. Leuvil, kann vielleicht mit dem, was er weiß, dazu beitragen, dass ihm der Prozess gemacht wird.«

Die Schwester schüttelte so heftig den Kopf, dass ihre blonden Korkenzieherlocken hüpften und sprangen. »Wenn ich ihm das sage, regt er sich nur auf. Sie können mir glauben, dass er nicht über Dr. Dacre sprechen will, es würde ihn krank machen.« Sie wollte die Klappe schließen, Hetzel hielt sie fest. »Seien Sie ehrlich, ist er wirklich bei so schlechter Gesundheit?«

Die Pflegerin lächelte plötzlich, Grübchen erschienen in ihrem Vollmondgesicht. Hetzel war von der Veränderung recht angetan. »Er ist überzeugt davon, läuft das nicht auf dasselbe hinaus?«

»Ich weiß nicht. Bitte richten Sie ihm mein Anliegen aus und bitten Sie ihn, darüber nachzudenken. Ich komme morgen wieder.«

»Sparen Sie sich die Mühe.« Die Klappe fiel zu.

Seltsam, dachte Hetzel. Er ging ins Hotel zurück und schaute von der Veranda aus zu, wie Jingkens' Star im Mondial Ocean versank.

Im Restaurant flammten die Lichter auf, Hetzel ging hinein, um sein Abendessen einzunehmen. Die Saalmamsell war ernorm übergewichtig. Sie hatte helle Haut, und ein Gewirr blonder Locken hing auf die üppig gerundeten Schultern. Die prallen Wangen glänzten, der Busen wogte, die Schenkel dehnten das Gewebe der kirschroten Pantalons, alles an ihr bebte und schaukelte, während sie zwischen der Küche und den Tischen hin- und herging. Wo die Bedienung in Dongg's Taverne einen harten und bitteren Zynismus kultivierte und Dr. Leuvils Pflegerin einen frostigen Hochmut, wirkte die Mamsell liebenswürdig und spontan. Sie beriet Hetzel bei der Auswahl von der kargen Speisekarte und schlug vor, er solle statt des faden Biers den frisch-herben Sublume-Cidre probieren, dessen Wirkung übrigens nicht zu unterschätzen sei. Als Hetzel sie zu einem Viertel Cidre einlud oder zu einem Getränk ihrer Wahl, zierte sie sich nicht lange.

Fünf Minuten später, nachdem der letzte Gast bedient war, sank sie mit einem wohligen Grunzen auf einen Stuhl neben Hetzel und ließ mit sichtlichem Behagen den Inhalt des Glases die Kehle hinunterlaufen. Hetzel rief sofort nach zwei weiteren Vierteln. »Sie trinken mit einem Genuss, wie man es selten erlebt«, sagte er. »Eine Gabe, die ich schätze.«

Die Mamsell wandte den Kopf in Richtung Küche. »Freitzke! Deck die Tische neu ein! Ich habe geschäftlich mit diesem Herrn zu reden!«

Ein junges Mädchen, blondgelockt und schon im jugendlichen Alter überreich bedacht mit weiblichen Attributen, begann mürrisch, das Geschirr zusammenzustellen.

»Ihre Schwester?«, erkundigte sich Hetzel.

»In der Tat ist sie meine Schwester. Schauen Sie sich den kleinen Tollpatsch an, wird sie es niemals lernen? Freitzke, bedienen von rechts, abräumen von links!«

»Wozu denn?«, maulte Freitzke. »An den Tischen sitzt doch keiner mehr.«

»Du musst üben, wie willst du sonst etwas lernen?« Die Mamsell wandte sich wieder an Hetzel. »Arme Freitzke! Wir sind eine Familie von Linkshändern: Vater, Mutter – ach, schon lange von uns gegangen! – und wir Schwestern, aber Freitzke denkt auch mit der linken Hand. Gleichwohl ein gutes Kind, wenn auch mit der Neigung, sich aus nichtigem Grund in den Schmollwinkel zurückzuziehen.«

»Die Bedienung in Dongg's Tavern ist ebenfalls eine Verwandte?«

»Auch eine Schwester.«

»Dann fällt mir noch Dr. Leuvils Haushälterin ein, oder ist sie seine Pflegerin?«

»Das intrigante Luder! Sie ist gleichfalls eine Schwester. Es ist ein Rechenexempel. Fünf Jahre liegen zwischen einer jeden von uns und der nächsten. Erst komme ich, Ottile, dann Impie im Dongg's, dann Zerpette im Bungalow und zuletzt Freitzke in der Küche. Aber wir stehen uns überhaupt nicht nahe. Ungeselligkeit liegt in der Familie. Unser Vater ist auf seine alten Tage gänzlich zum Einsiedler geworden und duldet nur Zerpette um sich, die natürlich hofft, sein Vermögen zu erben, wenn er stirbt.«

»Gewiss erinnern Sie sich an Dr. Dacre?«

Ottile stieß ein grobes Lachen aus. »Wie könnte ich mich nicht an ihn erinnern! Er hat mich unschuldiges Ding verführt! Er schwor, man würde die Liebe von Faurence und Ottile besingen wie den Bund zwischen Prinz Wortimer und der Seidenfee oder, falls mir das lieber wäre, Marcellino Brunt und Cora Besong. Noch niemals hatte ich einen Mann in solchen Rhapsodien sprechen gehört. ›Nimm mich!‹, sagte ich zu ihm. ›Lehre mich diese unvergleichlichen Freuden!‹ Aber seine Pflichten verhinderten es.

Er und mein Vater passten von Anfang an nicht gut zusammen. Mein Vater war zurückhaltend, Faurence war kühn. Vater verschrieb eine Salbe, Faurence steckte den Patienten in eine seiner teuren Maschinen und operierte nach allen Regeln der Kunst. ›Lindern!‹, war meines Vaters Wahlspruch. ›Schneiden!‹, rief Faurence. Vier Jahre blieben sie zusammen, dann hatten sie einen furchtbaren Streit. Faurence wurde davongejagt, aber mein Vater behielt all seine großartigen Apparate als Entschädigung für die Geldsummen, die Faurence ihm schuldete.

Ich vernahm die Kunde von dem Zerwürfnis und machte mich bekümmert daran, meine Sachen zu packen: Zu der Zeit stand ich meinem Vater nahe und ich wollte Masmodo nicht verlassen.

Ich stellte meine Koffer auf die Straße und wartete in meinem Sonntagsstaat. Schließlich kam Impie gelaufen und sagte mir, Faurence wäre ohne mich abgereist.«

»Was für ein schmerzliches Erlebnis!«

»Allerdings. Faurence hat sich benommen wie ein Schuft.«

»Wohin ist er von hier aus gegangen?«

»Nach Skalkemond, um dort sein Glück zu versuchen. Sogar ich hätte ihn vor diesem Schritt warnen können, denn mehr als alles andere sind die Skalks ordnungsliebend und pedantisch. Sie legen Wert auf größte Genauigkeit in allen Dingen, und das ist nicht Faurences Art. Kaum zwei Jahre vergingen, bis er einen großen Skandal verursachte und Skalkemond verlassen musste. Und was glauben Sie, was er tut? Taucht wieder hier auf, der Schamlose! Ich erinnerte ihn an unsere heilige Liebe, aber er wollte nichts davon wissen, unglücklicherweise hatte ich hie und da ein wenig zugenommen. Faurence bot meinem Vater an, seine Geräte zum halben Preis zurückzukaufen, aber Vater weigerte sich, und Faurence hatte nichts Eiligeres zu tun, als eine eigene Praxis zu eröffnen, und wen erwählt er sich wohl zur Helferin und Vertrauten? Nicht mich, sondern Impie! Es scheint, dass sie schon immer ein Auge auf ihn gehabt hat, die falsche Schlange! Je nun, ihr geht es itzo auch nicht besser als mir.«

Hetzel erkannte, dass ein Kommentar angebracht war. »Schlechter, würde ich sagen. Sie haben wenigstens Ihre Würde bewahrt.«

Ottile nickte mit einem Nachdruck, der ihre blonden Locken zum Hüpfen brachte. »Sie muss sich in schäbiger Umgebung ihr Brot verdienen, ich dagegen habe es mit Gentlemen zu tun.«

Hetzel gab der Meinung Ausdruck, ein Gläschen Sublume-Brandy oder zwei möchten den Genuss des Cidre angenehm abrunden; Ottile pflichtete ihm bei.

Nachdem das Entsprechende veranlasst worden war, sagte Hetzel nachdenklich: »Ich muss sagen, die Verhältnisse auf Masmodo scheinen mir die Anwesenheit von zwei Medizinern nicht zu rechtfertigen.«

»Korrekt! Obwohl es mehr zu tun gibt, als man annehmen möchte – da sind die Arsih und die Hundbärte an der Küste und die Sublume Plantageure oben auf Joko Slope. Vater wurde bald darauf krank und setzte sich zur Ruhe, und Faurence hatte nun die ganze Arbeit. Eine Zeitlang waren er und Impie die meistbeschäftigten Leute in Masmodo. Tag und Nacht beschäftigt, zweifellos. Jedenfalls bezahlte Faurence meinem Vater seine Schulden, kam wieder in den Besitz seiner großartigen Apparate und belegte sogleich den größten Teil des Ambulatoriums. Er wollte auch den Bungalow, aber Vater weigerte sich auszuziehen. Zerpette sorgte für ihn, und er fühlte sich wohl zwischen seinen Erinnerungsstücken. Weshalb sollte er seine Bequemlichkeit aufgeben?«

»Weshalb, in der Tat.« Hetzel entkorkte die Flasche. »Wie wäre es nun mit einem Schluck?«

»Sehr gern.«

Hetzel schenkte großzügig ein. »Aber erzählen Sie doch bitte weiter, Ihr Bericht ist überaus fesselnd.«

»Es kommt noch besser. Faurence war Großes bestimmt. Ein Arsih – wie hieß er noch? Sabin Cru – fiel beim Fischen über Bord. Ein Schreck griff ihn an und zerpflückte ihn wie ein

Gänseblümchen. Man schöpfte ihn mit einem Wäschekorb aus dem Wasser, es war nichts mehr übrig von Sabin, wo man richtig anpacken konnte. Aber Faurence verzagte nicht. Er vollbrachte das unmöglich Geglaubte, und Sabin Cru blieb am Leben, und danach gingen alle Arsih zu Dr. Dacre und sogar die Hundbärte, auch wenn einige wenige von dem Gerücht abgeschreckt wurden.«

»Welches Gerücht?«

Ottile schaute forschend nach links und rechts. »Wer kennt schon die Wahrheit? Erscheint es glaubhaft, dass Dr. Dacre ein geheimes Labor gehabt hat, die Küste hinauf, bei Tinkum's Bar, wo er zweifelhafte Experimente durchführte und versuchte, einen Hundbart mit einem Flamboyard zu kreuzen?«

»Nicht so ohne weiteres«, sagte Hetzel. »Nur muss ich gestehen, dass ich keine Vorstellung davon habe, was ein Hundbart ist und noch viel weniger ein Flamboyard.«

»Hundbärte sind Nimmer-Hoffer – Strandleute; die meisten davon leben an diesem Ende der Torpeltines. Und Sie haben noch nie einen Flamboyard gesehen?«

»Noch nie.«

»Dann steht Ihnen noch eine besondere Erfahrung bevor. Sie sind unsere wichtigste einheimische Spezies: gefiederte zweibeinige Fruktivoren, die buntesten und bizarrsten Kreaturen, die man sich vorstellen kann. Sie haben purpurne und rosafarbene Schmuckfedern und orange Flaumbälle und goldene Hörner. Weshalb Faurence den Wunsch verspürt haben sollte, ausgerechnet an diesen Geschöpfen Veränderungen vorzunehmen, ist nicht zu begreifen; jeder verständige Mensch würde einsehen, dass es vermessen wäre. Dennoch, irgendjemand – alle glauben, Vater es sei gewesen – zeigte ihn an. Der Medizinalinspektor kam sofort angereist und machte einen gewaltigen Aufstand. Falls Faurence unschuldig war, was die Flamboyards anging, hatte er sich etwas anderes, nicht weniger Schlimmes zuschulden kommen lassen. Er schloss die Praxis und verließ Masmodo und kam nie mehr zurück.«

»Und wann war das?«

»Ungefähr zwei Jahre muss es nunmehr her sein, mehr oder weniger.«

»Wohin ist er von hier aus gegangen?«

Ottile zuckte die weich gepolsterten Schultern. »Impie könnte es wissen. Sie kleidete sich in ihren besten Staat, stellte sich mit ihren Koffern auf die Straße und wartete, aber wie schon einmal, Faurence kam nicht. Nach einer Weile trug sie ihr Gepäck ins Haus zurück und zog ihre Alltagskleider wieder an. Seither weigert sie sich, über Faurence Dacre zu sprechen, obwohl ich ab und zu versuche, mit ihr über die alten Zeiten zu schwatzen.«

»Faurence Dacre scheint mir ein Mann mit flexiblen Prinzipien zu sein.«

»Wenigstens was das angeht, sind Impie und ich eines Sinnes.«

»Kann man annehmen, dass Ihr Herr Vater weiß, wo Faurence Dacre sich derzeit aufhält?«

Ottile kommentierte Hetzels Begriffsstutzigkeit mit einem mitleidigen Kopfschütteln. »Im gesamten Gaeanischen Bund gibt es niemanden, den mein Vater mehr hasst, als Faurence Dacre. Aber sein Stolz verbietet ihm, Dacres Namen in den Mund zu nehmen oder auch nur zu dulden, dass er vor seinen Ohren ausgesprochen wird.«

»Was ist aus Dacres kostspieligem medizinischen Inventar geworden?«

»Es befindet sich immer noch im Ambulatorium. Möchten Sie es besichtigen?«

»Sehr gern! Sie sind eine wunderbare Erzählerin, und meine Neugier ist erregt.«

»Nebst anderen Dingen?«, fragte Ottile mit einem koketten Augenaufschlag.

»Ist es denn möglich? Ich beziehe mich natürlich auf die Besichtigung.«

»Selbstverständlich ist es möglich«, versicherte Ottile, »da ich im Besitz des Schlüssels bin.«

»Dr. Leuvil wird keine Einwände erheben?«

»Und wenn er es tut? Was ficht's ihn an?«

Kapitel 10

Vertraulich eingehakt, geleitete Ottile Hetzel den Hang hinauf. Die Sterne am klaren Himmel strahlten hell, Wind seufzte durch die Niesholzbäume. Eine unregelmäßige Linie aus schwachen Lichtpunkten, die sich im Zickzack auf das Wasser hinauszog, markierte den Weg zu Dongg's Tavern, wo eine Girlande aus roten und grünen Laternen trockenen Kehlen Erquickung versprach.

Dr. Leuvils weiß gekalkter Bungalow stand auf einer Seite der Straße, das Ambulatorium auf der anderen. »Da wären wir«, sagte Ottile. »Das Masmodo Ambulatorium, klein aber fein.«

Sie brachte einen zylinderförmigen Gegenstand zum Vorschein und berührte damit die Sensorplatte. Die Tür sprang auf. Sie drehte das Licht an. »Hier die Anmeldung, dem Zweck genügend, aber nichts Besonderes. Ich selbst habe die Wandgemälde angefertigt.«

»Sie haben einen empfindsamen Stil.«

»Vielen Dank. Dies ist das Wartezimmer, und dort sind die Untersuchungsräume. Hier Dr. Dacres Arbeitszimmer. Seine Unterlagen und Akten wurden natürlich entfernt, davon abgesehen ...« Ottile machte eine unbestimmte Handbewegung.

Hetzel ging hinein, um die Fotografien an den Wänden zu betrachten. »Wer sind diese Leute?«

Ottile ging an der Galerie entlang und gab zu den Aufnahmen, die sie identifizieren konnte, Erklärungen ab. » ...mein Vater und wir vier

Mädchen, ganz jung. Schauen Sie mich an, wie vertrauensvoll und arglos noch. War ich nicht ein reizendes Kind? Dies sind Dr. Dacre und der Arsih Sabin Cru. Beachten Sie die furchtbaren Verstümmelungen, die er erlitten hat.«

Hetzel sah den Torso eines Arsih, der starren Blicks und nackt auf einem Krankenhausbett lag. Dahinter stand Dr. Dacre und lächelte fein, wie in der Gewissheit, dass das Rettungswerk, das er vollbracht hatte, nicht fehlen konnte, die Ehrfurcht des Betrachters zu wecken. Er fragte: »Und was ist aus Sabin Cru geworden?«

»Schwer zu sagen. Die Arsih dulden keine Missbildungen oder Verstümmelungen. Gut möglich, dass sie ihn ertränkt haben. Impie könnte uns diesbezüglich Auskunft geben. Dies ist das schönste der Krankenzimmer. Wollen wir einen Blick hineinwerfen?«

»Es scheint mir kaum der Mühe wert zu sein. Mein Interesse gilt in erster Linie technischen Dingen.«

»Hier ist abgeschlossen.« Ottile rüttelte nervös an einem Türknauf, drehte sich rasch herum und stieß die gegenüberliegende Tür auf. »Schauen Sie sich doch dieses Zimmer an, es ist auch sehr hübsch.«

»Ein Krankenhauszimmer sieht doch aus wie das andere«, wehrte Hetzel ab. »Wo stehen die Apparate?«

»Hier entlang.« Ottile lotste ihn in einen Raum, der die Hälfte des ganzen Gebäudes einnahm. »Was sagen Sie nun?«

Hetzel, der ein oder zwei schlichte Geräte für spezielle Eingriffe erwartet hatte, ließ staunend den Blick hin und her wandern. Man hatte den Raum durch Trennwände in Kubikel unterteilt, in jedem stand eine raffinierte Apparatur von offensichtlichem Wert.

Ottile quittierte Hetzels bewundernde Kommentare mit weisem Kopfnicken. »Schauen Sie sich dieses Ding hier an – ich kenne die Bezeichnung nicht, aber man bedient sich seiner bei Operationen. Der Arzt steht nicht wie üblich neben dem Patienten, sondern in dieser Zelle. Diese Haube setzt er auf. Indem er den Kopf nach vorn schiebt, sieht er die Dinge wie unter einer Lupe, nimmt er ihn zurück, kann er sie verkleinern. Hände und Arme gehören in diese besonderen Handschuhe, mit den Bewegungen seiner Finger steuert der Arzt miniaturisierte Instrumente, mit dem Fußpedal wählt er aus, was er benutzen will. Aufs Beste gerüstet mit klarer, präziser Sicht, mit perfekt geführten Instrumenten im von keiner Gefühlsregung oder Schwäche beeinträchtigten mechanischen Griff, sind dem Arzt die kompliziertesten Operationen ein Leichtes. Für internistische Eingriffe praktiziert er eine winzige Kapsel in den Körper des Patienten, welche er mittels Magnetstrahlen durch Magentrakt und Därme steuert, während sie ihm Bilder dessen überträgt, was sie sieht. An jeder beliebigen Stelle kann die Kapsel Medikamente oder Hitze abgeben, dann wird sie wieder aus dem Körper entfernt.«

»Phantastisch! Und dieses Gerät?«

»Hat etwas mit den Augen zu tun, soweit ich weiß: ein Apparat, um den Sehnerv zwischen Retina und Gehirn zu durchtrennen, beziehungsweise zu indexieren, bei Augentransplantationen.«

»Erstaunlich. Und dies?«

Ottile kicherte. »Das ist ein Babykompressor, um Müttern die Wehen zu erleichtern.« Sie erklärte die Funktionsweise des Apparates.

»Genial. Und hier drüben …«

»Ach, vergessen wir doch diese albernen Maschinen.« Ottile wogte vorwärts, und Hetzel sah sich eingeklemmt zwischen der Wand und einer Tragbahre. »Es ist so wundervoll, einem verständnisvollen Mann zu begegnen«, murmelte Ottile. »Manchmal habe ich das Gefühl, dass das Leben an mir vorbei geht …«

Ein beharrliches Klopfen an der Tür unterbrach sie. Hetzel brachte sich schleunig in Sicherheit. »Wer ist da?«, rief Ottile mit metallischer Stimme.

»Ich bin es, Zerpette. Bist du das, Ottile? Was treibst du da drin, mitten in der Nacht?«

Ottile walzte zur Tür, aber Hetzel war vor ihr da und öffnete. »Treten Sie ein, treten Sie ein!«

Zerpette blinzelte aufgebracht in das ihr entgegen flutende Licht. »Und was haben Sie hier zu suchen?«

»Ich besichtige das Ambulatorium. Ist Dr. Leuvil noch auf?«

Zerpette wich von der Tür zurück. Hetzel schaute an ihr vorbei und erspähte auf der Veranda, vor dem hellen Hintergrund des erleuchteten Zimmers, die Silhouette einer hageren, gebeugten Gestalt. Er drängte sich an Zerpette vorbei, überquerte die Straße und blieb am Fuß der Treppe stehen. »Dr. Leuvil?«

»Was immer Sie von mir wollen, ich habe mich zur Ruhe gesetzt. Ich gebe keine Interviews, und ich mag mich nicht unterhalten.« Der Ton war schroff, aber der alte Mann hatte eine erstaunlich sonore Stimme.

»Gleichwohl«, sagte Hetzel, »sind Sie ein Mitglied der menschlichen Gesellschaft und hoffentlich nicht ohne Verantwortungsgefühl. Ich bin auf der Suche nach Faurence Dacre, und es wäre für Sie eine geringe Mühe, mir als Akt der Höflichkeit seine Adresse zu geben.«

Das fahle Gesicht schob sich noch weiter vor, die milchigen Augen spähten in Hetzels Gesicht. »Wer sind Sie? Was wollen Sie von Dr. Dacre?«

»Ich bin Miro Hetzel. Der Name wird Ihnen nichts sagen. Von Beruf bin ich Effektuator. Faurence Dacre hat meinen Klienten geschädigt. Ich möchte ihm Genugtuung verschaffen.«

»Ich sage Ihnen nur dies und kein Wort mehr. Dr. Dacre ist ein brillanter Mediziner. Er hat sich hier in Masmodo einen Namen gemacht und ist dann verschwunden. Er hat mit niemandem über seine Pläne gesprochen, er hat keine Anschrift hinterlassen, keiner hier hat den kleinsten Hinweis darauf erhalten, wo er zu finden sein könnte. Und damit Punktum.«

Hetzel schaute dem alten Mann nach, der ins Haus schlurfte, gefolgt von Zerpette. Als Hetzel sich langsam umdrehte, stellte er fest, dass er allein war. Ottile, zu der Einsicht gelangt, dass Hetzels Interesse doch nicht ihr galt, hatte sich entfernt.

Er ging die Hauptstraße hinunter, am Hotel vorbei zum Hafen.

Nach einer abwägenden Musterung der örtlichen Gegebenheiten wanderte er auf dem knarrenden Pier über das dunkle Wasser zu Dongg's Taverne hinaus, woher ihm das Jaulen elektrischer Saiteninstrumente entgegenschallte, begleitet von näselndem Herz-Schmerz Geheul. Er trat ein.

Ein Dutzend Arsih hockte über eisernen Humpen mit Bier. Hinter der Theke stand Impie, gelangweilt und erhaben.

Hetzel stellte sich an eine Ecke des Tresens und nach einer Weile bequemte sie sich, in seine Richtung zu schauen.

»Was darf's sein?« Ihre Stimme war so lasch wie gestriges Bier.

»Ich nehme wieder ein Glas von dem ausgezeichneten Punsch, obwohl Ottile ihn nicht empfehlen zu können glaubt.«

Impie hob die unsichtbaren Augenbrauen. »Ottile? Was weiß die denn?«

»Nichts eigentlich. Sie hat eben merkwürdige Vorstellungen.«

Impie wandte den Blick ab und schniefte. »Eine Lawine schierer Weiblichkeit. So hat jemand sie einmal beschrieben.«

»Man fühlt sich leicht überrollt, das stimmt. Wer ist ›Sabin Cru‹?«

»Ein Arsih. Warum fragen Sie?«

»Ein Arsih? Aha!«

Impie beugte sich mit erwachter Neugier über den Tresen. »Weshalb ›Aha‹?«

»Nur so. Dr. Dacre muss ein toller Bursche gewesen sein. Wäre Sabin Cru nicht gestorben ...«

»Wer sagt, dass Sabin Cru gestorben ist?«

»Er ist nicht tot? Kümmert Dr. Dacre sich weiter um ihn?«

»Woher soll ich das wissen?«, schnappte Impie.

»Man hat mir zu verstehen gegeben, Sie wären sowohl mit Dr. Dacre als auch mit Sabin Cru befreundet.«

»Ich bin mit keinem Arsih ›befreundet‹.«

»Selbstverständlich nicht. Womit verdient Sabin Cru heutigentags seinen Lebensunterhalt?«

»Das müssen Sie seine Mutter fragen.«

»Ottile sagte, er wäre bei Dr. Dacre.«

»Ha!« Impies Auflachen triefte vor Verachtung. »Die hat doch keine Ahnung!«

»Dann wohnt die Mutter nicht bei Ihnen?«

In Impies Gesicht arbeitete es heftig, während Verwunderung, Zorn und Unglauben miteinander um die Vorherrschaft kämpften. Sie funkelte Hetzel sprachlos an und stieß endlich hervor: »Sind Sie von Sinnen? Was stimmt bei Ihnen nicht, dass Sie einen derartigen Unsinn reden?«

»Entschuldigung«, murmelte Hetzel kleinlaut. »Ich muss etwas falsch verstanden haben. Um die Wahrheit zu sagen, ich habe nicht richtig zugehört, als …«

Impies Züge verzerrten sich. »Sabin Crus Mutter heißt Farucas. Sie lebt zehn Meilen weiter die Küste hinunter. Fahren Sie hin! Sie werden sehen!«

»Ich bin sicher, es war ein Irrtum. Wo kann ich Dr. Dacre finden? Ich werde das Missverständnis mit ihm klären.«

»Sie und Ihr Dr. Dacre!«, schrie Impie und zerschmetterte eine Flasche auf dem Tresen. »Sie und er, ihr beide könnt …«

Hetzel verließ Dongg's Taverne fluchtartig. Impies Gezeter schallte hinter ihm her, leiser und leiser, während er auf dem schwankenden Pier zum Ufer zurückkehrte.

Kapitel 11

Am nächsten Morgen servierte Freitzke Hetzel das Frühstück. Hetzel erwog bei sich, dass sie nach aller Wahrscheinlichkeit nichts von Faurence Dacres derzeitigen Umständen wusste, schließlich war Zerpette die nächste in der Reihe.

Er ging quer über die von Bäumen beschattete Hauptstraße zum Postamt und schickte ein Telegramm an Conwit Clent, Villa Dandyl, Junis, Cassander, Thesse:

> *Habe hier eine verworrene Situation vorgefunden, erfahre innerhalb der nächsten Tage vielleicht Genaueres. Ergebnis, was Sie angeht, vorläufig noch ungewiss. Halte Sie auf dem Laufenden.*

Anschließend spazierte Hetzel zum Hafen hinunter und auf die Pier hinaus, wo er nach ein paar Schritten stehen blieb, um ein Fischerboot zu besichtigen, besonders die roten, weißen und schwarzen Arsih-Symbole entlang des Schandeckels.

Ein Arsih in einem bauschigen weißen Hemd und einer schwarzen Hose hockte im Ruderstand und passte ein neues Teil in die Lukenkimming.

»Ist das Boot zu mieten?«, fragte Hetzel.

Der Arsih erhob sich, und während er die Hände an der Hose abwischte, musterte er Hetzel gründlich.

»Wohin möchte der Merner* denn?«

* Merner – die gebräuchliche höfliche Anrede auf den Jingkens Welten.

»Zehn oder fünfzehn Meilen die Küste hinauf, eventuell bis Tinkum's Bar. Ist das wichtig?«

»Eigentlich nicht. Wenn der Merner an Bord kommen möchte, können wir sofort ablegen.«

»Nicht so schnell. Wir müssen uns noch auf einen Preis einigen.«

Die Verhandlungen nahmen einige Minuten in Anspruch, doch endlich sprang Hetzel von der Pier ins Boot hinunter.

Der Konverter seufzte, elektrifiziertes Wasser strömte von den Antriebsbändern zurück, das Boot manövrierte zwischen den Anlegestegen hindurch, umrundete die Mole und glitt auf die träge Dünung des Mondial Oceans hinaus.

»Welchen Kurs, Merner?«

»Ich bin Journalist«, erklärte Hetzel. »Man hat mich beauftragt, einen Artikel über Dr. Dacre und seine Arbeit zu schreiben. Kennen Sie ihn?«

»Nein.«

»Und Sabin Cru? Ist Sabin Cru Ihnen bekannt?«

»Man hätte ihn ersäufen sollen. Es bringt Unglück, einen Halbtoten am Leben zu lassen – das kann der Merner seinen Lesern mitteilen.«

»Ich werde es mir notieren. Man hat mir gesagt, dass Sabin Cru jetzt bei seiner Mutter Farucas lebt.«

»Ich war dabei, als Impie dem Merner dies gesagt hat. Dies, und einiges darüber hinaus.«

»Sie besitzt in hohem Maße die Gabe des Wortes. Wie dem auch sei, bringen Sie mich zum Haus von Farucas.«

»Wie der Merner wünscht.«

Es ging an weißen Stränden entlang, vorbei an

geneigten Kokospalmen, purpurnen und malvenfarbenen Gangees, rosa Jorgianas, Lianen von bis zu dreißig Metern Länge, über und über besetzt mit schneeigen Trompetenblüten.

Das Boot schlüpfte über türkise Untiefen und dunkelblaue Abgründe. Hetzel schaute über den Bootsrand und sah einen Reichtum maritimer Wesen: weiße Handschuhe mit schwarzen Bändern; Nadeln aus blauem Feuer, die ruckweise hierhin und dorthin schossen; einen bestimmt drei Meter langen schneeweißen Fisch mit einem anderthalb Meter breiten keilförmigen Kopf; ein Untier, das der Schiffer als Meerschreck bezeichnete und das aussah wie ein Skorpion mit Zangen an beiden Enden; und ganze Schulen kleiner Fische.

Der Schiffer zeigte mit der ausgestreckten Hand nach vorn.

»Tinkum's Bar. Farucas Haus.«

Das Haus stand auf einer planierten Fläche zwischen Obstbäumen und einer Reihe Kokospalmen, ein Gebäude aus kristallisiertem Sand, viel solider als Hetzel erwartet hatte. Eine Arsihfrau auf der Veranda beobachtete das Boot. Hetzel fragte: »Ist das Farucas?«

»Dort steht sie.«

»Legen wir an.«

Der Schiffer machte an einem Steg aus Beton fest, Hetzel sprang an Land und ging den Pfad zum Haus hinauf. Die Frau hatte sich nicht von der Stelle gerührt.

»Hallo«, rief Hetzel. »Sind Sie Farucas?«

»Ja, ich bin Farucas.«

Hetzel trat zu ihr auf die Veranda, die Frau

schaute ihm abwartend entgegen. Wie alle Arsih war sie klein, gedrungen, mit plumpen Schultern und kurzen, stämmigen Beinen. Ihre ohnehin langen Ohrläppchen wurden durch Pflöcke aus geschnitztem Zinnober noch weiter gedehnt, die Nase hing dick und krumm wie eine verwachsene Gurke in ihrem Gesicht. »Was will der Merner von mir?«

»Wo ist Sabin Cru?«

»Er ist nicht hier«, erwiderte Farucas mit steifer Endgültigkeit.

Aus dem Innern des Hauses ertönte ein scharrendes Geräusch, als würde ein Stuhl über den Boden gerückt. Hetzel sagte: »Er ist nicht hier, behaupten Sie. Aber wer verursacht dann dieses Geräusch?«

Schneller als Farucas antworten konnte, war Hetzel an ihr vorbei ins Haus getreten.

Er stand in einem langen Raum mit weißgetünchten Wänden, in zwei Hälften geteilt von einem niedrigen Tresen, dessen hinteres Ende Tabletts mit Mus und gekochten Früchten trug. Hinter der Theke standen drei prachtvolle Geschöpfe, ungefähr einen Kopf größer als Hetzel. Jedes hatte ein spitzes, pergamentweißes Gesicht, gekrönt vorn von einem Paar gedrehter goldener Hörner und dahinter einem Schopf aus leuchtend roten, grauen und orange Federquasten. Unterhalb des Kopfs hing ein Kragen aus schwarzen Haaren über dem gewölbten Brustkorb, während der Hinterhauptkamm sich den Rücken hinunter fortsetzte.

Farbenfrohe und pittoreske Gesellen, dachte Hetzel, nicht zu leugnen, dass die Geschöpfe ihrem volkstümlichen Namen Ehre machten: Flamboyards.

Sie starrten Hetzel hochmütig fragend an und widmeten sich dann wieder ihrer unterbrochenen Nahrungsaufnahme. Ein vierter Flamboyard betrat den Raum auf der Menschenseite des Tresens und blieb stocksteif stehen, als er Hetzels ansichtig wurde: kleiner als die anderen drei, von kräftigerem Körperbau und mit einem großen, nahezu kugelrunden Kopf.

Farucas rief: »Wie ich dem Merner gesagt habe: Diese dort sind nicht Sabin Cru!«

»Das sehe ich. Wer hat für dieses Haus bezahlt?«

Farucas schwenkte die Hand vage hin und her. »Oh, ich zahle Geld.«

»Und woher stammt das Geld?«

»Ja, es ist Geld.«

»Sabin Cru hat Ihnen das Geld gegeben?«

»Ich weiß nicht. Vielleicht Doktor.«

»Wo ist Dr. Dacre?«

»Ich weiß nichts von Doktor.«

»Ich wollte mit ihm über die Steuer sprechen, aber jetzt spreche ich mit Ihnen.«

»Ich weiß nichts von Steuern.«

»Nein, weil es nicht Ihr Haus ist! Dr. Dacre will nicht irgendwelches Pack in seinem Haus wohnen haben. Verschwinden Sie.«

»Nein, nein! Doktor will, dass ich die Flams füttere!«

»Aha! Sie kümmern sich um die Flams?«

»Ja, das stimmt.«

»Dann müssen Sie die Steuern zahlen.«

»Auf diesen da liegt keine Steuer«, behauptete Farucas ohne Überzeugung.

»Da irren Sie sich gewaltig. Eine sehr hohe Steuer ist fällig. Ich bin befugt, die Summe zu kassieren.«

Farucas warf einen beunruhigten Blick über die Schulter. »Ich habe nicht Geld.«

»Dann muss der Doktor bezahlen. Oder Sabin Cru. Sagen Sie mir, wo ich die beiden finde, oder ich muss eine Anzeige machen!«

Wieder warf Farucas einen Blick über die Schulter, als erwarte sie Hilfe von den Flamboyards. Die drei großen Exemplare aßen, ohne eine Spur von Interesse an den Vorgängen erkennen zu lassen, der vierte hatte den Raum verlassen.

Farucas sagte kleinlaut: »Ich weiß nicht, wo ist Dr. Dacre. Sabin ist in Masmodo. Er wohnen bei altem Leuvil.«

»Bei dem alten Leuvil, so, so. Ich habe mit dem alten Leuvil gesprochen, er hat nichts davon gesagt, dass Sabin bei ihm ist.«

»Leuvil behält Sabin wegen Doktor Dacre. Sie arbeiten zusammen lange Zeit, sie sind solche guten Freunde.«

»Ja, das könnte stimmen.« Hetzel betrachtete eine Fotografie, die an der Wand hing. »Wer ist das? Vielleicht Sabin Cru?«

Farucas nickte voller Stolz. »Das ist Sabin jetzt. Er ist froh, dass er ist am Leben und heil.«

Hetzel kehrte zum Boot zurück. Der Schiffer warf die Leinen los und nahm Kurs auf Masmodo. Nach ein paar Minuten fragte er schlau: »Hat der Merner Sabin Cru gefunden?«

»Nein. Er ist in Masmodo, behauptet seine Mutter.«

»Das hätte ich dem Merner sagen können.«

»Da wett' ich. Weshalb hat Impie mir erzählt, er wäre bei seiner Mutter?«

»Sie hat gesagt, ›fragen Sie seine Mutter‹.«

»Mag sein. Ich kann mich nicht mehr genau erinnern. Was wissen Sie noch, das Sie mir bisher nicht gesagt haben?«

»Ich weiß, weswegen Dr. Leuvil Dr. Dacre beim Medizinischen Inspektor angezeigt hat.«

»Ach ja?«

»Ist die Information zehn SAE wert?«

»Vermutlich nicht.«

»Wie viel ist sie dann wert?«

»Sehr schwer zu beurteilen.«

»Nun ja, es wird dem Merner irgendwann ohnehin zu Ohren kommen. Farucas hat drei Flamboyards bei sich, hat der Merner sie gesehen?«

»Ja.«

»Es ging das Gerücht, Dr. Dacre hätte ein Antiabstoßungsserum benutzt, um Flamboyardhybriden zu schaffen, und Farucas sollte die Mutter sein. So hat man geredet.«

»Eine bemerkenswerte Geschichte, so sie denn wahr ist.«

»Merner Stipes, der Inspektor, hat Dr. Dacre schlimm zugesetzt, also könnte es mehr als ein Gerücht gewesen sein.«

»Und weshalb hat Dr. Leuvil nun Sabin Cru bei sich aufgenommen?«

Der Schiffer zuckte die Schultern. »Der alte Doktor hat auch die Apparate des jungen Doktors behalten. Sabin Cru hat den Nutzen von dem Zwist. Wäre er hier, würde ich ihn auf der Stelle ertränken. Das Meer hat ihn gezeichnet und hat ein Recht auf ihn.«

»Die Frage bleibt: Wo ist Dr. Dacre?«

»Er kommt und er geht. Er könnte morgen wieder hier sein.«

»Wohl möglich. Was wissen Sie noch?«

»Nichts, wofür der Merner bereit wäre zu zahlen.«

Vom Kai verfügte Hetzel sich auf direktem Weg zum Postamt, wo er sich mit der Azimuth Effectuation Group in Narghuys in Verbindung setzte. Nach einem Austausch höflicher Wertschätzungsfloskeln mit dem Inhaber erbat Hetzel die Dienste von fünf der qualifiziertesten Agenten. Diese trafen am folgenden Tag in Masmodo ein, und Hetzel erklärte ihnen seine Wünsche: »Sie sehen den Bungalow und das Ambulatorium auf dem Hügel dort. In dem einen oder dem anderen befindet sich ein überaus wichtiger Zeuge, der uns auf keinen Fall durch die Maschen schlüpfen darf. Sowohl das Haus als auch die Klinik müssen rund um die Uhr observiert werden: zwei Mann tagsüber, drei Mann nachts. Die Schichteinteilung können Sie untereinander ausmachen. Planen Sie für jede unvorhersehbare Entwicklung. Wenn Sie Unterstützung brauchen, geben Sie Ihrer Firma Bescheid: Ich habe lieber zu viele Leute an diesem Fall als zu wenige. Seien Sie diskret, aber versuchen Sie nicht, unsichtbar zu sein. Die Frau kann kommen und gehen, aber vergewissern Sie sich, dass es die Frau ist, lassen Sie sich nicht täuschen von ausgestopfter Kleidung oder einer Perücke oder von irgendeiner anderen Spiegelfechterei. Noch Fragen?«

Fragen wurden gestellt, Hetzel gab die entsprechenden Erläuterungen und verließ dann Masmodo.

Kapitel 12

Conwit Clent erhielt ein Telegramm folgenden Inhalts:

Die Situation ist in das entscheidende Stadium eingetreten. Ihre Anwesenheit ist vonnöten. Bitte kommen Sie stante pe nach Narghuys, Gietersmond. Wir treffen uns im Cosmolux Hotel, Suite 100.
Ich erwarte Sie mit dem ersten Linientransport.

Bei seinem Eintreffen im Cosmolux Hotel wurde Clent im Foyer von Suite 100 von Hetzel empfangen. »Sie sind der Letzte, aber immer noch in der Zeit. Kommen Sie mit, ich mache Sie bekannt.«

Hetzel führte Clent ins Wohnzimmer. Die dort bereits Versammelten unterbrachen ihre Gespräche und musterten ihn mit einer unverhohlenen Neugier, die unter anderen Umständen im höchsten Maße taktlos gewesen wäre.

»Endlich«, sagte Hetzel, »ist unsere Runde komplett – bis auf eine Person, der wir uns in Kürze zugesellen werden. Gentlemen, dies ist Conwit Clent von Thesse. Die anderen Herren im Raum sind Lazar, Lord Keurboom aus Diestl, Dr. Aartemus von der Akademie der Medizinischen Wissenschaften in Narghuys, Merner Ander Stipes, Medizinalinspektor für den Bezirk der Torpeltines, Dominie Dandrue Cheasling, Rektor der Trembling Waters Academy, ebenfalls auf Thesse, der Ehrenwerte Shaide Casbain aus

Meurice, Skalkemond. Wir alle repräsentieren verschiedene wichtige Episoden im Leben von Faurence Dacre. Nicht alle, selbstredend. Ein gewisser Dr. Leuvil gehört auch noch in diesen Kreis. Sobald wir ihn konsultiert haben ...«

Baron Keurboom ballte mit einem krampfhaften Zucken die Hand zur Faust. »Sind diese Präliminarien notwendig? Kommen wir zur Sache! Wo steckt Faurence?«

»Sie haben Recht, Baron«, nickte Hetzel. »Wir sollten aufbrechen. Ein Transportmittel erwartet uns, wir werden ...«

»Wir müssen also von hier aus noch weiterreisen?«

»Zu meinem Bedauern lässt es sich nicht vermeiden, Baron. In Masmodo schließen wir die letzte Lücke im Lebenslauf von Faurence Dacre. Der Mann, der für die fragliche Spanne steht, ist so etwas wie ein Eremit, doch er wird sich bequemen müssen, uns seine Informationen zur Verfügung zu stellen. Sind wir alle reisefertig? Gut. Folgen Sie mir, wenn Sie noch interessiert sind.«

Kapitel 13

Das Flugzeug brummte an der Kette der Torpeltines entlang, steuerte im Sinkflug Jamus Amaha an und landete auf dem freien Feld hinter dem Postamt von Masmodo. Als die Gesellschaft ausstieg, näherte sich ein untersetzter grauhaariger Mann und nahm Hetzel beiseite. Die beiden sprachen ein paar Minuten miteinander, dann wandte Hetzel sich an seine Begleiter. »Alles scheint in Ordnung zu sein. Dies ist mein Mitarbeiter, Bruno Imhalter von der Azimuth Effectuation Group. Ein paar Bemerkungen zu Dr. Leuvil. Früher einmal war er Faurence Dacres Kompagnon, dann sein Konkurrent, zuletzt sein Feind. Dort liegt sein Haus und gegenüber das Ambulatorium, worin eine beachtliche Anzahl von Dr. Dacres medizinischen Apparaten aufbewahrt wird. In demselben Ambulatorium hält sich eine Person auf, die sowohl mit Dr. Dacre bekannt ist als auch seinen Aufenthaltsort kennen muss: ein gewisser Sabin Cru. Ich und Merner Imhalter haben mit großem Aufwand dafür gesorgt, dass er nicht plötzlich verschwindet, sei es aus freien Stücken oder gegen seinen Willen.«

»Alles gut und schön«, brummte Clent, »aber wo ist Dacre?«

»Faurence Dacre ist die unberechenbare Größe«, erklärte Hetzel. »Möglicherweise stellt sich heraus, dass er zu einer raffinierten Tarnung Zuflucht genommen hat. Wie wir alle wissen, genießt Faurence Dacre das Gefühl von Machtvollkommenheit, wozu die Anonymität einer Maskerade manchmal beizutragen geeignet ist. Doch nun lassen Sie uns Dr. Leuvil einen Besuch abstatten, auch wenn ich nicht für ein freundliches Willkommen garantieren kann.«

Ihre Annäherung an den Bungalow blieb nicht unbemerkt. Als der Trupp die Stufen zu Dr. Leuvils Veranda erklomm, ging die Tür auf, und Zerpette Leuvil steckte den Kopf hindurch. Ihr Vollmondgesicht glühte zornrot, die kindischen blonden Ringellocken wippten. »Wir wollen Sie nicht sehen! Gehen Sie weg, Sie haben hier nichts zu schaffen! Oder ich rufe den Gendarmen!«

»Das würde nichts nützen, Miss Leuvil, er würde Ihnen lediglich versichern, dass wir ehrbare Bürger sind, mit einem legitimen Grund für unseren Besuch. Wenn Sie uns nun bei Ihrem Herrn Vater anmelden, wird die Angelegenheit im Nu erledigt sein.«

Zerpette holte tief Atem, um mit geballtem Lungenvolumen ihrer Empörung Ausdruck zu verleihen, doch im Hausinnern hörte man eine Männerstimme einige knappe Worte sagen. Zerpette riss mit großer Gebärde die Tür weit auf. »Dann hereinspaziert, alle miteinander. Treten Sie sich die Füße ab. Sie sind nicht auf meinen Wunsch hier.«

Die Prozession fädelte sich in das seitlich gelegene Wohnzimmer. »Dr. Leuvil?«, sprach Hetzel ihn höflich an. »Ich glaube, dass wir uns bereits bekannt gemacht haben, wenn auch leider recht formlos.«

Der unfreiwillige Gastgeber, gebeugt hinter seinem Schreibtisch sitzend, antwortete mit einem Knurren, dann erkannte er Imhalter und fuhr ihn an: »Sie haben mein Haus observiert! Was hat das zu bedeuten?«

Hetzel übernahm es zu antworten. »Die Angelegenheit ist simpel. Man hat uns gesagt, Sabin Cru befände sich in Ihrer Obhut.«

»Ja und?«

»Weshalb haben Sie den Arsih bei sich aufgenommen?«

»Das geht Sie nichts an.«

»Vielleicht doch. War Sabin Cru nicht Dr. Dacres Patient?«

»Dr. Dacre hat noch finanzielle Verpflichtungen mir gegenüber und gegenüber anderen Mitgliedern meiner Familie.«

»Wenn das so ist«, meinte Hetzel, »weshalb tun wir uns nicht zusammen, als Verbündete mit gemeinsamen Interessen?«

»Ich habe gelernt, keinem Menschen mehr zu trauen. Alles, wofür ich gearbeitet habe, ist zerstört, durch Vertrauen. Genug! Ich bin nicht interessiert an Ihren Problemen, für deren Lösung Sie selbst Sorge tragen müssen, und ich bitte Sie nun, mein Haus zu verlassen. Quälen Sie nicht einen müden kranken Mann, der zudem fast blind ist.«

»Sie haben unser aller Mitgefühl«, sagte Hetzel. »Erlauben Sie mir ein Wort mit Sabin Cru, und wir werden Sie nicht länger behelligen.«

»Ich erlaube gar nichts.«

»Dann müssen wir ohne Ihre Erlaubnis vorgehen.«

»Das liegt bei Ihnen. Ich kann Sie nicht davon abhalten, sich wie Barbaren aufzuführen.«

»Seien Sie so gut und rufen Sie ihn her.«

»Nein. Verlassen Sie mein Haus. Er ist nicht hier.«

Zerpette drängte sich nach vorn. »Wie lange gedenken Sie uns noch zu stören?«

»Nicht mehr lange. Merner Imhalter, ich bitte Sie, im Ambulatorium nachzuschauen. Haben Sie etwas gesagt, Dr. Leuvil?«

»Gehen Sie. Verlassen Sie mein Haus!«

Hetzel folgte Imhalter auf die Veranda und gab Anweisungen, bei denen ein grimmiges Lächeln auf Imhalters Züge trat.

Hetzel kehrte ins Wohnzimmer zurück. »Merner Imhalter und seine Leute werden Sabin Cru herbringen. Wenn es Ihnen lieber ist, Dr. Leuvil, werden wir ihn draußen auf der Veranda befragen.«

»Ich ziehe es vor, mir anzuhören, was immer Sie zu sagen haben.«

»Wie Sie wollen.« Hetzel wandte sich an seine Gruppe. »Sie fragen sich vielleicht, aus welchem Grund sowohl Dr. Leuvil als auch mir dieser Sabin Cru so wichtig ist. Sabin Cru ist ein gewöhnlicher Arsih, bemerkenswert nur wegen der entsetzlichen Verstümmelungen, die ihm von einem Meerschreck zugefügt wurden. Doch er stellt Dr. Dacres unangefochtenes Meisterstück dar: die Wiedererschaffung eines Menschen aus ein paar Fetzen moribunden Gewebes. Sogar Dr. Leuvil wird zugeben, dass er hervorragende Arbeit geleistet hat. Stimmen Sie mir zu, Doktor?«

»Dr. Dacre ist zweifellos unerreicht auf seinem Gebiet.«

Mehrere Minuten vergingen. Conwit Clent setzte einige Male zum Sprechen an, beherrschte sich aber. Zweimal machte Lazar, Lord Keurboom, die charakteristische krampfhaft greifende Handbewegung.

Ein Klopfen an der Tür, Imhalter und einer seiner Agenten traten ein, zwischen sich führten sie einen Mann in einem fleckigen weißen Krankenhauskittel.

Hetzel winkte den Neuankömmling zu einem Stuhl. »Wir haben Ihnen einige Unannehmlichkeiten bereitet, und ich fürchte, Sie werden noch einige mehr ertragen müssen.« Er richtete den Blick auf Zerpette. »Sie sind die Tochter eines Arztes und schon auf Grund dessen mit der menschlichen Physis vertraut.« Hetzel wandte sich an seine Klientel. »Ich verzichte darauf, das dramatische Potential dieses Augenblicks auszuspielen, und präsentiere Ihnen hier Sabin Cru, den einstigen Fischermann vom Volk der Arsih und nun wie Sie ihn sehen.«

Ander Stipes, der Medizinalinspektor, beugte sich mit schlagartig erwachtem Interesse vor. »Er ist kein Arsih. Ein Mischling vielleicht – aber er sieht auch nicht aus wie ein Halbblut.«

»Er ist nicht zu hundert Prozent Arsih«, bestätigte Hetzel. »Imhalter, wenn Sie so gut sein wollen, ziehen Sie ihm den Kittel aus.«

Sabin Cru sträubte sich nur schwach. Seines einzigen Kleidungsstücks beraubt, saß er nackt bis auf die Unterwäsche im Brennpunkt der prüfenden Blicke.

»Ich fordere Sie alle auf, Sabin Cru genau zu betrachten«, sagte Hetzel. »Die eine oder andere seiner Extremitäten könnte Ihnen durchaus bekannt vorkommen.«

»Wenn ich mich nicht sehr irre«, äußerte Dr. Aartemus, »sind das meine Beine, alle beide. Und meine Füße.«

»Jetzt geht mir ein Licht auf!«, rief Shaide Casbain aufgeregt. »Da ist mein linker Arm! Sehen Sie die Tätowierung?«

»Der rechte Arm gehört mir«, erklärte Dominie Cheasling. »Ich habe lange klaglos dieses Gebilde aus Plast und Stahl getragen, aber nun nicht mehr.«

Stipes, der Medizinalinspektor, nickte grimmig. »Dr. Dacre hat mir einmal geraten, meine Nase nicht in seine Angelegenheiten zu stecken oder sie könnte mir abhanden kommen. Es war nicht nur so dahingesagt.«

»Faurence drohte einmal, mir würde irgendwann die Kinnlade herunterfallen vor lauter Leviten lesen«, bekannte Baron Keurboom trübselig. »Auch das war ernst gemeint.«

Conwit Clent sagte: »Mir ist es nicht so ohne weiteres möglich, mein Eigentum zu identifizieren, aber ich bin zuversichtlich. Miro Hetzel, Ihr ausgezeichneter Ruf ist wohl verdient. Wie ist es Ihnen gelungen, all dies in Erfahrung zu bringen?«

»Ein komplizierter Prozess des Integrierens von Fakten, denen man die ein oder andere glückliche Schlussfolgerung hinzufügt«, erklärte Hetzel, nach wie vor darauf bedacht, seiner Arbeit den Nimbus des Magischen zu erhalten. Doch als er in die ihm zugewandten Gesichter schaute, begriff er, dass mehr von ihm erwartet wurde. »Selbstverständlich gab es im Lauf der Ermittlungen einige Schlüsselmomente. Vor ein paar Tagen besuchte ich Sabin Crus Mutter in Tinkum's Bar. Dort sah ich eine Fotografie von Sabin Cru, wie er jetzt ist, und mein bereits bestehender Verdacht wurde bestätigt. Von da an war mein Trachten in erster Linie darauf gerichtet, ihn vor Unfall, Entführung oder Mord zu schützen, aber auch zu verhindern, dass er flieht. Nun übergebe ich dieses sichergestellte Eigentum in Ihre Hände.«

»Gut und schön«, sagte Shaide Casbain, »aber was fangen wir nun mit ihm an?«

Hetzel zuckte die Schultern. »Wie bereits erwähnt, liegt gegenüber ein kleines Hospital, wir haben ausgezeichnete Mediziner zur Hand: Dr. Aartemus, Dr. Leuvil ...«

»Ich befinde mich im Ruhestand. Mein Augenlicht ist nicht mehr ausreichend für meinen Beruf.«

»Das führt uns zu einer neuen Vermutung. Wann genau, Dr. Leuvil, begann Ihre Sehkraft nachzulassen?«

»Es ist noch nicht lange her. Vor drei Jahren. Erst schleichend, dann über Nacht.«

»Sie wissen, dass sich im Ambulatorium die für Augentransplantationen erforderlichen Apparaturen befinden?«

»Selbstverständlich weiß ich das. Was Sie andeuten, ist absurd. Dr. Dacre würde es nicht wagen.«

»Welche Farbe hatten Ihre Augen ursprünglich?«

»Blau. Sie hat sich verändert, je mehr meine Sehkraft nachließ.«

Hetzel nickte. »Rekapitulieren wir die Entwicklung Ihrer Bekanntschaft mit Dr. Dacre. Er kam als Ihr Kompagnon her. Zu der Zeit war Ottile Ihre Assistentin …«

»Ja, und sie wollte ihn nicht in Ruhe lassen, die Rumplinga. Ich jagte ihn davon und sie gleich mit, und Impie nahm ihre Stelle ein.«

»Exakt. Dr. Dacre verlegte seine Wirkungsstätte nach Skalkemond. Nicht lange, und er lag im Streit mit Merner Casbain und den strengen Gesetzen von Skalkemond und kehrte hastig nach Masmodo zurück. Hier richtete er eine eigene Praxis ein, Konkurrenz für Dr. Leuvil, und bewog Impie mit Geld oder guten Worten, ihren Vater zu verlassen und bei ihm in Dienst zu treten.

In diese Zeit fiel sein Samariterwerk an Sabin Cru, doch ich bezweifle, dass ihm damals schon die Idee zu seinem großen Plan gekommen war, denn er hatte mit seinen Flamboyard-Experimenten begonnen. Dr. Leuvil setzte Merner Stipes davon in Kenntnis, der nach Masmodo kam und Dr. Dacre die Approbation entzog. Wieder einmal sah dieser sich gezwungen, eine Existenz aufzugeben. Impie, die verstoßene Tochter, wurde Bedienung in der Taverne. Dr. Dacre ging nach Cassander und feierte dort Triumphe, doch die ganze Zeit dachte er darüber nach, wie er sich an seinen Feinden rächen könnte – von Dominie Cheasling, dem er die Relegation von der Trembling Waters Academy verdankte, bis zu Ander Stipes und zuletzt dem bedauernswerten Conwit Clent. Dr. Dacre verreiste viel, und jedes Mal nach seiner Rückkehr erhielt Sabin Cru ein neues Körperteil. Augen? Nicht Dr. Leuvils Augen, die blau waren.

Dr. Dacre verbrachte viel Zeit in Masmodo. Wie konnte es ihm gelingen, nicht entdeckt zu werden? Ich kann nur eine Möglichkeit schildern. Dr. Leuvil starb eines Nachts, scheinbar im Schlaf. Am nächsten Morgen erschien Dr. Dacre und tröstete Zerpette, mittlerweile voll erblüht und drall. Faurence Dacre entledigte sich diskret des Leichnams, eignete sich den Gang des alten Mannes an, gebeugt, schlurfend, auf einen Stock gestützt, und Dr. Leuvil führte mehr denn je das Leben eines Eremiten. Imhalter, wenn ich bitten darf.«

Imhalter griff in die grauen Locken und enthüllte mit einem Ruck unter grauer Perücke und Altmännermaske die Züge von Faurence Dacre.

»Die Maskerade war zugegebenermaßen raffiniert«, bemerkte Hetzel kritisch. »Doch Ottile erwähnte einmal, die ganze Familie sei linkshändig. Bei meiner ersten Begegnung mit Dr. Leuvil bemerkte ich jedoch, dass er Rechtshänder war. Ergo konnte Dr. Leuvil nicht Dr. Leuvil sein. Aber wer dann? Wer konnte seine Identität angenommen haben? Nun, wer anders als Dr. Dacre?

Freitzke hatte man natürlich aus dem Haus geschickt, um Ottile zu helfen, schließlich war die Reihe an Zerpette. Des ungeachtet machte Faurence Dacre auf Cassander beharrlich Perdhra Olruff den Hof, nur um sie an einen besseren Mann zu verlieren. Imhalter, ich hoffe, Sie haben sich seiner Waffen versichert?«

»Aller, die wir finden konnten, Xtl Hetzel: ein Vaast-Strahler und ein Paar Squibboons.«

»Dann habe ich hiermit meinen Auftrag erfüllt. Ihr Herren müsst nun entscheiden, was geschehen soll. Ich habe das Hospital gegenüber erwähnt, und was spricht dagegen, dass Dr. Aartemus sich mit einer entsprechenden Anzahl qualifizierter Chirurgen in Verbindung setzt, die unter Umständen bereit wären, eine Reihe inoffizieller Eingriffe durchzuführen? Und wenn ich noch etwas vorschlagen darf – Sabin Cru hier ist schuldlos, weshalb sollte er neues Unglück erdulden müssen? Wäre es nicht gerecht, wenn für die Gliedmaßen, die er nun hergeben muss, derjenige Ersatz leistet, der den Prozess in Gang gesetzt hat?«

»Ich stimme in allen Punkten zu«, sagte Conwit Clent. »Dr. Aartemus, wie stehen Sie zu den gemachten Vorschlägen?«

»Ich fühle mich etwas gehemmt durch die Gegenwart von Merner Stipes, dem Medizinalinspektor des Torpeltine Distrikts.«

»Lassen Sie sich nicht durch Bedenken meinethalben verunsichern«, erklärte Ander Stipes. »Ich gebe hiermit bekannt, dass ich mit sofortiger Wirkung von meinem Posten zurücktrete. Wenn alles vorüber ist, werde ich meinen Entschluss noch einmal überdenken, vorläufig jedoch betrachten Sie mich als Mitverschworenen.«

»Dann gibt es keinen Grund noch länger zu warten.« Dr. Aartemus rieb sich die Hände. »Oder doch – wir haben Zerpette noch nicht gehört.«

Zerpette sagte trocken: »Ich habe einiges erfahren, wovon ich nichts wusste, unter anderem, dass es in Cassander eine gewisse Perdhra Olruff gibt. Meine Zeit ist um. Die Reihe ist jetzt an Freitzke.«

Kapitel 14

In der Villa Dandyl legte Hetzel Conwit Clent seine Spesenabrechnung vor. »Sie ist etwas hoch ausgefallen, aber Männer wie Bruno Imhalter kommen nicht billig, und wie Sie wissen, musste ich einige weite Reisen unternehmen.«

»Kein Wort mehr davon!«, wehrte Clent ab. »Ich bin hochzufrieden mit Ihrer Arbeit, abgesehen davon haben die übrigen Betroffenen darauf bestanden, sich an den Ausgaben zu beteiligen, so dass ich nur einen kaum nennenswerten Rest aus eigener Tasche bezahlen muss.«

»In dem Fall«, sagte Hetzel, »wären alle Probleme nun gelöst. Erlauben Sie mir, Ihnen und Ihrer Frau Gemahlin die glücklichste aller Ehen zu wünschen, gesegnet mit rechtschaffenen Söhnen und pflichtbewussten Töchtern.«

»Das erhoffe auch ich, Miro Hetzel. Aber eins interessiert mich – was ist aus Faurence Dacre geworden?«

»Er steht unter der Obhut von Freitzke und Sabin Cru.«

»Wird er nicht irgendwann neues Unheil anrichten?«

»Das ist kaum zu befürchten. Bedenken Sie, Sabin Cru wäre der erste Leidtragende, sollte Dacre sich je in die Lage versetzt finden, die Rückgabe seiner Gliedmaßen zu fordern. Bedenken Sie auch, dass die Arsih ein abergläubisches Volk sind; nach ihrer Überzeugung bringt ein unvollständiger Mensch Unglück. Wahrscheinlich werden wir nie wieder von Faurence Dacre hören. Dennoch, wenn ich das nächste Mal in die Nähe von Gietersmond komme, werde ich einen Abstecher nach Masmodo machen und mich ein wenig umschauen. Es ist immer faszinierend, nach längerer Zeit den Schauplatz eines abgeschlossenen Falles zu besuchen.«

Ende